# Jane Austen

# Persuasão

# Jane Austen

Tradução:
Marcelo Barbão

# Persuasão

Principis

Esta é uma publicação Principis, selo exclusivo da Ciranda Cultural
© 2019 Ciranda Cultural Editora e Distribuidora Ltda.

Texto integral traduzido do inglês
*Persuasion*

Texto
Jane Austen

Tradução
Marcelo Barbão

Preparação e revisão
Casa de Ideias
Agnaldo Alves

Produção editorial e projeto gráfico
Ciranda Cultural

Imagens
Lukasz Szwaj/Shutterstock.com;
Flower design sketch gallery/Shutterstock.com;
KateChe/Shutterstock.com;
Yurchenko Yulia/Shutterstock.com;

Dados Internacionais de Catalogação na Publicação (CIP) de acordo com ISBD

A933p    Austen, Jane
            Persuasão / Jane Austen ; traduzido por Marcelo Barbão. – 2. ed. –
            Jandira, SP : Principis, 2019.
            240 p. ; 15,5 cm x 22,6 cm.

            Inclui índice.
            ISBN: 978-65-509-7027-7

            1. Literatura inglesa. 2. Romance. I. Barbão, Marcelo. II. Título.

2019-2073                                                    CDD 823
                                                             CDU 821-111-31

Elaborado por Vagno Rodolfo da Silva - CRB-8/9410

Índice para catálogo sistemático:
1. Literatura inglesa: Romance 823
2. Literatura inglesa: Romance 821.111-31

2ª edição em 2019
www.cirandacultural.com.br
Todos os direitos reservados.
Nenhuma parte desta publicação pode ser reproduzida, arquivada em sistema de busca ou transmitida por qualquer meio, seja ele eletrônico, fotocópia, gravação ou outros, sem prévia autorização do detentor dos direitos, e não pode circular encadernada ou encapada de maneira distinta daquela em que foi publicada, ou sem que as mesmas condições sejam impostas aos compradores subsequentes.

# Sumário

**LIVRO I**

Capítulo 1 ..................................................................... 9
Capítulo 2 ................................................................... 17
Capítulo 3 ................................................................... 22
Capítulo 4 ................................................................... 30
Capítulo 5 ................................................................... 35
Capítulo 6 ................................................................... 44
Capítulo 7 ................................................................... 54
Capítulo 8 ................................................................... 63
Capítulo 9 ................................................................... 73
Capítulo 10 ................................................................. 81
Capítulo 11 ................................................................. 92
Capítulo 12 ............................................................... 100

**LIVRO II**

Capítulo 1 ................................................................. 117
Capítulo 2 ................................................................. 124
Capítulo 3 ................................................................. 131
Capítulo 4 ................................................................. 139
Capítulo 5 ................................................................. 146
Capítulo 6 ................................................................. 156
Capítulo 7 ................................................................. 167
Capítulo 8 ................................................................. 174
Capítulo 9 ................................................................. 184
Capítulo 10 ............................................................... 203
Capítulo 11 ............................................................... 219
Capítulo 12 ............................................................... 236

Livro I

# Capítulo I

*Sir* Walter Elliot, de Kellynch Hall, em Somersetshire, era um homem que, para espairecer, nunca pegava nenhum livro além de *Baronetage*. Nele, encontrava distração para os momentos ociosos e consolo para os de angústia. Era lá que sentia admiração e respeito, contemplando os poucos remanescentes dos primeiros títulos. Ali, quaisquer sensações indesejadas, decorrentes de assuntos domésticos, mudavam naturalmente para lástima e desprezo enquanto folheava a lista quase interminável de títulos concedidos no século anterior. E ali, se todas as outras folhas não causassem nenhum efeito, ele poderia ler sua própria história com um interesse que nunca falhava. A página em que sempre abria seu livro favorito começava assim:

ELLIOT, DE KELLYNCH HALL

*Walter Elliot, nascido em 1º de março de 1760, casado em 15 de julho de 1784 com Elizabeth, filha de James Stevenson, cavalheiro de South Park, no condado de Gloucester, com a qual (falecida em 1800) teve Elizabeth, nascida em 1º de junho de 1785; Anne, nascida em 9 de agosto de 1787; um filho natimorto em 5 de novembro de 1789; e Mary, nascida em 20 de novembro de 1791.*

Este fora o parágrafo originalmente entregue nas mãos do impressor, mas *sir* Walter o aprimorara, acrescentando, após a data do nascimento de Mary, para sua própria informação e a de sua família, as seguintes palavras: "Casada em 16 de dezembro de 1810 com Charles, filho e herdeiro de Charles Musgrove, distinto cavalheiro de Uppercross, no condado de Somerset"; e a indicação do dia do mês em que este havia perdido a esposa.

Seguia-se, então, nos termos habituais, a história e a ascensão da antiga e respeitável família. Como se instalara inicialmente em Cheshire. Como era mencionada na genealogia de Dugdale – servira no gabinete do xerife, tivera representantes municipais em três parlamentos sucessivos e demonstrara lealdade e dignidade condizentes com o título de baronete durante o primeiro ano de reinado de Carlos II, incluindo todas as Marys e Elizabeths que haviam desposado. O texto ocupava o total de duas belas páginas *in duodecimo* e concluía com as armas e o lema da família – "Sede principal, Kellynch Hall, condado de Somerset" – e, novamente, na caligrafia de *sir* Walter: "Herdeiro presumível – William Walter Elliot, bisneto do segundo *sir* Walter".

A vaidade era o traço principal do caráter de *sir* Walter Elliot. Vaidade pessoal e de sua situação. Ele fora notavelmente bonito em seus tempos de juventude e, aos 54 anos, ainda era um homem muito vistoso. Poucas mulheres davam tanta importância à aparência pessoal quanto ele, e nem mesmo o valete de um lorde recém-nomeado poderia se mostrar mais satisfeito com o lugar que ocupava na sociedade. Ele considerava a bênção da beleza como inferior apenas à de um baronato. Por isso, uma vez que reunia essas duas bênçãos, tinha calorosos respeito e devoção por si mesmo.

A beleza física e a posição social de *sir* Walter mereciam sua grande estima em, pelo menos, um aspecto, pois a elas devia uma esposa de caráter muito superior a qualquer coisa que seu próprio pudesse merecer. *Lady* Elliot havia sido uma excelente mulher, sensata e amável, cujos julgamento e conduta, perdoada a paixão juvenil que a transformara em *lady* Elliot, não haviam mais necessitado de qualquer indulgência. Ela havia relevado, atenuado ou ocultado as falhas do marido, e mantido o respeito dele por 17 anos. Embora não fosse a pessoa mais feliz do mundo, encontrara o suficiente em seus afazeres, amigos e filhas para prender-se à vida e para não ser motivo de indiferença quando chegasse o momento de abandoná-los. Três meninas, as duas mais velhas com 16 e 14 anos, constituíam um legado terrível para uma mãe deixar, um fardo terrível a se confiar à autoridade e à orientação de um pai tolo e vaidoso. *Lady* Elliot tinha, no entanto, uma amiga muito íntima, uma mulher sensata e digna, que trouxera, pelo forte apego que sentia, para viver perto da família, na vila de Kellynch. E era na sua bondade e nos seus conselhos que *lady* Elliot confiava quando a questão eram os bons princípios e a educação que vinha se esforçando para transmitir às filhas.

Essa amiga e *sir* Walter não se casaram, apesar das muitas suposições criadas pela amizade entre os dois. Treze anos tinham se passado desde a morte de *lady* Elliot; e eles ainda eram vizinhos e amigos íntimos, os dois viúvos.

Uma mulher madura em idade e caráter, extremamente bem provida, como *lady* Russell, não requer nenhuma justificativa à opinião pública quanto a não pensar em um segundo casamento. Na verdade, tende-se a ficar mais descontente quando uma viúva volta a se casar do que ao contrário. Mas a persistência de *sir* Walter em permanecer solteiro requer explicação. Saibam, então, que *sir* Walter, como bom pai (tendo tido uma ou duas decepções pessoais em tentativas muito pouco sensatas), se orgulhava de continuar solteiro pelo bem de suas queridas filhas. Por uma delas, a mais velha, ele teria aberto mão de qualquer coisa, algo que não lhe parecia muito tentador. Elizabeth, aos 16 anos, herdara todos os direitos e a autoridade da mãe e, sendo muito bonita e muito parecida com o pai, sempre tivera grande influência sobre ele, e conviviam muito bem. Suas outras duas filhas tinham valor bem menor. Mary havia adquirido uma importância um tanto artificial, ao tornar-se a senhora Charles Musgrove. Mas Anne, com uma elegância de espírito e uma doçura de caráter que deviam tê-la destacado para qualquer pessoa de verdadeiro entendimento, não era ninguém para o pai nem para a irmã. Sua palavra não tinha peso; ela sempre cedia – era apenas Anne.

Para *lady* Russell, no entanto, ela era a afilhada mais querida e valorizada, favorita e amiga. *Lady* Russell amava todas, mas somente Anne a fazia recordar sua falecida amiga *lady* Elliot.

Alguns anos antes, Anne Elliot fora uma bela jovem, mas sua beleza murchara cedo; e, mesmo em seu auge, seu pai havia encontrado pouco para admirar nela (tão diferentes eram suas feições delicadas e seus olhos escuros e suaves dos dele). Não existia nada em seu aspecto físico, agora que ela estava melancólica e magra, capaz de despertar sua estima. Ele nunca havia tido muita esperança, e agora não tinha nenhuma, de ler o nome de Anne em alguma outra página de seu livro favorito. Todas as possibilidades de alianças estavam em Elizabeth, pois Mary tinha apenas se conectado com uma velha e respeitável família de grande fortuna, sendo, portanto, a provedora de toda a honra sem receber nenhuma em troca. Elizabeth, em algum momento, faria um casamento adequado.

Às vezes acontece de uma mulher ser mais bonita aos 29 anos do que há uma década, e, de modo geral, se não sofreu de problemas de saúde nem de ansiedade, quase nenhum encanto está perdido nesse período da vida. Foi assim com Elizabeth, ainda a mesma bela senhorita Elliot que tinha começado a despontar 13 anos antes. E *sir* Walter pode ser desculpado, portanto, por esquecer sua idade ou, pelo menos, ser considerado apenas meio tolo por pensar que ele e Elizabeth estavam florescendo como sempre, em meio à ruína da aparência de todos os outros. Pois ele podia ver claramente como todo o resto de sua família e os conhecidos estavam ficando velhos. Anne, prostrada; Mary, embrutecida; todos os rostos dos vizinhos, em mau estado; e o rápido aumento das rugas no rosto de *lady* Russell, tudo isso o angustiava.

Elizabeth não se igualava ao pai em contentamento pessoal. Fazia 13 anos que era a senhora de Kellynch Hall, comandando a casa com segurança e autoridade, jamais dando a impressão de ser mais jovem do que realmente era. Durante 13 anos, ela fizera as honras e estabelecera a ordem doméstica, liderando o caminho para a carruagem e saindo imediatamente depois de *lady* Russell de todos os salões e salas de jantar da região. As geadas de 13 invernos viram-na abrir todos os bailes mais importantes que uma vizinhança escassa permitia, e os botões de 13 primaveras tinham florescido enquanto ela viajava para Londres com o pai para desfrutar algumas semanas anuais na cidade grande. Ela lembrava tudo isso, e a consciência de ter 29 anos causava-lhe certa inquietude e apreensão. Estava plenamente satisfeita por continuar tão bonita quanto antes, mas sentia que se aproximava da idade perigosa e gostaria de ter a certeza de ser solicitada por algum pretendente com sangue de barão nos próximos 12 ou 24 meses. Nesse caso, talvez pudesse voltar a abrir o livro dos livros com tanto prazer quanto em sua juventude, algo que agora já não apreciava tanto. Olhar sempre a data de seu aniversário e não ver a de um casamento ao lado, como havia no de sua irmã mais nova, transformava o livro em um tormento. E mais de uma vez, quando seu pai o deixou aberto na mesa perto dela, ela o fechou, sem querer olhar, afastando-o.

Além disso, ela tivera uma decepção que aquele livro e, especialmente, a história de sua própria família sempre a fariam lembrar. Fora desapontada pelo herdeiro pressuposto do título, aquele mesmo William Walter Elliot cujos direitos haviam sido tão generosamente defendidos por seu pai.

Quando era muito jovem, assim que soubera que ele, caso a moça não tivesse nenhum irmão homem, seria o futuro baronete, Elizabeth havia decidido desposá-lo, e seu pai sempre quis o mesmo. Não conheceram William quando menino, mas, logo após a morte de *lady* Elliot, *sir* Walter procurou estreitar os laços e, embora suas iniciativas não tenham sido bem acolhidas, continuou a fazer tentativas de se aproximar, presumindo que a frieza fosse motivada pela timidez da juventude. Assim, em uma de suas excursões de primavera a Londres, quando Elizabeth estava em todo seu esplendor, o senhor Elliot fora forçado a conhecer a família.

Na época, ele era muito jovem, apenas iniciando os estudos de Direito, e Elizabeth achou-o muito agradável, confirmando todos os planos a favor do rapaz. O jovem foi convidado a Kellynch Hall. Houve muitas conversas, e esperaram todo o resto do ano, mas ele nunca apareceu. Na primavera seguinte, viram William novamente na cidade, sendo considerado igualmente agradável, mais uma vez encorajado, convidado e esperado, e novamente não apareceu. E as notícias seguintes foram de que estava casado. Em vez de deixar que seu destino seguisse o caminho traçado como herdeiro da casa de Elliot, ele conquistara independência ao se unir a uma mulher rica de origem inferior.

*Sir* Walter ressentiu-se. Como chefe da casa, achava que deveria ter sido consultado, sobretudo depois de apresentar o rapaz publicamente: "Pois devemos ter sido vistos juntos", observou, "uma vez no Tattersall's e duas vezes no saguão da Câmara dos Comuns". Ele expressou seu desagrado, mas foi aparentemente pouco considerado. O senhor Elliot não pediu desculpas e mostrou-se indiferente ao fato de ser ignorado pela família, pois *sir* Walter o considerava indigno dela. Todo o contato entre eles foi cortado.

Esse episódio constrangedor com o senhor Elliot ainda causava, mesmo depois de vários anos, muita raiva em Elizabeth, que tinha gostado do rapaz pelo que era, e mais ainda por ser herdeiro de seu pai, e cujo forte orgulho familiar só conseguia ver nele um par adequado para a filha mais velha de *sir* Walter Elliot. Não havia nenhum baronete de A a Z que pudesse despertar nela sentimentos iguais. No entanto, ele tinha se comportado de forma tão lamentável que, embora Elizabeth estivesse nesse momento (era o verão de 1814) usando fitas pretas em luto pela morte da jovem senhora Elliot, nem sequer cogitava tornar a agraciá-lo com sua consideração. A desgraça daquele primeiro casamento, que não fora perpetuado por filhos, já poderia talvez ter sido superada, não tivesse ele feito algo ainda pior. Conforme informaram gentis amigos, falara de maneira desrespeitosa de toda a família, menosprezando e desdenhando o próprio sangue, e as honrarias que seriam suas no futuro. Isso não poderia ser perdoado.

Eram esses os sentimentos e as sensações de Elizabeth Elliot. Eram essas as inquietações que animavam a mesmice e a elegância, a prosperidade e o vazio de sua vida. Tais eram os atrativos que davam colorido à vida monótona do campo, que preenchiam as horas mortas, a falta de hábitos úteis fora da casa, nenhum talento ou realizações com os quais se ocupar dentro dela.

No entanto, outra preocupação vinha se somar a essas. Seu pai começava a ter problemas financeiros. Elizabeth sabia que, quando ele abria o *Baronetage*, era para deixar de pensar nas pesadas contas de seus fornecedores e nas incômodas insinuações do senhor Shepherd, seu administrador. A propriedade de Kellynch era sólida, mas não condizia com o estilo de vida de seu dono. Enquanto *lady* Elliot viveu, houve método, moderação e economia, que terminavam por mantê-los dentro da renda. Mas, com a esposa, morrera toda a mentalidade correta, e, a partir daí, ele sempre excedera suas posses. Não havia sido possível gastar menos. Era apenas o que seu bom nome e sua posição exigiam. Por mais inocente que fosse, suas dívidas não só estavam crescendo muito, como ele ouvia falar do assunto com tanta frequência que era um esforço inútil tentar esconder da filha por mais tempo a situação, mesmo em parte. Ele lhe dera alguns indícios na última primavera na cidade, chegando a dizer o seguinte: "Será que não podemos reduzir os gastos? Não haverá alguma coisa em que possamos economizar?". E Elizabeth, justiça seja-lhe feita, nos primeiros momentos de alarme feminino, começou seriamente a pensar no que poderia ser feito e, finalmente, propôs duas formas de economia: cortar algumas doações de caridade desnecessárias e abster-se de novos móveis para a sala de visitas, posteriormente acrescentando a ideia de não levarem nenhum presente para Anne, como era o costume anual. Mas essas medidas, por mais importantes que fossem, não bastavam para sanar o mal, algo que *sir* Walter se viu obrigado a confessar logo depois. Elizabeth não tinha nada a propor de eficácia mais profunda. Ela se sentia agoniada e infeliz, assim como o pai. E os dois não eram capazes de pensar em nenhum meio de diminuir as despesas sem comprometer a dignidade ou abrir mão do conforto em que viviam de modo que pudessem tolerar.

Havia apenas uma pequena parte de sua propriedade que *sir* Walter poderia dispor, mas, mesmo que fosse possível alienar todos os seus hectares, não teria feito diferença. Aceitaria hipotecar o máximo que pudesse, mas jamais concordaria em vender. Nunca, jamais desgraçaria o próprio nome desse jeito. A propriedade de Kellynch deveria ser transmitida íntegra e completa, como ele a tinha recebido.

Seus dois principais confidentes, o senhor Shepherd, que morava na cidade vizinha, e *lady* Russell, foram chamados para aconselhá-los. E ambos, pai e filha, pareciam esperar que um dos dois tivesse a solução para o problema de reduzir gastos sem prejuízo do nível de vida de que gozavam.

# Capítulo 2

Independentemente da opinião sobre *sir* Walter, o senhor Shepherd – um educado e cauteloso advogado – preferia que as coisas desagradáveis fossem ditas por outras pessoas; assim, absteve-se de dizer o que pensava e pediu licença para recomendar o excelente juízo de *lady* Russell, em cujo notório bom senso tinha plena confiança para o aconselhamento sobre as medidas a serem adotadas.

*Lady* Russell era muito zelosa quanto ao assunto e considerou-o seriamente. Era uma mulher de qualidades mais sólidas do que rápidas, mas teve dificuldade para chegar a uma decisão neste caso, devido à oposição de dois princípios fundamentais. Era uma pessoa muito íntegra, com uma sensível noção de honra, mas queria muito evitar os desgostos de *sir* Walter, preocupava-se muito com a reputação da família; era muito nobre na avaliação do que eles mereciam quanto qualquer pessoa sensata e honesta deveria ser. Era uma mulher benevolente, caridosa e boa, capaz de fortes vínculos, muito correta em sua conduta, com rígidas concepções de decoro. Seus modos eram considerados uma referência de boa educação. Dispunha de um espírito culto e, de modo geral, era sempre racional e lógica. Mas tinha preconceitos com relação à hereditariedade. Valorizava demais a posição social e o prestígio, o que a cegava um pouco para as falhas de quem os possuía. Viúva de um reles cavalheiro, dava ao título de baronete todo o valor que este merecia. E *sir* Walter, apenas por ser *sir* Walter, independentemente de ser um velho amigo, vizinho atencioso, senhorio prestativo, marido de sua muito querida amiga, pai de Anne e suas irmãs, fazia por merecer, em sua concepção, toda compaixão e consideração em meio às suas dificuldades atuais.

Precisavam economizar, não havia dúvida. Mas estava muito ansiosa para que isso causasse o mínimo de desconforto possível para ele e Elizabeth. Elaborou planos para conter gastos; fez cálculos exatos e o que mais ninguém pensou: consultou Anne, a qual nunca parecia ser considerada pelos outros como interessada na questão. Consultou e, em certo grau, foi influenciada por ela na criação do esquema de economia que terminou submetendo a *sir* Walter. Cada emenda de Anne tinha sido do lado da honestidade contra a importância. Ela queria medidas mais vigorosas, uma reforma mais completa, uma quitação mais rápida da dívida, com indiferença completa por tudo o que não fosse justiça e equidade.

– Se conseguirmos persuadir seu pai de tudo isso, muito pode ser feito – disse *lady* Russell, olhando para o papel. – Se ele adotar essas regras, em sete anos estará sem dívidas. E espero que consigamos convencer Elizabeth e seu pai de que Kellynch Hall tem uma respeitabilidade intrínseca que não pode ser afetada por esses cortes. E de que a verdadeira dignidade de *sir* Walter Elliot estará muito longe de ser diminuída aos olhos de pessoas sensatas se ele agir como um homem de princípios. Ele não estará fazendo, na verdade, nada que já não fizeram muitas de nossas melhores famílias. Não haverá nada de singular no caso dele. E é a singularidade que, muitas vezes, é responsável pela pior parte do nosso sofrimento, como sempre acontece em nossa conduta. Tenho muita esperança de convencê-los. Devemos ser sérios e decididos. Afinal, uma pessoa que contrai dívidas deve pagá-las. E, embora os sentimentos de um cavalheiro e chefe de família como seu pai devam ser levados em conta, deve ser ainda mais valorizado o caráter de um homem honesto.

Era segundo esse princípio que Anne desejava que o pai se comportasse, e os amigos o incentivassem a agir. Para ela, era um dever indispensável quitar as dívidas com os credores com toda a rapidez que o mais amplo corte de despesas pudesse permitir; e não considerava digno nada menos do que isso. Era preciso aceitar esse critério e considerá-lo uma obrigação. Ela valorizava muito a influência de *lady* Russell e, quanto ao severo grau de abnegação que sua própria consciência ditava, acreditava que poderia haver um pouco mais de dificuldade em persuadi-los de uma reforma completa do que de uma parcial. Seu conhecimento do pai e de Elizabeth a fez pensar que o sacrifício de um par de cavalos não seria menos doloroso do que o de todos, e, assim por diante, ao repassar toda a lista de cortes excessivamente brandos de *lady* Russell.

Pouco importa saber como as requisições mais rígidas de Anne poderiam ter sido vistas. *Lady* Russell não teve sucesso algum: seus planos não podiam, não deveriam, ser tolerados. "O quê!? Todo o conforto da vida será eliminado! Viagens, Londres, criados, cavalos, comida... Reduções e restrições em toda parte! Não teria nem mesmo direito às decências típicas de um cavalheiro! Não: melhor deixar Kellynch Hall imediatamente do que permanecer ali em termos tão vergonhosos."

"Deixar Kellynch Hall." A sugestão foi imediatamente aceita pelo senhor Shepherd, que tinha interesse em concretizar as economias de *sir* Walter e estava perfeitamente convencido de que isso não seria possível sem uma mudança de domicílio. Como a ideia fora da própria pessoa encarregada de dar as ordens, ele não teve problemas, confessando que era essa a sua opinião. Não lhe parecia que *sir* Walter pudesse alterar materialmente seu estilo de vida em uma casa que precisava sustentar tamanhas hospitalidade e dignidade. Em qualquer outro lugar, *sir* Walter poderia ordenar o dia a dia segundo seus próprios critérios e estabelecer seu estilo de vida da maneira que julgasse melhor.

*Sir* Walter deixaria Kellynch Hall; e, depois de mais alguns dias de dúvida e indecisão, a grande questão de para onde ir foi resolvida, concretizando o primeiro esboço dessa importante mudança.

Havia três alternativas: Londres, Bath ou outra casa no campo. Todos os desejos de Anne estavam voltados para a última. Uma pequena casa em sua própria vizinhança, onde poderiam ter a companhia de *lady* Russell, estar perto de Mary e ainda ter o prazer de ver, às vezes, os gramados e bosques de Kellynch, era tudo o que sua ambição desejava. Mas seu destino iria impor, como sempre, algo totalmente oposto a seus desejos. Não gostava de Bath e não achava que a cidade fosse boa para ela, mas Bath seria sua casa.

A princípio, *sir* Walter pensara em Londres, mas o senhor Shepherd achava que não podia confiar nele na cidade, e mostrara-se hábil o suficiente para dissuadi-lo e fazer com que preferisse Bath. Era um lugar muito mais seguro para um cavalheiro com seus problemas. Ele poderia manter sua posição a um custo muito menor. Duas das vantagens materiais de Bath sobre Londres tinham, é claro, pesado bastante: a distância mais conveniente de Kellynch, de apenas oitenta quilômetros, e o fato de *lady* Russell passar parte de todos os invernos ali. E, para grande satisfação de *lady* Russell, cujas primeiras opiniões sobre a mudança prevista tinham favorecido Bath, *sir* Walter e Elizabeth foram convencidos de que não perderiam nem prestígio ou prazer ao se estabelecerem ali.

*Lady* Russell sentiu-se obrigada a opor-se aos conhecidos desejos de sua querida Anne. Seria demais esperar que *sir* Walter se rebaixasse a viver em uma pequena casa em sua própria vizinhança. A própria Anne sofreria as humilhações mais do que previa, e, para *sir* Walter, teria sido terrível. E, com relação à antipatia de Anne por Bath, ela a considerava um preconceito e um erro oriundos, em primeiro lugar, do fato de ela ter ali estudado três anos após a morte da mãe, e, em segundo, de não ter se mostrado bem-disposta no único inverno passado na cidade com ela.

Resumindo, *lady* Russell gostava de Bath e achava que seria melhor para todos. Quanto à saúde de sua jovem amiga, não haveria perigo se ela viesse passar todos os meses quentes com ela em Kellynch Lodge. Seria, de fato, uma mudança que faria bem à saúde e ao espírito. Anne saía muito pouco de casa, conhecia pouco o mundo. Estava sempre indisposta. Um círculo social maior poderia lhe fazer bem. Queria que a menina fosse mais conhecida.

*Sir* Walter não queria nenhuma outra casa na mesma região por uma questão muito importante que fora decidida logo no começo. Ele não ia apenas deixar sua casa, mas teria que vê-la nas mãos de outros: uma prova de fortaleza, que cabeças mais fortes que as de *sir* Walter não teriam aguentado. Kellynch Hall deveria ser deixada. Isso, no entanto, era um segredo profundo, que não devia ser discutido fora de seu próprio círculo.

*Sir* Walter não poderia suportar a degradação de ser conhecido por ter alugado a própria casa. Certa vez, o senhor Shepherd mencionara a palavra "anunciar", mas nunca ousou repeti-la. *Sir* Walter rejeitava a ideia de oferecê-la de qualquer maneira. Proibiu a menor sugestão disso, dizendo que a alugaria apenas se fosse espontaneamente procurado por algum candidato irrecusável, em seus próprios termos, e como um grande favor.

Com que rapidez surgem as razões para aprovar o que gostamos! *Lady* Russell tinha outro excelente motivo para estar feliz por *sir* Walter e sua família se afastarem daquela região. Elizabeth vinha desenvolvendo uma amizade que ela desejava ver interrompida. Era com a filha do senhor Shepherd, que tinha voltado, depois de um casamento malsucedido, à casa do pai, com o fardo adicional de dois filhos. Era uma jovem esperta, que entendia a arte de agradar – a arte de agradar, pelo menos, em Kellynch Hall, e que se tornara tão aceitável para a senhorita Elliot. Esta já tinha se hospedado lá mais de uma vez, apesar de *Lady* Russell, que considerava aquela amizade bastante equivocada, ter sugerido cautela e reserva.

*Lady* Russell, na verdade, quase não tinha influência sobre Elizabeth, e a amava, embora ela pouco merecesse esse amor. Nunca recebera da jovem mais do que uma atenção superficial, nada além do respeito formal. Nunca conseguia convencê-la de nada quando ela já tinha tomado uma decisão. Fora repetidamente muito enfática em tentar incluir Anne na viagem a Londres, muito sensível a toda a injustiça e todo o descrédito dos arranjos egoístas que a excluíam. Em muitas ocasiões menores, esforçara-se para ajudar e aconselhar Elizabeth, mas sempre em vão: ela fazia o que queria e nunca demonstrara uma oposição mais decidida contra *lady* Russell do que nesta amizade com a senhora Clay, virando as costas para a amizade com uma irmã merecedora para dar seu afeto e sua confiança a alguém com quem não deveria ter mais do que uma relação de civilidade distante.

Na opinião de *lady* Russell, a desigualdade na relação entre as duas e o caráter da senhora Clay tornavam-na uma companhia muito perigosa. Assim, uma mudança que deixasse a senhora Clay para trás e permitisse a escolha de amizades mais adequadas para senhorita Elliot era um objetivo de primordial importância.

## Capítulo 3

– Devo observar, *sir* Walter, que a atual conjuntura é muito favorável para nós – disse o senhor Shepherd certa manhã em Kellynch Hall, ao deixar o jornal. – Esta paz trará de volta todos os nossos ricos oficiais da Marinha. Eles estarão todos à procura de uma casa. Não poderia ser um momento melhor, *sir* Walter, para escolher inquilinos bem responsáveis. Muitas respeitáveis fortunas foram feitas durante a guerra. Se um almirante rico cruzasse nosso caminho, *sir* Walter...

– Ele seria um homem de muita sorte, Shepherd – respondeu *sir* Walter. – É tudo o que tenho a dizer. Kellynch Hall seria mesmo um prêmio para alguém assim. Na verdade, o maior prêmio de todos, mesmo sendo alguém que já tenha recebido muitos antes, não é, senhor Shepherd?

O senhor Shepherd riu, pois sabia que era sua obrigação, e, em seguida, acrescentou:

– Permita-me observar, *sir* Walter, que, no mundo dos negócios, os cavalheiros da Marinha sabem lidar bem com isso. Tenho um pouco de conhecimento de seus métodos de fazer negócios e devo confessar que eles têm ideias muito liberais e são excelentes inquilinos. Portanto, *sir* Walter, o que eu gostaria de sugerir é que algum boato de suas intenções pode se espalhar, algo a ser contemplado como algo possível, pois sabemos como é difícil manter as ações e os projetos de uma parte do mundo longe do conhecimento e da curiosidade da outra. O prestígio tem seu preço. Eu, John Shepherd, poderia esconder qualquer assunto familiar que escolhesse, pois ninguém pensaria que valeria a pena me observar, mas todos os olhos estão voltados para *sir* Walter Elliot, algo muito difícil de impedir. Portanto, arrisco-me a dizer que não me surpreenderia muito se, mesmo com toda a nossa cautela, algum rumor da verdade chegasse ao exterior. Caso isso aconteça, como eu estava prestes a observar, e uma vez que as candidaturas serão inevitáveis, penso que qualquer um de nossos ricos comandantes navais seria um candidato particularmente digno de atenção. E peço licença para acrescentar que posso estar aqui em duas horas a qualquer momento. Assim, o senhor não teria que se preocupar em responder.

*Sir* Walter apenas assentiu. Mas, logo depois, levantando-se e andando pela sala, observou sarcasticamente:

– Há poucos cavalheiros na Marinha, imagino, que não ficariam surpresos de se verem dentro de uma casa como esta.

– Sem dúvida, olhariam em volta e abençoariam a própria sorte – disse a senhora Clay, pois ela estava presente: o pai a trouxera, uma vez que nada fazia tão bem à sua saúde quanto uma visita a Kellynch. – Mas eu concordo com meu pai quando diz que um membro da Marinha pode ser um inquilino muito desejável. Eu conheci um pouco da profissão, e, além da liberalidade, eles são tão limpos e cuidadosos! Esses seus quadros valiosos, *sir* Walter, se optar por deixá-los, estarão perfeitamente seguros. Tudo dentro e ao redor da casa será muito bem cuidado! Os jardins e arbustos seriam mantidos em quase tão boa ordem quanto estão agora. Não precisa ter medo, senhorita Elliot, de que seus jardins de flores fiquem abandonados.

– Quanto a tudo isso, supondo que fosse obrigado a deixar minha casa, não estou convencido de maneira alguma sobre as propriedades ao redor dela – respondeu *sir* Walter friamente. – Não tenho a intenção de favorecer um inquilino. O parque estaria aberto para ele, é claro, e poucos oficiais da Marinha, ou homens de qualquer outra descrição, podem ter algo assim ao alcance. Mas as restrições que vou impor sobre o uso dos terrenos são outra coisa. Não gosto da ideia de que meus arbustos estejam sempre acessíveis e recomendo à senhorita Elliot tomar suas precauções com relação a seu jardim de flores. Estou pouco disposto a conceder a algum inquilino de Kellynch Hall qualquer favor extraordinário, seja marinheiro ou soldado.

Após uma breve pausa, o senhor Shepherd disse:

– Em todos esses casos, existem usos estabelecidos que tornam tudo claro e fácil entre o senhorio e o inquilino. Seu interesse, *sir* Walter, está em boas mãos. Confie em mim e cuidarei para que nenhum inquilino exija mais do que o justo. Atrevo-me a dizer que *sir* Walter Elliot não dedica a seus próprios assuntos nem a metade do que dedica John Shepherd.

Então Anne interveio:

– Acho que a Marinha, que fez tanto por nós, pelo menos, tem tanto direito quanto qualquer outro grupo de homens a todos os confortos e privilégios que qualquer casa pode dar. Os marinheiros trabalham muito duro por nós. Acredito que, nesse ponto, estamos todos de acordo.

– É verdade, é verdade. O que a senhorita Anne está dizendo é a mais pura verdade – foi a resposta do senhor Shepherd.

– Ah! Certamente – concordou sua filha.

Mas logo se seguiu o comentário de *sir* Walter:

– A profissão tem sua utilidade, mas eu lamentaria ver qualquer amigo dedicando-se a ela.

– É mesmo? – ecoaram todos, com uma expressão de espanto.

– Sim, em dois pontos ela me desagrada. Tenho dois fortes motivos para me objetar a ela. Primeiro, é um meio de fazer com que pessoas de nascimento obscuro tenham uma distinção indevida, proporcionando aos homens honrarias que seus pais e avós nunca sonharam. E, em segundo lugar, destrói a juventude e o vigor de um homem de maneira terrível. Um marinheiro envelhece mais cedo que qualquer outro homem. Observei isso a vida inteira. Na Marinha, um homem corre mais risco do que em qualquer outra profissão de ser insultado por alguém vindo de uma família bem inferior e de se tornar ele próprio prematuramente um objeto de repulsa. Certo dia, na primavera passada, na cidade, encontrei-me com dois homens, exemplos impressionantes do que estou falando: lorde St. Ives, cujo pai, todos sabemos, foi um cura que não tinha onde cair morto. Precisei dar passagem a lorde St. Ives e a um certo almirante Baldwin, o personagem de aparência mais deplorável que se possa imaginar. Seu rosto era da cor do mogno, áspero e maltratado até o último grau, cheio de linhas e vincos, nove fios de cabelo grisalhos para um lado e nada além de um pouco de pó de arroz no rosto. "Em nome do céu, quem é esse velhote?", perguntei a um amigo que estava perto (*sir* Basil Morley). "Velhote!", exclamou *sir* Basil. "É o almirante Baldwin. Quantos anos acha que ele tem?" "Sessenta", disse eu, "ou talvez sessenta e dois". "Quarenta", respondeu *sir* Basil. "Quarenta e não mais." Imagine a minha surpresa. Não esquecerei facilmente o almirante Baldwin. Nunca vi um exemplo tão infeliz do que a vida no mar é capaz de fazer, mas, até certo ponto, sei que é o mesmo com todos eles: estão todos envelhecidos e expostos a todos os climas, até não conseguirmos mais olhar para eles. É uma pena não receberem um golpe na cabeça de uma vez, antes que alcancem a idade do almirante Baldwin.

– Não, *sir* Walter! – exclamou a senhora Clay. – O senhor está sendo muito severo. Tenha um pouco de misericórdia pelos pobres homens. Nem todos nascem para ser bonitos. O mar não deixa ninguém mais belo, certamente. Os marinheiros envelhecem antes do tempo. Eu observei isso: eles logo perdem a aparência da juventude. Mas, então, não acontece o mesmo com várias outras profissões, talvez a maioria? Soldados no serviço ativo não estão exatamente em melhor situação. E, mesmo nas profissões mais calmas, há dificuldades e um esforço mental, quando não do corpo, que raramente deixa a aparência de um homem de acordo com o efeito natural do tempo. O advogado agita-se, muito preocupado, o médico está acordado todas as horas e viaja a qualquer momento e, até mesmo, o sacerdote… – ela parou por um momento para considerar o que poderia ser o problema do sacerdote. – E, até mesmo, o sacerdote, o senhor sabe que é obrigado a entrar em quartos infectos, expor a saúde e verificar todos os problemas de uma atmosfera venenosa. De fato, como há muito tempo estou convencida, embora toda profissão seja necessária e honrosa, apenas aqueles que têm a sorte de não serem obrigados a seguir nenhuma podem ter uma vida regrada, no campo, donos do próprio tempo, de acordo com suas próprias atividades e vivendo em sua própria propriedade, sem o tormento de serem obrigados a conquistar mais. É apenas essa sorte, eu digo, que mantém as bênçãos da saúde e uma boa aparência ao máximo. Não conheço nenhum outro grupo de homens que não perca algo de sua elegância quando deixa de ser jovem.

Parecia que o senhor Shepherd, nessa ansiedade de ganhar a boa vontade de *sir* Walter em relação a um oficial da Marinha como inquilino, fora dotado com o dom da vidência. Pois a primeira candidatura para a casa foi de um certo almirante Croft, a quem conhecera durante as sessões trimestrais do tribunal de Taunton, já tendo sido avisado das intenções do almirante por um conhecido de Londres. Pelo relatório levado para Kellynch, o almirante Croft era natural de Somersetshire e, depois de adquirir uma grande fortuna, desejava se estabelecer em sua terra natal, tendo vindo a Taunton para ver alguns lugares anunciados naquela vizinhança que, no entanto, não haviam agradado. Por acaso, tinha ouvido falar (foi exatamente como previra, observou o senhor Shepherd; as preocupações de *sir* Walter não podiam ser mantidas em segredo) da possibilidade de que Kellynch Hall estivesse sendo alugada. Sabendo da sua (do senhor Shepherd) conexão com o dono, apresentara-se para saber mais detalhes, tendo expressado, no decorrer de uma conversa bastante longa, um forte interesse pelo lugar, tanto quanto possível para alguém que conhecia a casa apenas pela descrição. E dera ao senhor Shepherd, ao falar sobre si mesmo, todas as provas de ser um inquilino responsável e satisfatório.

– E quem é o almirante Croft? – foi a pergunta fria e desconfiada de *sir* Walter.

O senhor Shepherd respondeu que era de uma família respeitável e mencionou um lugar. Anne, depois da pequena pausa que se seguiu, acrescentou:

– Ele é um contra-almirante do esquadrão branco. Lutou em Trafalgar e encontra-se nas Índias Orientais desde essa época. Acho que já serve lá há vários anos.

– Então, posso garantir que tem um rosto tão laranja quanto os punhos e as capas da libré dos meus criados – observou *sir* Walter.

## Persuasão

O senhor Shepherd apressou-se em assegurar que o almirante Croft era um homem muito saudável, bem-apessoado, um pouco castigado pelo clima, certamente, mas não muito, e um perfeito cavalheiro em todas as suas ideias e no comportamento. Não era provável que criasse a menor dificuldade quanto aos termos. Só queria uma casa confortável para ocupar o mais rápido possível. Sabia que deveria pagar por sua conveniência. Sabia o que significava alugar uma casa mobiliada. Não ficaria surpreso se *sir* Walter tivesse pedido mais. Tinha perguntado sobre o proprietário, disse que gostaria de se apresentar, como era o correto, mas não insistiu muito nisso. Disse que, às vezes, saía para atirar, mas nunca matava. Era um ótimo cavalheiro.

O senhor Shepherd foi muito eloquente, apontando todas as circunstâncias da família do almirante, o que o tornava peculiarmente desejável como inquilino. Era casado e sem filhos. O melhor estado desejado. Uma casa nunca era bem cuidada, observou o senhor Shepherd, sem uma dama. Não sabia se a mobília corria mais riscos quando não havia nenhuma senhora ou quando havia muitas crianças. Uma mulher, sem filhos, era a melhor conservadora de móveis do mundo. Também tinha visto a senhora Croft. Ela estava em Taunton com o almirante e estivera presente durante quase todo o tempo em que haviam conversado sobre o assunto.

– E parecia ser uma senhora bem-educada, gentil e perspicaz – continuou ele. – Fez mais perguntas sobre a casa, o aluguel e as taxas do que o próprio almirante. E parecia mais familiarizada com os negócios. Além do mais, *sir* Walter, descobri que ela tem um vínculo com esta região, mais do que o marido. É irmã de um cavalheiro que viveu entre nós certa vez, ela mesma me contou: irmã do cavalheiro que viveu há alguns anos em Monkford. Meu Deus! Qual era o nome dele? No momento, não consigo lembrar o nome, embora o tenha ouvido há pouco tempo. Penélope, minha querida, pode me ajudar a lembrar o nome do cavalheiro que morava em Monkford, o irmão da senhora Croft?

Mas a senhora Clay estava tão concentrada na conversa com a senhorita Elliot que não ouviu o pedido.

– Não tenho ideia de quem o senhor está falando, Shepherd. Não me lembro de nenhum cavalheiro residente em Monkford desde a época do antigo governador Trent.

– Meu Deus! Que estranho! Devo esquecer meu próprio nome em breve. Um nome com o qual estou muito bem familiarizado. Conheci o cavalheiro tão bem de vista. Eu o vi uma centena de vezes. Veio me consultar uma vez, eu me lembro, sobre uma transgressão de um de seus vizinhos. Um dos funcionários do fazendeiro invadiu seu pomar, derrubou um muro, roubou maçãs. Ele foi pego no ato e depois, contrariando meu conselho, submetido a um acordo amigável. Muito estranho mesmo!

Depois de esperar alguns instantes:

– Está falando do senhor Wentworth? – disse Anne.

O senhor Shepherd ficou muito grato.

– Wentworth! Era esse o nome! Wentworth era o homem. Ele foi vigário em Monkford, o senhor sabe, *sir* Walter, algum tempo atrás, por dois ou três anos. Chegou lá no ano de 1805, acredito. Tenho certeza de que se lembra dele.

– Wentworth? Ah, sim! O senhor Wentworth, cura de Monkford. O senhor me confundiu usando o termo "cavalheiro". Pensei que estivesse falando de algum homem de propriedade: o senhor Wentworth não era ninguém, eu me lembro, muito pouco conectado, nada a ver com a família Strafford. Pergunto-me como os nomes de tantos da nossa nobreza se tornaram tão comuns…

Quando o senhor Shepherd percebeu que essa conexão dos Croft não ajudava *sir* Walter, não a mencionou mais. Voltou, com todo zelo, a insistir nas circunstâncias mais indiscutivelmente favoráveis a eles. A idade, o fato de serem apenas dois, sua fortuna, como tinham gostado de Kellynch Hall e o extremo interesse em alugá-la. Parecia que não queriam nada mais do que a felicidade de serem os inquilinos de *sir* Walter Elliot. Seria uma felicidade extraordinária, sem dúvida, caso pudessem supor que soubessem o segredo da remuneração que *sir* Walter julgava adequada por parte de um inquilino.

# Persuasão

Tudo deu certo, no entanto, e, embora *sir* Walter visse com maus olhos qualquer um que pretendesse habitar aquela casa, e os achasse afortunados por terem a permissão de alugá-la ao mais alto preço, foi convencido a autorizar o senhor Shepherd a seguir adiante com as negociações. Então, autorizou-o a encontrar almirante Croft, que ainda estava em Taunton, para organizar um dia de visita à casa.

*Sir* Walter não era muito esperto, mas ainda assim tinha experiência suficiente do mundo para sentir que dificilmente poderia encontrar um locatário menos irrepreensível, em todos os aspectos essenciais, do que o almirante Croft. Até este ponto chegava seu entendimento, e sua vaidade encontrava um pouco mais de conforto na posição social do almirante, que era alta o suficiente, mas não demais. "Aluguei minha casa para o almirante Croft" soaria muito bem, muito melhor do que para um senhor qualquer... Um senhor (com a exceção de uma meia dúzia no país) requer sempre uma nota explicativa. Um almirante fala por si mesmo e, ao mesmo tempo, nunca poderia diminuir um barão. Em todos os seus negócios e relações, *sir* Walter Elliot deveria ter sempre a precedência.

Nada poderia ser feito sem a participação de Elizabeth, mas ela estava cada vez mais decidida a se mudar e feliz por ter tudo resolvido e agilizado em relação ao inquilino. Por isso, não falou nenhuma palavra para suspender a decisão.

O senhor Shepherd estava autorizado a prosseguir, e, assim que um acordo foi fechado, Anne, que tinha sido a ouvinte mais atenta a tudo, abandonou a sala, buscando o conforto do ar fresco para suas faces coradas. E, enquanto caminhava por seu bosque predileto, disse com um leve suspiro:

– Mais alguns meses e talvez ele esteja andando por aqui...

# Capítulo 4

Não era o senhor Wentworth, o ex-cura de Monkford, por mais suspeitas que fossem as aparências, mas o capitão Frederick Wentworth, seu irmão, que chegara a capitão de fragata em razão dos combates de Santo Domingo e, sem ter recebido outra missão, viera a Somersetshire no verão de 1806. Não tendo pais vivos, encontrou Monkford como lar durante seis meses. Naquela época, era um jovem muito vistoso, muito inteligente, espirituoso e brilhante, e Anne era uma menina extremamente bonita, gentil, modesta, com bom gosto e sentimento. Metade da soma desses atrativos, de ambos os lados, poderia ter sido suficiente, pois ele não tinha nada para fazer, e ela, quase ninguém para amar. O encontro de qualidades tão copiosas não poderia falhar. Foram se conhecendo aos poucos e, quando viraram amigos, apaixonaram-se rápida e profundamente. Seria difícil dizer qual tinha visto a mais alta perfeição no outro, ou qual tinha ficado mais feliz: a moça, ao receber as declarações e propostas dele, ou o rapaz, quando ela as aceitou.

Seguiu-se um período de grande felicidade, mas foi curto. Logo surgiram problemas. *Sir* Walter, ao ser consultado, sem realmente recusar seu consentimento, ou dizer que nunca o daria, reagiu negativamente com grande espanto, muita frieza, forte silêncio e uma decisão professa de nada fazer pela filha. Ele achava que seria um casamento muito degradante, e *lady* Russell, embora com orgulho mais moderado e compassivo, julgava a decisão de Anne um grande infortúnio.

## Persuasão

Anne Elliot, com todos os seus atributos de berço, beleza e espírito, arruinar tudo isso aos 19 anos, envolvendo-se com um jovem que não tinha nada para recomendá-lo além de si mesmo, e nenhuma esperança de alcançar riqueza, a não ser a sorte em uma das profissões mais incertas, e nenhuma conexão para assegurar até mesmo sua ascensão nesta carreira, seria, de fato, um desperdício que a entristecia só de pensar! Anne Elliot, tão jovem. Tão pouco conhecida, arrebatada por um estranho sem relações ou fortuna, ou melhor, afundada por ele em um estado de dependência tão desgastante, aflitivo e destruidor da juventude! Aquilo não poderia acontecer, não se pudesse ser evitado pela interferência justa de uma amiga, alguém que tivesse quase o amor e os direitos de mãe.

O capitão Wentworth não tinha fortuna. Tivera sorte na profissão, mas gastara livremente o que viera livremente, não conseguira acumular nada. Mas estava confiante de que logo seria rico. Cheio de vida e ardor, sabia que logo teria um navio e estaria em um posto que lhe traria tudo o que desejava. Sempre tivera sorte e sabia que continuaria assim. Expressava essa certeza com tal confiança que isso fora o bastante para Anne, mas *lady* Russell via as coisas de maneira bem distinta. O temperamento otimista e o espírito destemido do capitão Wentworth exerciam um impacto muito diferente sobre ela, que só via exemplos de um caráter perigoso. Ele era brilhante e teimoso, e *lady* Russell tinha pouco gosto pela inteligência e horror por qualquer coisa que se aproximasse da imprudência. Desprezava a relação de todas as formas.

A oposição que esses sentimentos produziam era mais do que Anne poderia combater. Embora fosse jovem e de caráter gentil, ainda assim poderia ter resistido ao pai, que contava com o apoio de sua irmã. Mas *lady* Russell, a quem ela sempre amara e em quem sempre confiara, com sua opinião tão firme e imensa ternura, não a poderia estar aconselhando em vão. Acabou persuadida a acreditar que a relação era um erro: indiscreta, imprópria, dificilmente capaz de ser bem-sucedida e indigna. Mas não foi uma cautela meramente egoísta que a fez agir e terminar com tudo. Se não tivesse imaginado que estava pensando no bem dele, ainda mais do que em seu próprio, dificilmente poderia ter desistido. A convicção de estar sendo prudente e abnegada, principalmente para o bem dele, era seu principal consolo para a infelicidade que aquela separação definitiva causava. E todo consolo era necessário, pois precisou enfrentar toda a dor causada pelas opiniões dele, que não estava convencido e mostrou-se inflexível, muito contrariado pela decisão de Anne. O rapaz havia partido por causa disso.

Foram alguns meses entre o começo e o fim do relacionamento dos dois, mas o sofrimento de Anne não terminara tão depressa. Seu apego e seu arrependimentos tinham, por um longo tempo, obscurecido todo o prazer da juventude, e uma perda prematura de vigor e espírito havia sido o efeito duradouro.

Mais de sete anos se passaram desde que essa pequena história dolorosa chegara ao fim, e o tempo abrandara muito, talvez quase todo, o apego que tinha por ele, mas ela confiara demais no tempo. Nenhuma ajuda havia sido dada por uma mudança de ares (exceto uma visita a Bath logo após a ruptura), quaisquer novidades ou amizades. Ninguém que se comparasse a Frederick Wentworth, tal como este sobrevivia em sua lembrança, adentrara o círculo de Kellynch. Nenhum outro relacionamento, a única cura completamente natural, eficaz e suficiente, nesta fase da vida, era possível pelo refinamento de sua mente e a delicadeza de seu gosto, nos estreitos limites da sociedade à sua volta. Fora pedida em casamento, quando tinha cerca de 22 anos, pelo jovem que, pouco tempo depois, encontrara maior receptividade em sua irmã mais nova. E *lady* Russell lamentou sua recusa, pois Charles Musgrove era o filho mais velho de um homem cujas propriedade e importância geral eram as segundas naquela região, abaixo apenas de *sir* Walter. Ele também tinha bom caráter e aparência, e, mesmo *lady* Russell esperando algo melhor quando Anne tinha 19 anos, ficaria alegre em vê-la aos 22 tão honradamente afastada das desigualdades e injustiças da casa de seu pai e estabelecida permanentemente perto dela. Mas, neste caso, Anne não dera ouvidos a seus conselhos. E embora *lady* Russell, tão satisfeita como sempre com sua discrição, nunca tivesse desejado que o passado fosse desfeito, tinha começado a sentir uma aflição, beirando a desesperança, de Anne ser tentada por algum homem de talento e independência a entrar em um estado ao qual achava que a moça estava peculiarmente ajustada por sua afetuosidade e seus hábitos caseiros.

Elas não conheciam a opinião uma da outra, nem sua constância ou sua mudança, sobre o ponto principal da conduta de Anne, pois o assunto nunca era mencionado. Mas Anne, aos 27 anos, pensava de maneira muito diferente do que aos 19. Não culpava *lady* Russell, não se culpava por ter sido guiada por ela, mas achava que qualquer jovem, em circunstâncias semelhantes, se a procurasse por conselhos, jamais receberia algum que pudesse levar a tanta infelicidade, nem a um futuro tão incerto. Estava convencida de que, apesar de toda a desvantagem da desaprovação em casa e de toda a ansiedade em relação à profissão dele, todos os seus prováveis temores, demoras e decepções, ainda teria sido uma mulher mais feliz se tivesse mantido o noivado do que tendo sacrificado tudo. E isso apesar da infinidade de contrariedades e dilações possíveis, sem contar os resultados reais que lhes teriam proporcionado prosperidade mais cedo do que poderia ter sido razoavelmente calculado. Todas as expectativas otimistas do rapaz, toda a confiança dele tinham sido justificadas. Seu gênio e seu ardor pareciam prever e comandar um caminho próspero. Logo após o fim do relacionamento, ele obtivera uma nova missão: e tudo o que dissera que aconteceria realmente aconteceu. Distinguira-se e logo subira outro degrau, e agora já deveria ter conseguido, por sucessivas capturas, uma bela fortuna. Anne tinha apenas os registros da Marinha e os jornais para provar isso, mas não podia duvidar de que fosse rico, e, considerando a constância dele, não tinha motivos para acreditar que estivesse casado.

Como Anne Elliot poderia ter sido eloquente! Como eram eloquentes sua defesa de um apego precoce e caloroso e sua alegre confiança no futuro, contra aquela cautela excessivamente aflita que parecia desdenhar o esforço e desconfiar da Providência! Tinha sido forçada a ser prudente em sua juventude, aprendera o que era ser romântica à medida que crescia: a sequência natural de um começo antinatural.

Com todas essas circunstâncias, lembranças e sentimentos, não podia ouvir que a irmã do capitão Wentworth, provavelmente, viveria em Kellynch sem um renascimento da dor anterior. E muitos passeios e muitos suspiros foram necessários para dissipar a inquietude despertada por essa ideia. Costumava dizer a si mesma que isso era loucura, antes de conseguir acalmar os nervos o suficiente para ouvir as conversas sobre os Croft e seus negócios sem sofrer. Foi ajudada, no entanto, pela perfeita indiferença e pela aparente inconsciência das três únicas pessoas que conheciam o segredo do passado, e que pareciam quase negar qualquer lembrança. Podia compreender a superioridade das motivações de *lady* Russell, com relação às do pai e de Elizabeth, para agir assim. Podia entender todos os sentimentos nobres que motivavam a calma dela. Caso o almirante Croft realmente viesse a alugar Kellynch Hall, Anne se alegraria novamente com a reconfortante convicção de que, entre todas as suas relações, o passado só era conhecido por essas três pessoas, e que nenhuma delas jamais diria qualquer palavra a respeito. Da parte dele, apenas o irmão com quem morava na época havia tido qualquer informação sobre o breve noivado entre os dois. Aquele irmão estava há muito tempo fora do país, e, sendo um homem sensato e solteiro na época, ela acreditava que nenhuma pessoa teria ouvido a história de sua boca.

A irmã dele, a senhora Croft, morava fora da Inglaterra na ocasião, acompanhando o marido em um posto no exterior. E sua irmã, Mary, estava na escola quando tudo aconteceu e nunca ficara sabendo, pelo orgulho de alguns e pela delicadeza dos outros, de nada dessa história.

Com essas garantias, esperava que a amizade entre ela e os Croft, que supunha provável, com *lady* Russell ainda morando em Kellynch e Mary a menos de cinco quilômetros de distância, não envolveria nenhum constrangimento específico.

## Capítulo 5

Na manhã marcada para a visita do almirante e da senhora Croft a Kellynch Hall, Anne achou mais natural fazer sua quase diária caminhada até a casa de *lady* Russell e manter-se fora até tudo terminar. No entanto, lamentou-se por ter perdido a oportunidade de vê-los.

O encontro das duas famílias foi muito satisfatório e decidiu todo o negócio de uma só vez. Cada dama já estava predisposta a um acordo, e, portanto, uma nada viu na outra a não ser boas maneiras. Quanto aos cavalheiros, havia um bom humor tão cordial, uma generosidade tão aberta e confiante do lado do almirante, que isso não pôde deixar de influenciar *sir* Walter. Além do mais, este fora influenciado a se portar melhor e de maneira mais refinada pelas garantias do senhor Shepherd de que o almirante era um modelo de boa criação.

A casa, o terreno e os móveis foram aprovados, os Croft também; os termos, os prazos, tudo estava certo. E os funcionários do senhor Shepherd estavam prontos para trabalhar, sem que houvesse uma única diferença preliminar a modificar no contrato de aluguel.

*Sir* Walter, sem hesitação, declarou que o almirante era o marinheiro mais bem-apessoado que já conhecera e chegou a dizer que, se seu próprio lacaio pudesse ter lhe arrumado os cabelos, não teria vergonha em ser visto com ele em lugar algum. E o almirante, com uma cordialidade compreensiva, observou à esposa enquanto voltavam pelo parque:

– Achei que chegaríamos logo a um acordo, minha querida, apesar do que nos contaram em Taunton. O baronete não inventou a roda, mas parece inofensivo.

Elogios recíprocos, que teriam sido estimados de igual para igual.

Os Croft mudariam-se no fim de setembro, e como *sir* Walter tinha proposto a mudança para Bath no mês anterior, não havia tempo a perder para fazer todos os arranjos necessários.

*Lady* Russell, convencida de que Anne não poderia ter qualquer utilidade, ou importância, na escolha da casa em que iriam morar, não estava muito disposta a deixá-la ir. Desejava que ela ficasse e a acompanhasse até Bath depois do Natal. Mas, tendo seus próprios compromissos, que deveriam afastá-la de Kellynch por várias semanas, foi incapaz de organizar o convite como desejava. E Anne, mesmo temendo o possível calor de setembro em Bath e lamentando não aproveitar os doces e tristes meses outonais no campo, não achava que, no fim das contas, queria permanecer ali. Seria mais correto e mais sensato – portanto, menos sofrido – ir com os outros.

Algo ocorreu, no entanto, que acabou obrigando-a a assumir um dever diferente. Mary, muitas vezes indisposta, sempre se lamentando muito por problemas, tinha o hábito de recorrer a Anne quando não se sentia bem. Prevendo que estaria mal durante todo o outono, pediu, ou melhor, exigiu, pois não foi realmente um pedido, que ela viesse a Uppercross Cottage e lhe fizesse companhia o tempo necessário, em vez de ir para Bath.

– Não posso ficar sem Anne – era o raciocínio de Mary. E a resposta de Elizabeth foi:

– Então tenho certeza de que é melhor Anne ficar, porque ninguém a quer em Bath.

Ser reivindicada como algo bom, embora em um estilo impróprio, é melhor do que ser rejeitada como totalmente inútil. E Anne, feliz por ser considerada de alguma utilidade, feliz por ter algo parecido a um dever, e com certeza nada infeliz por continuar no campo, seu querido campo, prontamente concordou em ficar.

# Persuasão

O convite de Mary eliminou todas as dificuldades de *lady* Russell, e logo ficou resolvido que Anne não deveria ir a Bath enquanto não a chamasse, passando todo esse período entre Uppercross Cottage e Kellynch Lodge.

Até o momento, tudo estava indo bem, mas *lady* Russell surpreendeu-se com o erro de uma parte do plano elaborado em Kellynch Hall. Foi o fato de a senhora Clay ter sido convidada para ir a Bath com *sir* Walter e Elizabeth, como importante e valiosa assistente nas tarefas que ainda teriam adiante. *Lady* Russell lamentava profundamente que tal medida tivesse sido imaginada e adotada. E a afronta que isso representava para Anne, o fato de a senhora Clay ser tão útil, enquanto ela própria não tinha utilidade alguma, agravou em muito a situação.

Anne ficou ofendida com essa afronta, sentindo a imprudência do arranjo tão intensamente quanto *lady* Russell. Com uma grande dose de observação discreta, e conhecendo o caráter do pai, algo que muitas vezes preferia não conhecer, era sensato imaginar que os resultados daquela intimidade poderiam ser muito sérios para sua família. Não imaginava que *sir* Walter estivesse pensando nisso no momento. A senhora Clay tinha sardas, um dente saliente e um pulso muito grosso, sobre o qual ele fazia muitas observações severas, quando a tal mulher não estava presente. Mas era jovem e, sem dúvida, de bom aspecto, além de possuir, graças a um raciocínio veloz e a modos agradáveis, atrativos bem mais perigosos do que qualquer outro encanto. Anne ficou tão impressionada com o grau de perigo que isso representava que não deixou de tentar mostrá-lo à irmã. Não tinha muita esperança de ser bem-sucedida, mas pensou que Elizabeth, em caso de tal reviravolta, sofreria muito mais do que ela. Jamais deveria ter motivos para repreendê-la por não ter soado o alerta.

Ela falou e pareceu apenas ofender. Elizabeth não entendia como a irmã podia nutrir tal absurda suspeita e, indignada, respondeu cada frase como se soubesse perfeitamente a situação deles.

– A senhora Clay nunca se esquece de quem é – disse ela, enfática. – E eu, como estou mais familiarizada com os sentimentos dela do que você, posso assegurar que, em relação ao casamento, estes são especialmente agradáveis, e ela reprova toda desigualdade de condição e de posição mais do que a maioria das pessoas. Quanto a meu pai, realmente não acho que ele, que se manteve solteiro por tanto tempo para nosso bem, deva ser agora alvo de suspeitas. Se a senhora Clay fosse uma mulher muito bonita, garanto que, talvez, fosse errado solicitar sua companhia. Não que qualquer coisa no mundo, tenho certeza, induziria meu pai a aceitar um casamento desigual, mas ele poderia sofrer. Mas a pobre senhora Clay, que, com todos os seus méritos, nunca poderia ser considerada bonita, pode ficar hospedada aqui em perfeita segurança. Até parece que você nunca ouviu meu pai mencionar os defeitos físicos dela, embora eu saiba que deve ter ouvido umas cinquenta vezes. Aquele dente dela e as sardas... As sardas não me desagradam tanto, mas ele odeia. Já vi alguns rostos que não ficam tão feios com sardas, mas ele nunca acha bonito. Você deve ter ouvido como ele fala das sardas da senhora Clay.

– Não há quase nenhum defeito físico que não possa ser compensado gradualmente com modos agradáveis – respondeu Anne.

– Eu penso muito diferente – replicou Elizabeth, seca. – Modos agradáveis podem desencadear traços bonitos, mas nunca alterar os mais feios. De qualquer forma, como tenho muito mais em jogo no tocante a essa questão do que qualquer outra pessoa, acho desnecessário você me aconselhar.

Anne não tinha mais nada a acrescentar. Sentia-se contente com o fim da conversa e ainda nutria esperanças de ter feito algo bom. Elizabeth, embora ressentida com a suspeita, talvez ficasse mais atenta, graças a ela.

A última viagem da carruagem com quatro cavalos levaria *sir* Walter, a senhorita Elliot e a senhora Clay até Bath. O grupo partiu de muito bom ânimo. *Sir* Walter ensaiou mesuras condescendentes para saudar qualquer arrendatário ou camponês aflito que pudesse aparecer, ao mesmo tempo da partida de Anne, em uma espécie de tranquilidade desolada, para Kellynch Lodge, onde passaria a primeira semana.

Sua amiga não estava com o humor muito melhor. *Lady* Russell sentiu profundamente essa divisão da família. Estimava a respeitabilidade deles tanto quanto a sua própria, e o intercâmbio diário que mantinham havia se tornado um hábito precioso. Era doloroso olhar para os terrenos desertos e, ainda pior, pensar que cairiam em novas mãos. Para escapar da solidão e da melancolia de um vilarejo tão mudado, e para não atrapalhar quando o almirante e a senhora Croft chegassem, ela decidira sair da casa tão logo chegasse o momento de transferir Anne. Assim, a mudança das duas foi feita ao mesmo tempo, e Anne foi para Uppercross Cottage na primeira parada da viagem de *lady* Russell.

Uppercross era um vilarejo de tamanho médio, que até alguns anos atrás conservara intacto o velho estilo inglês, tendo apenas duas casas de aparência superior às dos pequenos proprietários rurais e trabalhadores: a mansão do distinto cavalheiro da cidade, com seus muros altos, portões imponentes e árvores ancestrais, construção sólida e desprovida de confortos modernos; e a casa paroquial, compacta e fechada, cercada por seu próprio jardim, com uma videira e uma pereira emoldurando suas janelas. Após o casamento do jovem e distinto cavalheiro, foi construído um chalé para sua residência, e Uppercross Cottage, com sua varanda, janelas francesas e outros mimos, chamava a atenção do viajante tanto quanto o aspecto respeitável da Casa Grande, cerca de 400 metros adiante.

Anne já havia se hospedado ali muitas vezes. Conhecia bem os hábitos tanto de Uppercross quanto de Kellynch. As duas famílias estavam sempre reunidas, acostumadas a entrar e sair da casa uma da outra a qualquer hora. Por isso, ficou surpresa ao encontrar Mary sozinha. Mas, por estar sozinha, era quase certo de que estivesse doente e desanimada. Embora mais bem-dotada do que a irmã mais velha, Mary não tinha nem a compreensão nem o temperamento de Anne. Quando estava bem, feliz e adequadamente atendida, mostrava ótimo humor e excelente ânimo, mas qualquer indisposição a fazia afundar completamente. Ela não aguentava a solidão e, tendo herdado uma parcela considerável da vaidade dos Elliot, era muito propensa a exagerar seu sofrimento quando se via negligenciada e maltratada. Fisicamente, era inferior às duas irmãs e, mesmo no auge da beleza, só chegara a ser considerada "uma boa moça". Naquele momento, estava deitada no sofá desbotado da linda sala de visitas, cuja mobília outrora elegante ia aos poucos ficando surrada, por conta da influência de quatro verões e dois filhos. Ao ver Anne surgir, cumprimentou-a:

– Você finalmente chegou! Eu já estava pensando que nunca mais iria vê-la. Estou tão doente que mal posso falar. Não vi ninguém a manhã inteira!

– Sinto muito por encontrá-la doente – respondeu Anne. – Você me enviou boas notícias na quinta-feira!

– Sim, fiz o melhor que pude. É o que sempre faço. Mas eu estava longe de estar bem, e acho que nunca estive tão doente na vida quanto hoje de manhã. Não poderia de modo algum ter sido ser deixada sozinha. Imagine se eu sofresse algum mal súbito e terrível e fosse incapaz de tocar a campainha! Então, *lady* Russell não quis entrar? Acho que ela não esteve nem três vezes nesta casa durante o verão.

Anne disse as palavras apropriadas e perguntou pelo marido da irmã.

– Ah! Charles saiu para caçar. Não o vejo desde as sete. Ele saiu mesmo depois que mencionei estar muito doente. Ele disse que não ficaria fora muito tempo, mas ainda não voltou, e agora é quase uma da tarde. Juro que não vi uma alma sequer esta manhã.

– Seus meninos estiveram com você?

– Sim, enquanto consegui aguentar o barulho deles, mas são tão incontroláveis que me fazem mais mal do que bem. O pequeno Charles não se importa com nada do que digo. E Walter está indo pelo mesmo caminho.

– Bem, você logo estará melhor – respondeu Anne, tentando alegrá-la. – Sabe que eu sempre a curo quando venho. Como estão seus vizinhos na Casa Grande?

– Não sei dizer. Não vi nenhum deles hoje, exceto o senhor Musgrove, que passou por aqui rapidamente e falou comigo pela janela, mas não chegou a descer do cavalo. E, embora eu tenha dito a ele que estava doente, ninguém veio me visitar. Não era conveniente para as senhoritas Musgrove, suponho, e elas nunca se preocupam com os outros.

– Você ainda as verá, talvez, antes do fim da manhã. É cedo.

– Não faço a menor questão de vê-las, garanto. Elas falam e riem demais para o meu gosto. Ah, Anne, estou tão indisposta! Foi muito indelicado da sua parte não vir na quinta-feira.

– Mary, querida, lembre-se do relato positivo que você me enviou! Você escreveu em tom mais animado. Disse que estava perfeitamente bem e que eu não precisava ter pressa. Assim, devia estar ciente de que meu desejo era ficar com *lady* Russell até o fim. Além do que eu sinto por ela, estive mesmo muito ocupada. Tinha tanta coisa para fazer que não seria conveniente deixar Kellynch mais cedo.

– Meu Deus! O que você tinha para fazer?

– Muitas coisas, eu lhe garanto. Mais do que consigo me lembrar neste momento, mas posso citar algumas. Fiz uma cópia do catálogo dos livros e quadros do meu pai. Estive várias vezes no jardim com Mackenzie, tentando entender e explicar a ele quais das plantas de Elizabeth são para *lady* Russell. Tive que organizar todas as minhas poucas coisas, separar livros e partituras e arrumar novamente todos os meus baús, porque não entendi a tempo como seriam transportados. Além disso, Mary, precisei fazer algo de uma natureza mais difícil: ir a quase todas as casas da paróquia, como uma espécie de despedida. Disseram-me que as pessoas assim o desejavam. E tudo isso me tomou muito tempo.

– Ah, que bem seja! – disse Mary. E, depois de uma pausa: – Mas você não perguntou nada sobre nosso jantar nos Poole ontem à noite.

– Você foi, então? Não perguntei nada porque concluí que tivesse sido obrigada a desistir da festa.

– Ah, sim! Eu fui. Eu estava muito bem ontem. Não tinha nada até hoje de manhã. Teria sido estranho se eu não fosse.

– Fico feliz por você estar bem o suficiente e espero que tenha sido uma festa agradável.

– Nada notável. Sempre sabemos de antemão como será o jantar e quem estará lá, e é tão desconfortável não ter uma carruagem própria... O senhor e a senhora Musgrove me levaram, e estávamos tão apertados! Os dois são muito corpulentos e ocupam muito espaço. E o senhor Musgrove sempre se senta na frente. Então, lá estava eu, apertada no banco de trás com Henrietta e Louisa, e acho muito provável que esteja doente hoje por causa disso.

Um pouco mais de perseverança de Anne para se mostrar paciente e animada operou quase uma cura em Mary. Ela logo se sentou no sofá e começou a ter esperanças de poder se levantar na hora de comer. Então, esquecendo-se do assunto, foi até o outro lado da sala ajeitar um ramalhete de flores. Depois, comeu uma porção de frios. Por fim, sentiu-se bem o suficiente para propor uma pequena caminhada.

– Para onde vamos? – perguntou ela, quando estavam prontas. – Suponho que você não gostaria de aparecer na Casa Grande antes de elas virem visitá-la.

– Não tenho a menor objeção quanto a isso – respondeu Anne. – Jamais faria tanta cerimônia com pessoas que conheço tão bem, como a senhora e as senhoritas Musgrove.

– Ah! Mas elas deveriam vir visitá-la o mais rápido possível. Deveriam ter isso como uma obrigação, por você ser minha irmã. No entanto, podemos ir passar algum tempo com elas e, depois disso, aproveitar nosso passeio.

Anne sempre achara esse tipo de relação muito imprudente, mas deixara de tentar impedir esse tipo de coisa, por acreditar que, embora gerasse muitas queixas e incômodos dos dois lados, nenhuma das duas famílias conseguiria passar sem aquela relação. Assim, seguiram as duas para a Casa Grande e durante meia hora ficaram sentadas na antiquada sala quadrada, com um pequeno tapete e assoalho brilhante, ao qual as jovens da casa iam aos poucos conferindo o adequado ar de confusão, com o acréscimo de um piano de cauda e de uma harpa, de vasos de flores e mesinhas espalhadas por todos os lados. Ah, se os originais dos retratos na parede, os senhores de veludo marrom e as damas de cetim azul pudessem ver o que estava acontecendo, se estivessem conscientes do fim de toda ordem e limpeza! Os próprios retratos pareciam estar espantados.

Assim como suas casas, os Musgrove estavam atravessando um período de mudanças, talvez melhorias. O pai e a mãe seguiam o antigo estilo inglês, e as jovens, o novo. O senhor e a senhora Musgrove eram pessoas muito boas: amigáveis e hospitaleiras, não muito cultas e nada elegantes. Seus filhos tinham mentes e maneiras mais modernas. Eram uma família numerosa, mas os dois únicos adultos, com exceção de Charles, eram Henrietta e Louisa, moças de 19 e 20 anos, que tinham trazido da escola de Exeter todo o estoque costumeiro de habilidades e se tornaram como milhares de outras moças a viver de andar na moda, felizes e contentes. Seus vestidos eram de qualidade; seus rostos, bastante bonitos. Elas estavam sempre animadas e tinham modos diretos e agradáveis. Eram amadas dentro de casa e estimadas fora dela. Anne sempre achara que eram as pessoas mais felizes que conhecia, mas, ainda assim, como todos, impedida por um sentimento confortável de superioridade, de não desejar nenhuma mudança, não teria trocado sua mente mais elegante e cultivada por todos os prazeres das irmãs Musgrove. E somente invejava aquelas aparentes perfeitas compreensão e concordância entre as duas; aquele bem-humorado afeto mútuo, que ela conhecera tão pouco com suas próprias irmãs.

Elas foram recebidas com grande cordialidade. Nada parecia errado do lado da família da Casa Grande, que era, em geral, como Anne sabia muito bem, a menos culpada. A meia hora foi passada em agradáveis conversas, e ela não ficou nem um pouco surpresa, afinal, por terminar sendo acompanhada, na caminhada, pelas senhoritas Musgrove, a convite especial de Mary.

## Capítulo 6

Anne não precisava fazer aquela visita a Uppercross, pois sabia que passar de um grupo de pessoas para outro, embora a uma distância de apenas cinco quilômetros, incluía muitas vezes uma mudança total de conversas, opiniões e ideias. Nunca tinha ficado ali antes sem se impressionar com esse fato ou sem desejar que outros membros da família Elliot pudessem ter, como ela, o privilégio de constatar como eram desconhecidos, ou desconsiderados, os assuntos tratados em Kellynch Hall com tanta importância e interesse. No entanto, a essa experiência, ela agora deveria acrescentar outra lição, que tinha a ver com compreender nossa própria insignificância fora de nosso círculo de origem. Pois certamente, ao ali chegar, como ela havia chegado, com o coração tomado pelos assuntos que por várias semanas ocuparam inteiramente as duas casas em Kellynch, ela esperava encontrar um pouco mais de curiosidade e simpatia do que encontrou nos comentários distintos, mas muito semelhantes, do senhor e da senhora Musgrove: "Quer dizer, então, senhorita Anne, que *sir* Walter e sua irmã já viajaram? E que parte de Bath a senhorita acha que eles vão escolher para morar?". Isso sem sequer esperar por uma resposta. Ou contribuição das moças: "Espero que possamos ir a Bath no inverno. Mas, papai, lembre-se de que, se formos, devemos ficar em um lugar bom; nada daqueles Queen Squares!". Ou o aflito complemento de Mary: "Dou a minha palavra. Ficarei muito contente quando vocês todos tiverem ido se divertir em Bath!".

# Persuasão

Tudo o que Anne podia fazer era evitar essa ilusão no futuro, pensando com mais gratidão na extraordinária bênção de ter uma amiga verdadeiramente simpática como *lady* Russell.

Os senhores da família Musgrove tinham seus próprios animais de caça para manter e matar, seus próprios cavalos, cachorros e jornais para distraí-los. E as mulheres estavam muito ocupadas com todos os outros assuntos comuns da casa, vizinhos, roupas, dança e música. Ela reconhecia que era muito apropriado que cada pequena comunidade social escolhesse os assuntos que a interessavam e esperava, em breve, tornar-se um membro digno de apreço daquela para a qual fora levada. Com a perspectiva de passar, pelo menos, dois meses em Uppercross, era muito necessário que sua imaginação, sua memória e todas as suas ideias, tanto quanto possível, fossem parecidas com as de Uppercross.

Não temia esses dois meses. Mary não era tão detestável e pouco fraternal quanto Elizabeth; nem tão inacessível sua influência. E a casa era bastante confortável. Ela sempre tivera boas relações com o cunhado e as crianças, que a amavam também e a respeitavam muito mais do que à mãe, constituindo um objeto de interesse, diversão e exercício salutar.

Charles Musgrove era educado e agradável. Em bom senso e temperamento, era certamente superior à esposa, mas não possuía faculdades intelectuais, conversa ou graça que tornassem o passado e a ligação que haviam tido em uma contemplação perigosa. Por outro lado, ao mesmo tempo, Anne acreditava, como *lady* Russell, que um casamento mais equilibrado poderia tê-lo feito melhorar muito, e que uma mulher de verdadeira compreensão poderia ter dado mais solidez a seu caráter, e mais utilidade, racionalidade e elegância a seus hábitos e atividades. Na atual situação, ele não se dedicava muito a nada, exceto a caçar. Afora isso, seu tempo era desperdiçado sem o benefício de livros ou qualquer outra coisa. Tinha uma excelente disposição, que nunca parecia afetada pelo mau humor ocasional da esposa. Anne admirava a maneira como aquele homem suportava a irracionalidade de Mary, e, em geral, embora com frequência houvesse pequenos desentendimentos (dos quais às vezes participava mais do que desejava, pois ambos apelavam a ela), os dois podiam passar por um casal feliz. Estavam sempre em perfeita sintonia quanto a querer mais dinheiro, e com a forte expectativa de receber qualquer belo presente do pai dele; mas aqui, como na maior parte dos temas, Charles era superior. Embora Mary achasse uma grande vergonha que tal presente não fosse dado, ele sempre argumentava que o pai tinha muitos outros usos para o próprio dinheiro e o direito de gastá-lo como quisesse.

Quanto à criação de seus filhos, a teoria de Charles era muito melhor do que a da esposa, e sua prática não se mostrava tão ruim. "Eu poderia criá-los muito bem, não fosse pela interferência da Mary", era o que Anne costumava ouvi-lo dizer, e concordava. Mas, ao ouvir a crítica de Mary ("Charles mima as crianças, e eu não consigo impor nenhuma ordem"), nunca tinha a menor tentação de dizer "É verdade".

Uma das circunstâncias menos agradáveis de sua estadia em Uppercross era o fato de ser tratada com muita confiança por todos e conhecer muito bem as reclamações de cada casa. Conhecida por ter alguma influência sobre a irmã, era sempre solicitada a exercê-la além de qualquer limite praticável, ou pelo menos ouvia insinuações nesse sentido. "Gostaria de que você pudesse persuadir Mary a não pensar que está sempre doente", era o que Charles falava. De mau-humor, Mary dizia: "Acho que, se Charles me visse morrendo, talvez não notasse nada de errado comigo. Se você quisesse, Anne, tenho certeza de que poderia convencê-lo de que estou realmente muito doente, mais do que jamais estive".

Mary também declarava: "Odeio mandar as crianças para a Casa Grande, embora a avó sempre queira vê-las, porque ela lhes faz todas as vontades, e lhes dá tantas bobagens e doces, que elas sempre voltam enjoadas e contrariadas pelo resto do dia". E a senhora Musgrove aproveitava a primeira oportunidade em que ficava sozinha com Anne para dizer: "Ah, senhorita, não posso deixar de desejar que a senhora Charles tivesse um pouco do seu método com essas crianças! Com a senhorita, elas são criaturas tão diferentes! Mas, em geral, são tão mimadas! É uma pena que a senhorita não possa ensinar sua irmã a maneira correta de criá-las. São as crianças mais saudáveis que já vi, pobrezinhas! Mas a senhora Charles não sabe como devem ser tratadas! Deus me perdoe! Às vezes, são tão indóceis... Eu lhe garanto, senhorita Anne, que isso me impede de querer vê-las em nossa casa com maior frequência. Acredito que a senhora Charles não esteja muito contente com o fato de eu não os convidar com tanta regularidade. Mas a senhorita sabe como é ruim ter crianças por perto e ser obrigado a cuidar delas o tempo todo. 'Não faça isso' e 'não faça aquilo' ou só conseguir manter um nível de ordem aceitável dando mais bolo a elas do que seria bom para a saúde".

Além disso, costumava ouvir de Mary: "A senhora Musgrove acha que todos os criados dela são tão confiáveis que seria uma alta traição questioná-los. Mas tenho certeza, sem exagero, de que a criada do quarto principal e a lavadeira, em vez de cuidarem de seus afazeres, passam o dia todo perambulando pela vila. Eu as encontro aonde quer que vá e garanto que nunca entro duas vezes na ala de minha casa reservada aos meninos sem cruzar com elas. Se Jemima não fosse a criatura mais confiável e leal do mundo, isso seria suficiente para estragá-la, pois ela me conta que as duas estão sempre a chamando para ir com elas". E da senhora Musgrove ela escutava: "Tenho por regra jamais interferir em qualquer assunto da minha nora, pois sei que não devo, mas preciso dizer, senhorita Anne, porque a senhorita talvez seja capaz de colocar as coisas em ordem, que não tenho uma boa opinião sobre a babá da senhora Charles. Ouço histórias estranhas a respeito. Ela vive perambulando por aí, e posso declarar, por conhecimento próprio, que se trata de uma mulher muito bem-apanhada, o que basta para estragar qualquer outro criado. Sei que a senhora Charles confia plenamente nela, mas estou lhe dando apenas uma dica, para que a senhorita possa ficar de olho e, caso veja algo errado, não tenha medo de mencioná-lo".

Havia, ainda, a queixa de Mary de que a senhora Musgrove não era muito propensa a lhe dar a devida primazia quando jantavam na Casa Grande com outras famílias, e ela não via motivo algum para que a consideração dos seus chegasse ao ponto de fazê-la perder sua posição social. E certo dia, quando Anne caminhava apenas com as duas irmãs Musgrove, uma das jovens, depois de falar sobre posição social, pessoas com boa posição social e inveja da posição social alheia, disse: "Não tenho escrúpulos em observar para a senhorita como certas pessoas se comportam de maneira insensata no tocante à questão da posição social, porque todo mundo sabe como a senhorita é indiferente com relação a isso, mas eu gostaria que alguém dissesse a Mary que seria muito melhor se ela não fosse tão tenaz; e, sobretudo, se não ficasse o tempo todo se adiantando para tomar o lugar de mamãe. Ninguém duvida do direito de primazia dela, mas seria melhor se não ficasse insistindo nisso o tempo inteiro. Não é que a mamãe se importe com essas coisas, mas sei que muitas pessoas já perceberam".

Como Anne poderia resolver todas essas questões? Tudo o que ela podia fazer era ouvir com paciência, abrandar as queixas de cada um e desculpar uns com os outros, sugerindo a necessidade de indulgência entre vizinhos tão próximos e tornando essas sugestões mais amplas quando destinadas à irmã.

Sob todos os demais aspectos, sua estada começou e prosseguiu muito bem. Seu próprio ânimo melhorou com a mudança de lugar e ambiente, nesses cinco quilômetros que separavam Uppercross de Kellynch. As indisposições de Mary diminuíram, pela presença de uma companhia constante, e o convívio diário com a outra família, uma vez que não havia no chalé nenhum afeto, confidência ou ocupação importante o suficiente para ser por ele interrompido, era uma vantagem, na verdade. Certamente, esse convívio foi levado o mais longe possível, pois as famílias se encontravam todas as manhãs e quase nunca passavam uma noite separadas. No entanto, Anne acreditava que ela e a irmã não teriam passado tão bem sem a visão das formas respeitáveis do senhor e da senhora Musgrove nos lugares habituais, ou sem as conversas, os risos e as cantorias de suas filhas.

Anne tocava piano bem melhor que as duas irmãs Musgrove, mas, como não tinha voz, nem conhecimento da harpa, nem pais afetuosos que se sentassem e falassem que estavam encantados, ninguém ligava muito para suas apresentações mais do que por civilidade, ou enquanto as outras descansavam. E ela sabia muito bem disso. Sabia que, quando tocava, dava prazer mais para si mesma, mas essa não era uma sensação nova. Com exceção de um breve período em sua vida, ela nunca, desde os 14 anos, desde quando perdera sua querida mãe, experimentara a felicidade de ter alguém a escutá-la ou de ser encorajada por uma apreciação justa ou um verdadeiro bom gosto. Em matéria de música, sempre estivera acostumada a se sentir sozinha no mundo, e a afetuosa predileção do senhor e da senhora Musgrove pela apresentação das próprias filhas, bem como sua total indiferença com relação a qualquer outra, causava-lhe muito mais prazer por eles do que tristeza por si mesma.

Por vezes, as reuniões na Casa Grande eram incrementadas por outras companhias. A vizinhança não era grande, mas os Musgrove eram os mais frequentados por todos, e tinham mais jantares e mais visitantes, por meio de convite e por acaso, do que qualquer outra família. Eles eram muito populares.

As moças adoravam dançar; e as noites, ocasionalmente, terminavam em um baile improvisado. Havia uma família de primos perto de Uppercross, não tão ricos, que dependiam dos Musgrove para todos os seus prazeres: vinham a todo momento e participavam de todas as festas. Anne preferia assumir o posto atrás do piano nessa ocasião, tocando músicas para que eles dançassem por várias horas. Uma gentileza que sempre chamava a atenção do senhor e da senhora Musgrove para seu talento musical, mais do que qualquer outra coisa, e muitas vezes atraía um elogio: "Muito bem, senhorita Anne! Muito bom! Deus a abençoe! Como esses pequenos dedos voam!".

Assim, passaram-se as três primeiras semanas. Chegou o fim do mês e, então, o coração de Anne foi levado de volta a Kellynch. Aquele lar amado já era de outros. Todos os preciosos quartos, móveis, bosques e paisagens já eram admirados por outros olhos! Não conseguia pensar em mais nada no dia 29 de setembro, e Mary fez um comentário simpático naquela noite, pois, ao notar o dia do mês, exclamou:

– Querida, não é hoje o dia em que os Croft se mudam para Kellynch? Fico feliz por não ter pensado nisso antes. Como isso me deixa triste!

Os Croft ocuparam a casa com agilidade tipicamente naval, e era preciso visitá-los. Mary lamentou a necessidade de ir. "Ninguém sabia o quanto isso a faria sofrer. Ela tentaria adiar o máximo que pudesse." No entanto, não descansou até convencer Charles a levá-la até lá certo dia bem cedo, e estava muito animada quando voltou. Anne sinceramente se alegrou em não poder fazer parte da visita. Queria, no entanto, ver os Croft, e ficou feliz por estar em Uppercross quando a visita foi retribuída. Na ocasião, o chefe da casa não estava, mas eles foram recebidos pelas duas irmãs. Como Anne precisou entreter a senhora Croft, enquanto o almirante se sentava perto de Mary e fazia comentários bem-humorados sobre seus dois meninos, teve toda a oportunidade de procurar uma semelhança que, embora ausente nos traços, era perceptível na voz ou no estilo dos sentimentos e expressões.

A senhora Croft, embora nem alta nem gorda, tinha uma silhueta quadrada, ereta e vigorosa, que dava à sua pessoa um ar de importância. Possuía olhos escuros brilhantes, bons dentes e um rosto bastante agradável, embora sua pele avermelhada e castigada pelo clima, consequência de ter estado quase tanto tempo no mar quanto o marido, fizessem-na parecer mais velha do que os seus 38 anos. Tinha modos francos, espontâneos e decididos, como os de alguém confiante e sem dúvidas sobre o que fazer. Não havia quaisquer indícios de rispidez, no entanto, ou falta de bom humor. Anne ficou realmente grata pela grande consideração que ela parecia ter por tudo o que dizia respeito a Kellynch. Gostou dela, especialmente, por ter percebido no primeiro instante, quando foram apresentadas, que não havia o menor indício de qualquer conhecimento ou suspeita por parte dela sobre o que havia acontecido. Estava bastante tranquila e, portanto, cheia de força e coragem, até que sentiu um arrepio pelo corpo quando a senhora Croft disse, de repente:

– Vejo agora que foi a senhorita, e não sua irmã, que meu irmão teve o prazer de conhecer quando morou nesta região.

Anne torceu para ter passado da idade de corar-se, mas da idade de ficar emocionada, certamente, não havia passado.

– Talvez não tenha ficado sabendo que ele se casou – acrescentou a senhora Croft.

Ela pôde, assim, responder da forma devida, e, quando as palavras seguintes da senhora Croft explicaram que estava se referindo ao senhor Wentworth, ficou feliz ao constatar que não dissera nada que não pudesse se aplicar a qualquer um dos irmãos. Então, deu-se conta de como era razoável que a senhora Croft estivesse pensando e falando de Edward, não de Frederick. Envergonhada do próprio esquecimento, dedicou-se a inquirir com o devido interesse sobre o estado atual de seu antigo vizinho.

O resto correu com tranquilidade, até que, já de partida, ela ouviu o almirante dizer a Mary:

– Esperamos para breve a chegada de um irmão da senhora Croft. Acho que a senhora o conhece de nome.

O almirante foi interrompido pelos ferozes ataques de dois garotinhos, que se agarravam a ele como se fosse um velho amigo, pedindo para não ir embora. E, como ficou entretido demais com a sugestão de levá-los consigo dentro do bolso do casaco para ter tempo de recordar ou terminar o que começara a dizer, Anne teve de se convencer sozinha, o melhor que pôde, de que se tratava do mesmo irmão. Não tinha certeza, porém, e ficou ansiosa para saber se alguma coisa havia sido dita sobre o assunto na outra casa que os Croft tinham visitado anteriormente.

Estava combinado que os moradores da Casa Grande iriam jantar naquela noite em Uppercross Cottage, e como nessa época do ano já fazia frio demais para que as visitas fossem feitas a pé, os ouvidos estavam apurados à espera da carruagem quando a mais jovem das irmãs Musgrove entrou. A primeira ideia que lhes ocorreu foi que tinha vindo pedir desculpas e dizer que deveriam jantar sozinhas, e Mary já estava pronta para se mostrar ofendida, quando Louisa explicou que só tinha vindo a pé para deixar mais lugar para a harpa trazida na carruagem.

– E vou contar a razão – acrescentou ela – e todos os detalhes. Cheguei para avisar que papai e mamãe estão tristes esta noite, especialmente mamãe. Ela está pensando muito no pobre Richard! E concordamos que seria melhor trazer a harpa, pois ela parece mais divertida do que o piano. Vou contar por que está triste. Quando os Croft nos visitaram hoje de manhã (vieram aqui depois, não foi?), por acaso disseram que o irmão dela, o capitão Wentworth, tinha acabado de voltar para a Inglaterra, ou tinha desembarcado, algo assim, e está vindo para visitá-los. E, infelizmente, mamãe lembrou, quando eles foram embora, que Wentworth, ou algo muito parecido, era o nome de um capitão que o pobre Richard teve. Não sei quando ou onde, mas foi um bom tempo antes de sua morte, coitado! E, depois de olhar suas cartas e seus pertences, descobriu que estava certa, que deve ser, de fato, o mesmo homem. Agora, só pensa nisso e no pobre Richard! Portanto, devemos nos alegrar o máximo possível para que ela não fique pensando em coisas tão sombrias.

As verdadeiras circunstâncias desse lamentável episódio da história da família eram que os Musgrove haviam tido a má sorte de ter um filho problemático, incorrigível, e a sorte de perdê-lo antes de chegar aos 20 anos; que ele fora enviado para o mar por ser estúpido e incontrolável em terra; que sempre tivera muito pouco apreço por parte da família, mesmo merecendo isso; e que raramente era mencionado, e sua morte quase não fora sentida quando da chegada da notícia a Uppercross, dois anos antes.

Embora suas irmãs estivessem fazendo todo o possível para reabilitá-lo, chamando-o de "pobre Richard", tratava-se apenas do insensível e imprestável Dick Musgrove, um rapaz que nunca realizara nada para ser visto como mais do que a abreviação do próprio nome.

Richard havia passado vários anos no mar. No curso dessas transferências às quais todos os aspirantes estão sujeitos, sobretudo aqueles dos quais todos os capitães desejam se livrar, passara seis meses a bordo da fragata do capitão Frederick Wentworth, chamada *Laconia*. E fora a bordo do *Laconia* que escrevera, estimulado por seu capitão, as duas únicas cartas que seu pai e sua mãe receberam durante toda a sua ausência. Isto é, as únicas duas cartas desinteressadas: todas as outras tinham sido apenas solicitações de dinheiro.

Em cada carta, falava bem de seu capitão, mas eles prestavam tão pouca atenção em tais assuntos, eram tão desatentos e desprovidos de curiosidade em relação a nomes de homens ou navios, que isso na época não causara quase nenhuma impressão. Se a senhora Musgrove fosse repentinamente tocada, hoje, por uma lembrança do nome de Wentworth associada ao filho, seria um daqueles rompantes extraordinários do espírito que, por vezes, acontecem.

## Persuasão

Ela havia consultado as cartas e constatado tudo como imaginara. A releitura dessas missivas, depois de tanto tempo, seu pobre filho morto e toda a força de seus defeitos esquecida, tudo havia afetado muito seu ânimo, mergulhando-a em uma tristeza que parecia maior do que a de quando ficara sabendo de sua morte. O senhor Musgrove, em menor grau, fora afetado da mesma forma, e, quando chegaram ao chalé, os dois precisavam muito, primeiro, que os ouvissem mais uma vez sobre esse assunto, e, depois, de todo o alívio que os alegres companheiros pudessem lhes proporcionar.

Ouvi-los falar tanto do capitão Wentworth, repetir seu nome com tanta frequência, perguntar sobre seus últimos anos e, enfim, imaginar que poderia ser que, provavelmente, fosse o mesmo capitão Wentworth encontrado uma ou duas vezes depois de voltarem de Clifton – um rapaz muito agradável –, há sete ou oito anos, tudo isso foi um novo tipo de teste para os nervos de Anne. Descobriu, no entanto, que teria de se acostumar a isso. Como ele era aguardado ali no campo, precisava aprender a ser insensível a tais assuntos. E não só parecia que era aguardado em breve, os Musgrove eram gratos pela gentileza que o rapaz tinha mostrado por Dick e respeitavam muito seu caráter. Isso foi confirmado pelo fato de o pobre ter passado seis meses sob seus cuidados e referido-se a ele em termos muito elogiosos, embora não desprovidos de erros de ortografia, como "um homem elegante, apenas *esigente* demais com o mestre". Estavam empenhados em encontrá-lo assim que ficassem sabendo de sua chegada.

Essa resolução ajudou a confortá-los naquela noite.

# Capítulo 7

Alguns dias mais tarde, ficaram sabendo que o capitão Wentworth estava em Kellynch, e que o senhor Musgrove tinha feito uma visita e voltado com elogios calorosos. Ele fora convidado, com os Croft, para jantar em Uppercross dali a uma semana. Tinha sido uma grande decepção para o senhor Musgrove descobrir que o capitão não poderia vir antes, pois estava muito impaciente por mostrar sua gratidão, vê-lo sob seu teto e recebê-lo com tudo o que possuía de melhor e mais forte em sua adega. Mas seria preciso esperar uma semana, apenas uma semana, no cálculo de Anne, e então, supôs, iriam se encontrar. E, logo, ela começou a desejar poder se sentir segura nem que fosse por uma semana.

O capitão Wentworth retribuiu prontamente o gesto educado do senhor Musgrove, e Anne quase chegou na mesma hora. Ela e Mary estavam, na verdade, saindo para a Casa Grande, onde, como soube depois, inevitavelmente teriam se encontrado com ele, quando foram impedidas pelo fato de o filho mais velho de Mary ter sido trazido para casa naquele momento, vítima de uma queda. A situação da criança fez com que esquecessem totalmente a visita, mas ela não ficou indiferente ao perigo sofrido, mesmo em meio à preocupação séria que depois sentiram por causa da situação do menino.

Ele deslocara a clavícula, e o ferimento nas costas despertara muito alarme. Foi uma tarde de angústia, e Anne tinha muitas coisas para fazer: chamar o médico, procurar e informar o pai, apoiar e tranquilizar a mãe, controlar os criados, tirar o filho mais novo do quarto e acalmar e cuidar do pobre acidentado. Além de enviar, assim que se lembrou, a devida notificação à outra casa, que trouxe um grupo de pessoas assustadas e curiosas, em vez de auxiliares úteis.

O retorno de seu cunhado foi o primeiro conforto; ele poderia cuidar melhor da esposa. E a segunda bênção foi a chegada do médico. Até ele chegar e examinar a criança, as apreensões de todos eram as piores, por serem vagas. Eles suspeitavam de feridas profundas, mas não sabiam onde. No entanto, a clavícula logo foi recolocada no lugar, e, embora o senhor Robinson sentisse, apertasse, esfregasse, parecesse sério e falasse baixo tanto para o pai quanto para a tia, ainda assim todos esperavam o melhor. Desse modo, poderiam voltar para casa e jantar com paz de espírito. Então, pouco antes de se separarem, as duas jovens tias conseguiram deixar de pensar um pouco no estado de saúde do sobrinho e dar informações sobre a visita do capitão Wentworth. Ficaram um pouco mais que seus pais, esforçando-se para expressar como haviam gostado do rapaz, como era mais bonito e mais agradável do que qualquer outro indivíduo entre os conhecidos que pudesse ter sido o favorito delas antes. Também ficaram felizes ao ouvir o pai convidá-lo para jantar; e ficaram tristes quando ele disse que não poderia aceitar, e voltaram a ficar contentes quando o moço prometeu, em resposta à insistência do pai e da mãe, que viria jantar com a família no dia seguinte. E fez isso de uma maneira muito agradável, como se estivesse muito lisonjeado pela atenção. Em suma, tinha feito e dito tudo com tanta graça que as duas podiam assegurar a todos os presentes que ele havia lhes virado a cabeça. Dito isso, as duas saíram correndo, tão cheias de alegria quanto de amor, e aparentemente mais preocupadas com o capitão Wentworth do que com o pequeno Charles.

A mesma história e os mesmos deleites foram repetidos quando as moças vieram com o pai, à noite, para verificar o estado do menino. E o senhor Musgrove, já não tão preocupado com seu herdeiro, pôde contribuir com sua confirmação e seus elogios, além de esperar que não houvesse mais motivo para cancelar a visita do capitão Wentworth, e só lamentava pensar que os moradores do chalé talvez achassem melhor não deixar o menino sozinho para ir jantar com eles. "Ah, não, não podemos deixar o pobrezinho." Tanto o pai quanto a mãe estavam ainda muito assustados, e tudo era recente demais para cogitarem a ideia. E Anne, alegre por poder escapar, não pôde deixar de acrescentar seus calorosos protestos aos deles.

Charles Musgrove, na verdade, depois, mostrou-se mais aberto à ideia:

– O menino está indo tão bem, e deseja tanto ser apresentado ao capitão Wentworth, que talvez pudesse se juntar a eles mais tarde. Não para o jantar, mas para uma visita de meia hora.

Mas Mary se opôs fortemente à ideia.

– Ah, não! De jeito nenhum, Charles. Não suporto que você vá embora. E se algo acontecer?

A criança teve uma noite tranquila e estava bem no dia seguinte. Seria preciso um pouco de tempo para ter certeza de que a coluna não havia sofrido nenhum dano, mas o senhor Robinson não via, a princípio, nenhum outro problema preocupante. Assim, Charles Musgrove começou a não sentir necessidade de continuar confinado. A criança deveria ser mantida na cama e entretida o mais silenciosamente possível. O que mais um pai poderia fazer? Aquele era um trabalho de mulheres, e seria muito absurdo que ele, inútil em casa, ficasse trancado. Seu pai desejava muito que ele conhecesse o capitão Wentworth e, como não havia motivo que o impedisse, deveria ir. E tudo terminou com uma declaração ousada e pública de sua parte, quando voltou da caçada, afirmando sua intenção de se vestir imediatamente e jantar na outra casa.

– O menino não poderia estar melhor – afirmou ele. – Então, eu disse ao meu pai, agora mesmo, que iria, e ele gostou muito da ideia. Sua irmã está com você, meu amor. Não vejo nenhum problema. Você não gostaria de deixá-lo sozinho, mas entende que não ajudo em nada. Anne mandará me buscar se acontecer alguma coisa.

Maridos e esposas geralmente entendem quando é inútil demonstrar oposição. Mary sabia, pela maneira de falar de Charles, que ele estava determinado a ir e que não adiantaria contrariá-lo. Ela não disse nada, portanto, enquanto ele estava no quarto, mas tão logo ficou a sós com Anne...

– Então ficamos nós, sozinhas, para cuidar desta pobre criança doente, e ninguém virá nos ver a noite toda! Eu sabia que seria assim. Esta sempre foi a minha sorte. Se há algo desagradável acontecendo, os homens sempre conseguem escapar, e Charles não é nenhuma exceção. Muito insensível! Devo dizer que é preciso ser muito frio para querer se afastar de seu pobre filho. Ele diz que o menino está muito bem! Como ele sabe que o menino está bem ou que as coisas não podem mudar repentinamente daqui a meia hora? Não achei que Charles pudesse ser tão insensível. E, agora, ele está saindo para se divertir, enquanto eu, que sou a pobre mãe, não posso me mexer daqui, mesmo sendo a pessoa menos indicada do mundo para estar com a criança. O fato de ser a mãe é a razão pela qual meus sentimentos deveriam ser poupados. Não sou capaz de cuidar dele. Você viu como eu estava histérica ontem.

– Mas isso foi apenas o efeito do seu alarme repentino... Do choque. Você não vai ficar histérica de novo. Ouso dizer que nada irá nos angustiar. Compreendi perfeitamente as instruções do senhor Robinson e não tenho medo. E, na verdade, Mary, não me espanta a atitude do seu marido. Cuidar de doentes não é trabalho dos homens. Não faz parte das funções deles. Uma criança doente deve ser sempre cuidada pela mãe: seus próprios sentimentos geralmente fazem isso.

– Gosto tanto do meu filho quanto qualquer mãe, mas não sei se sou mais útil com um doente do que Charles, pois não posso estar repreendendo e importunando uma pobre criança quando ela está doente. E você viu, esta manhã, quando eu dizia para ele ficar quieto... Sempre começava a fazer bagunça. Não tenho paciência para esse tipo de coisa.

– Mas você se sentiria confortável se ficasse a noite inteira longe do pobre menino?

– Sim. Se o pai dele fica, por que eu não poderia? Jemima é muito cuidadosa, e poderia mandar notícias a cada hora do estado dele. Realmente acho que Charles poderia ter dito a seu pai que iríamos todos. Não estou mais preocupada com o pequeno Charles do que ele. Eu estava terrivelmente preocupada ontem, mas hoje é diferente.

– Bem, se você não acha que é tarde demais para avisar de sua presença, suponho que deva ir com seu marido. Deixe o pequeno Charles aos meus cuidados. O senhor e a senhora Musgrove não vão poder achar ruim se eu ficar com ele.

– Está falando sério?! – exclamou Mary, com os olhos iluminando-se. – Minha querida! Essa é mesmo uma excelente ideia. Tanto faz ir quanto não ir, pois não sou muito útil em casa, não é? E isso só me atormenta. Você, que não tem sentimentos maternos, é a pessoa mais apropriada. O pequeno Charles a obedece. Ele sempre escuta tudo o que você diz. Será muito melhor do que deixá-lo apenas com Jemima. Ah! Eu vou com certeza. Claro que devo ir, se puder, tanto quanto Charles, pois eles querem que eu conheça o capitão Wentworth, e sei que você não se importa em ficar sozinha. Uma excelente ideia, realmente, Anne. Vou falar com Charles e me preparar agora mesmo. Você pode mandar nos chamar, sabe, a qualquer momento, se houver alguma coisa, mas ouso dizer que não haverá nada para alarmá-la. Eu não iria, você pode ter certeza, se não sentisse que meu querido filho está bem.

No momento seguinte, ela estava batendo na porta do quarto do marido, e, como Anne subia as escadas atrás dela, chegou a tempo de ouvir toda a conversa, que começou com Mary, em um tom exultante:

– Quero dizer que pretendo acompanhá-lo, Charles, pois não tenho mais serventia em casa do que você. Se eu ficasse trancada para sempre com o menino, não conseguiria persuadi-lo a fazer nada que ele não quisesse. Anne vai ficar. Ela quer ficar em casa e cuidar do menino. Foi ela mesma quem propôs. Assim, irei com você, o que será muito melhor, pois já não janto na outra casa desde terça-feira.

– É muito gentil da parte de Anne – foi a resposta de Charles. – E eu ficaria muito feliz se você fosse comigo, mas parece duro demais deixá-la em casa sozinha, cuidando do nosso filho doente.

Anne agora estava perto o bastante para defender sua proposta, e a sinceridade de seus modos foram suficientes para convencê-lo. Charles não teve mais qualquer escrúpulo em deixá-la sozinha para ir jantar, embora ainda quisesse que fosse se juntar a eles à noite, quando a criança estivesse dormindo, e gentilmente propôs que viessem buscá-la.

No entanto, ela não concordou e, assim, logo teve o prazer de vê-los partir juntos muito animados. Queria que eles passassem algumas horas felizes, por mais estranha que tal felicidade pudesse parecer. Quanto a si mesma, estava se sentindo muito confortável, como talvez nunca antes. Sabia que poderia ajudar muito a criança, e o que importava para ela se Frederick Wentworth estava a menos de um quilômetro de distância, divertindo-se com os outros?

Anne gostaria de saber como ele se sentiria quando se encontrassem. Talvez indiferente, se a indiferença pudesse existir sob tais circunstâncias. Ou ele era indiferente, ou não estava disposto a encontrá-la. Se quisesse vê-la novamente, não precisaria ter esperado até então. Teria feito o que ela acreditava que faria no lugar dele quando houvesse conquistado a independência tão desejada.

Charles e Mary voltaram encantados com seu novo conhecido e a visita em geral. Houve música, canto, conversas, risos, tudo o mais agradável. Os modos do capitão Wentworth eram encantadores, sem timidez ou reserva. Todos pareciam se conhecer perfeitamente, e ele viria na manhã seguinte para caçar com Charles. Viria tomar o café da manhã, mas não no chalé, embora isso tivesse sido proposto a princípio. Em vez disso, Charles fora pressionado a ir à Casa Grande, pois o capitão parecia ter medo de incomodar a senhora Charles Musgrove por causa da criança. Portanto, de alguma forma, mal sabiam como, Charles é que iria encontrá-lo para o café da manhã na casa do pai.

Anne entendeu. Ele queria evitar vê-la. Havia perguntado por ela, ficou sabendo, de modo casual, como cabia a um antigo conhecido. Demonstrou o mesmo interesse que ela, movido, talvez, pela mesma intenção de escapar a uma apresentação quando se encontrassem.

As atividades matinais do chalé sempre ocorriam mais tarde do que na outra casa. No dia seguinte, a diferença era tão grande que Mary e Anne estavam apenas começando o café da manhã quando Charles entrou para dizer que estava partindo, que ele tinha vindo buscar seus cães e as irmãs estavam vindo com o capitão Wentworth. As irmãs queriam visitar Mary e a criança, e o capitão Wentworth propôs também uma visita de alguns minutos, se não fosse inconveniente. E, embora Charles tivesse respondido que não seria inconveniente para o filho, o capitão Wentworth não ficaria satisfeito se ele não viesse antes avisar.

Mary, muito satisfeita por essa atenção, ficou encantada em recebê-lo, enquanto mil sentimentos passaram pela cabeça de Anne, dos quais o mais consolador era que tudo logo terminaria. E logo acabou. Dois minutos depois do aviso de Charles, os outros apareceram. Estavam na sala de visitas. Seus olhos encontraram-se com os do capitão Wentworth, que fez uma reverência. Ela ouviu a voz dele; ele conversou com Mary, disse tudo o que era apropriado, falou alguma coisa para as irmãs Musgrove, o suficiente para marcar uma relação amigável. A sala parecia cheia de pessoas e vozes, mas, em poucos minutos, tudo terminou. Charles apareceu na janela, estava tudo pronto, o visitante curvou-se e foi embora, e as irmãs Musgrove também, pois, de repente, tinham resolvido caminhar até o fim da aldeia com os caçadores. A sala ficou vazia, e Anne pôde terminar seu café da manhã.

"Acabou! Acabou!", repetiu para si mesma várias vezes, com tensa gratidão. "O pior já passou!"

Mary disse alguma coisa, mas ela não conseguia prestar atenção. Ela o vira. Tinham se encontrado, estado mais uma vez na mesma sala.

Logo, porém, começou a tentar se tranquilizar. Oito anos, quase oito anos haviam se passado desde que o relacionamento deles terminara. Que absurdo seria retomar a agitação que o tempo deveria ter eliminado! O que oito anos não eram capazes de fazer? Eventos de todos os tipos, mudanças, distanciamentos, partidas, tudo, tudo podia estar contido nesse tempo, além do esquecimento do passado... O que é natural e correto também! Significava quase um terço de sua vida.

Nossa! Com todo esse raciocínio, descobriu que, para os sentimentos tenazes, oito anos podem ser pouco mais do que nada.

Agora, quais seriam os sentimentos dele? Talvez desejasse evitá-la? E, no momento seguinte, ela estava se odiando pela tolice de ter-se feito esta pergunta.

Outra pergunta que talvez, mesmo sendo mais sábia, ela tivesse evitado, logo foi poupada de todo suspense, pois, assim que as irmãs

Musgrove voltaram e concluíram a visita ao chalé, recebeu uma informação espontânea de Mary:

– O capitão Wentworth não foi muito galante com você, Anne, embora tenha sido muito atencioso comigo. Henrietta perguntou o que tinha achado de você, quando saíram, e ele disse que "você estava tão mudada que ele não a teria reconhecido".

Mary não tinha sensibilidade para respeitar a da irmã de uma maneira comum, mas nem sequer desconfiou que pudesse estar abrindo uma ferida.

"Irreconhecível." Anne caiu, silenciosamente, em profunda tristeza. Devia ser mesmo assim, e não podia revidar, pois ele não estava diferente, ou pelo menos não havia piorado. Já havia reconhecido isso para si mesma e não podia pensar de outra forma, independentemente de como ele a tivesse visto. Não... Os anos que haviam destruído a juventude e a beleza de Anne só tinham feito dar a ele uma aparência ainda mais vistosa, viril e franca, de modo algum diminuindo suas vantagens pessoais. Ela viu o mesmo Frederick Wentworth.

"Tão mudada que ele não a teria reconhecido!" eram palavras que ela não podia esquecer. No entanto, logo começou a se alegrar por tê-las ouvido. Traziam sobriedade, aliviavam a agitação, serenavam e, consequentemente, deveriam deixá-la mais feliz.

Frederick Wentworth tinha usado essas palavras, ou algo parecido, mas sem saber que ela iria ouvi-las. Achara a moça muito mudada e, quando perguntado a respeito, dissera o que tinha sentido. Não perdoara Anne Elliot. Ela o havia maltratado, abandonado e desapontado. Pior: demonstrara uma fraqueza de caráter ao fazer tudo isso, algo que o temperamento decidido e confiante dele não podia suportar. Desistira dele para agradar outras pessoas. Cedera à persuasão. Fora fraca e acanhada.

Ele tinha muita afeição por Anne e nunca conhecera uma mulher igual; contudo, exceto por uma questão de curiosidade natural, não desejava encontrá-la novamente. O poder de Anne sobre ele tinha desaparecido para sempre.

O objetivo dele agora era se casar. Era rico e tinha voltado para a terra firme com a intenção de se estabelecer assim que encontrasse alguém digno. Realmente estava procurando, pronto para se apaixonar a toda a rapidez que uma mente alerta e um gosto veloz pudessem permitir. Poderia ser atraído por qualquer uma das irmãs Musgrove, se elas fossem capazes de capturá-lo. Seu coração poderia ser fisgado, em suma, por qualquer jovem agradável que surgisse em seu caminho, com exceção de Anne Elliot. Foi o único segredo que guardou, quando disse para a irmã, em resposta às suposições desta:

– Sim, aqui estou eu, Sophia, pronto para um casamento tolo. Qualquer mulher entre 15 e 30 anos serviria. Um pouco de beleza, alguns sorrisos, alguns elogios à Marinha, e sou um homem perdido. Isso não deveria bastar para um marinheiro, que não teve convívio suficiente entre as mulheres para se tornar exigente?

Frederick dizia isso para ser contrariado, ela sabia. Seu olhar brilhante e orgulhoso mostrava a convicção de que ele era, sim, exigente. E Anne Elliot não estava fora de seus pensamentos quando descreveu com seriedade a mulher que gostaria de encontrar.

– Uma mente decidida e modos gentis – foi tudo o que disse. – Essa é a mulher que eu quero. É claro que posso me contentar com alguém um pouco inferior, mas não muito. Se eu estiver sendo tolo, então sou mesmo um tolo, pois pensei mais no assunto do que a maioria dos homens.

## Capítulo 8

Desse momento em diante, o capitão Wentworth e Anne Elliot encontraram-se várias vezes. Logo, estavam jantando juntos em companhia do senhor Musgrove, pois o estado do menino não podia mais fornecer à tia desculpas para se ausentar. E isso foi apenas o começo de outros jantares e outras reuniões.

Se os antigos sentimentos iriam renascer, era algo que ainda restava ver, pois os velhos tempos, sem dúvida, deviam ter voltado à lembrança de ambos. Era impossível que não ressurgissem; e o ano de seu noivado não podia deixar de ser citado pelo capitão nas pequenas narrativas e descrições suscitadas pela conversa. Sua profissão qualificava-o para falar, e sua disposição levava-o a tal. "Isso foi no sexto ano" e "Isso aconteceu antes de eu partir para o mar, no sexto ano" foram coisas que ele disse no decorrer da primeira noite que passaram juntos. E, apesar da firmeza na voz do capitão, e embora a moça não tivesse razão para supor que os olhos dele vagavam na direção dela enquanto falava, Anne sentia a absoluta impossibilidade, por saber o que Frederick pensava, de não ter o mesmo tipo de lembranças que ela. Deveria haver a mesma associação imediata de ideias, embora ela, nem de longe, imaginasse que a dor fosse igual.

Eles não conversaram nada em particular, nenhuma troca de frases além do que a boa educação exigia. Antes, eram tudo um para o outro! Agora, nada! Houve um tempo em que, mesmo com todo o grande grupo atual que ocupava a sala de visitas em Uppercross, teriam achado muito difícil deixar de conversar um com o outro. Com a exceção, talvez, do almirante e da senhora Croft, que pareciam particularmente próximos e felizes (Anne não permitia outras exceções, mesmo entre os casais), não poderia haver dois corações tão abertos, nem gostos tão similares, sentimentos tão harmoniosos, comportamentos tão adoráveis. Agora, eram como estranhos. Não, mais do que estranhos, pois nunca poderiam voltar a se aproximar. Era um afastamento perpétuo.

Quando ele falava, Anne ouvia a mesma voz e discernia a mesma mente. Havia uma ignorância generalizada de todos os assuntos navais entre o grupo, e Frederick foi alvo de muitos questionamentos, especialmente por parte das irmãs Musgrove, que pareciam ter olhos apenas para o rapaz. Perguntavam como era a vida a bordo, sobre as regras diárias, a comida, os horários etc. A surpresa das duas pelo que ele contava, ao serem informadas sobre o grau de conforto possível a bordo, provocou nele um divertimento agradável que fez Anne recordar seus próprios dias de ignorância, quando também foi acusada de imaginar que os marinheiros viajavam sem nada para comer, nenhum cozinheiro para preparar a comida que houvesse, nenhum criado para servir, nem faca e garfo para usar.

Enquanto escutava e refletia, Anne foi despertada por um sussurro da senhora Musgrove, que, dominada por pesarosos arrependimentos, não se conteve:

– Ah, senhorita Anne! Se os céus tivessem poupado meu pobre filho, ouso dizer que ele seria outra pessoa hoje.

Anne deteve o riso e ouviu gentilmente, enquanto a senhora Musgrove aliviava um pouco mais seu coração. Por alguns minutos, não conseguiu acompanhar a conversa dos outros.

Quando pôde voltar a dirigir sua atenção para seu rumo natural, viu que as irmãs Musgrove tinham ido buscar o Registro da Marinha (seu próprio registro, o primeiro de Uppercross) e sentado-se para examiná-lo, com a intenção de descobrir os navios que o capitão Wentworth havia comandado.

– Lembro que seu primeiro navio foi o *Asp*. Vamos procurar o *Asp*.

– Não vão encontrá-lo aí. Já estava bastante desgastado e quebrado. Fui o último homem a comandá-lo. Já não servia naquela época. Foi considerado apto apenas para o serviço costeiro por um ou dois anos, e então me enviaram para as Índias Ocidentais.

As moças pareciam maravilhadas.

– O Almirantado de vez em quando se diverte, enviando algumas centenas de homens ao mar em um navio sem condições de uso – continuou ele. Mas eles têm sempre muita gente para cuidar, assim, dá no mesmo que se afoguem ou não, sendo impossível selecionar qual tripulação pode fazer mais falta.

– Que horror! – exclamou o almirante. – As coisas que esses jovens falam! Nunca houve, na época, um navio melhor que o *Asp*. Para uma velha chalupa, não havia igual. Sorte do homem que teve a oportunidade de comandá-la! Pois ele sabe que deve ter havido, pelo menos, outros 20 candidatos ao posto melhores do que ele. Homem de sorte o que consegue algo assim tão depressa, sem contar senão com seus próprios méritos.

– Eu sei que tive sorte, almirante, posso garantir – respondeu o capitão Wentworth, sério. – Fiquei tão satisfeito com meu posto o quanto poderia desejar. Na época, estar no mar era um grande objetivo, um objetivo muito grande. Eu queria estar fazendo alguma coisa.

– Sem dúvida. O que um jovem como o senhor poderia fazer em terra por meio ano? Quando o homem não tem uma esposa, logo quer voltar ao mar.

– Mas, capitão Wentworth! – exclamou Louisa. – O senhor deve ter ficado irritado quando chegou ao *Asp* e viu a velharia que tinham lhe dado.

– Eu já sabia muito bem como ele era – disse ele, sorrindo. – Não tinha mais descobertas a fazer do que a senhorita com relação ao modelo e à resistência de qualquer velha peliça que tivesse visto ser emprestada a metade de suas conhecidas até que, finalmente, em um dia muito chuvoso, chegasse às suas mãos. Ah! Era o querido velho *Asp* para mim. Fez tudo o que eu queria. E eu sabia que faria. Sabia que iríamos afundar juntos ou que ele seria responsável por meu sucesso. E nunca tive dois dias de mau tempo enquanto estávamos no mar. Depois de enfrentar tantos corsários a ponto de isso se tornar uma diversão, tive a boa sorte, em minha volta para casa no outono seguinte, de encontrar a fragata francesa que eu tanto queria. Eu trouxe o *Asp* para Plymouth, e aqui houve outro exemplo de sorte. Tínhamos chegado há seis horas no canal Sound quando começou um vendaval que durou quatro dias e noites, e que teria destruído o pobre *Asp* na metade desse tempo, pois nosso contato com os franceses não melhorou em nada nossa condição. Vinte e quatro horas depois, eu seria apenas um galante capitão Wentworth, em um pequeno parágrafo no canto dos jornais. Tendo desaparecido em uma chalupa, ninguém mais se lembraria de mim.

Apenas Anne sentiu os próprios tremores, mas as exclamações de piedade e horror das irmãs Musgrove foram tão francas quanto sinceras.

– Então, suponho... – disse a senhora Musgrove, em voz baixa, como se estivesse falando sozinha. – Ele assumiu o *Laconia*, e lá se encontrou com nosso pobre menino. Charles, meu querido... – continuou ela, puxando-o para perto. – Pergunte ao capitão Wentworth onde ele se encontrou pela primeira vez com seu pobre irmão. Eu sempre me esqueço...

– Foi em Gibraltar, mãe, disso eu sei. Dick tinha sido deixado ali doente, com uma recomendação do antigo capitão ao capitão Wentworth.

– Ah! Mas, Charles, diga ao capitão Wentworth que ele não precisa ter medo de mencionar o pobre Dick na minha frente, pois seria um prazer ouvir um amigo tão bom falando dele.

Charles, agora um pouco mais atento às probabilidades de que isso acontecesse, apenas balançou a cabeça em resposta e afastou-se.

As moças foram procurar o *Laconia* no registro. O capitão Wentworth não conseguiu evitar o prazer de tomar o precioso volume nas próprias mãos para livrá-las do problema e mais uma vez ler em voz alta a pequena declaração do nome e da categoria do navio, e seus oficiais atuais, com a observação de que também fora um dos melhores amigos que o homem pôde ter.

– Ah! Como foram felizes aqueles dias em que comandei o *Laconia*! Como ganhei dinheiro fácil com ele. Eu e um amigo fizemos um adorável cruzeiro pelas Ilhas Ocidentais. Pobre Harville, irmã! Você sabe o quanto ele era ávido por dinheiro: pior do que eu. Tinha uma esposa. Excelente companheiro. Jamais me esquecerei de sua felicidade. Toda a alegria que sentia era por ela. Desejei que estivesse comigo novamente no verão seguinte, quando tive a mesma sorte no Mediterrâneo.

– E tenho certeza, senhor, de que foi um dia de sorte para nós quando foi indicado como capitão daquele navio. Nunca nos esqueceremos do que o senhor fez – disse a senhora Musgrove.

Suas emoções obrigavam-na a falar baixo, e o capitão Wentworth, ouvindo apenas em parte, e provavelmente sem pensar em Dick Musgrove, parecia esperar algo mais.

– Meu irmão... – sussurrou uma das moças. – Mamãe está pensando no pobre Richard.

– Pobre rapaz! – continuou a senhora Musgrove. – Ele ficou tão estável e escreveu tanto enquanto estava sob seus cuidados! Ah! Teria sido tão bom se ele nunca tivesse se separado do senhor. Posso garantir, capitão Wentworth, que lamentamos muito que ele tenha deixado sua companhia.

Diante daquele discurso, houve uma expressão momentânea no rosto do capitão Wentworth, um certo brilho em seu olhar, uma contração em sua bela boca, que convenceu Anne de que, longe de compartilhar os desejos da senhora Musgrove em relação ao filho, ele provavelmente se esforçara para se livrar do rapaz. Mas fora uma expressão muito rápida para ser detectada por qualquer um que o entendesse menos que ela. No instante seguinte, já estava perfeitamente sério e controlado. Quase na mesma hora, veio até o sofá em que ela e a senhora Musgrove estavam sentadas, acomodou-se perto desta e, em voz baixa, falou sobre seu filho, fazendo-o com empatia e graça naturais. Mostrou a mais gentil consideração por tudo o que havia de real e sensato nos sentimentos da mãe.

Na verdade, estavam sentados no mesmo sofá, pois a senhora Musgrove havia aberto espaço para ele; estava separada de Frederick apenas por ela. Não era uma barreira insignificante, na verdade.

A senhora Musgrove tinha um tamanho generoso, substancial, infinitamente mais bem adaptado pela natureza para expressar boa disposição e bom humor do que ternura e emoção. Enquanto as agitações da forma esbelta e do rosto pensativo de Anne podiam ser consideradas completamente ocultas, o capitão Wentworth merecia algum crédito pelo autocontrole com que ouvia os longos e profundos suspiros sobre o destino de um filho que não causava nenhuma preocupação quando estava vivo.

Porte físico e tristeza mental, certamente, não precisam ser proporcionais. Uma pessoa grande e volumosa tem o mesmo direito de estar em profunda aflição quanto a mais graciosa criatura. Mas, justo ou não, existem conjunções impróprias que a razão tentará em vão defender, pois o gosto não poderá tolerar, e o ridículo irá colocar em evidência.

O almirante, depois de dar duas ou três voltas ao redor da sala com as mãos nas costas, e de ter a atenção chamada pela esposa, aproximou-se do capitão Wentworth, sem nenhuma consideração pelo que pudesse estar interrompendo. Pensando apenas no que tinha em mente, começou a falar:

– Frederick, se você tivesse chegado uma semana mais tarde em Lisboa, na primavera passada, teriam pedido que transportasse *lady* Mary Grierson e as filhas.

– É mesmo? Ainda bem que não cheguei uma semana depois.

O almirante repreendeu-o por sua falta de galanteria. Ele se defendeu, embora professando que jamais admitiria de bom grado nenhuma mulher a bordo de seu navio, exceto no caso de um baile ou de uma visita de curta duração.

– Mas, se bem me conheço, não é por falta de galanteria a elas. É mais por saber como é impossível, mesmo com todos os esforços e sacrifícios, prover a bordo as acomodações de que as mulheres precisam – disse ele. – Não pode ser falta de galanteria, almirante, classificar como altas as exigências das mulheres por conforto pessoal. E é isso que eu faço. Odeio ouvir falar de mulheres a bordo ou vê-las a bordo. E nenhum navio sob meu comando jamais levará uma família de mulheres a lugar algum, se eu puder evitar.

Isso fez sua irmã brigar com ele.
— Ah! Frederick! Não posso acreditar em você. Isso não passa de um refinamento sem importância! As mulheres podem ter tanto conforto a bordo quanto na melhor casa da Inglaterra. Acredito ter passado mais tempo a bordo do que a maioria das mulheres, e digo que não conheço nada superior às acomodações de um barco de guerra. Afirmo que não tenho conforto, mesmo em Kellynch Hall, maior do que sempre tive na maioria dos navios em que vivi. E foram cinco no total — disse, com uma espécie de reverência a Anne.

— Não é a mesma coisa — respondeu o irmão. — Você estava vivendo com seu marido e era a única mulher a bordo.

— Mas você mesmo trouxe a senhora Harville, a irmã, a prima e os três filhos dela de Portsmouth a Plymouth. Onde, então, estava essa sua galanteria superfina e extraordinária?

— Inteiramente misturada na minha amizade, Sophia. Eu ajudaria a esposa de qualquer oficial que precisasse e traria qualquer coisa de Harville do fim do mundo, se ele quisesse. Mas não pense que não senti estar fazendo algo errado.

— Pode acreditar: elas se sentiram muito confortáveis durante a viagem.

— Isso talvez não aumente meu respeito por elas. Uma quantidade tão grande assim de mulheres e crianças não tem o direito de se sentir confortável a bordo.

— Meu querido Frederick, você está falando da boca para fora. Veja... O que seria de nós, pobres esposas de marinheiros, que muitas vezes temos de passar de um quebra-mar a outro, seguindo nossos maridos, se todos pensassem como você?

— Minhas ideias, veja, não impediram que eu levasse a senhora Harville e toda a sua família até Plymouth.

— Mas eu odeio ouvi-lo falando desse modo, como se as mulheres fossem todas lindas damas, em vez de criaturas racionais. Nenhuma de nós espera estar em águas calmas todos os dias.

— Ah, minha querida... — disse o almirante. — Quando ele tiver uma esposa, vai cantar uma música diferente. Quando estiver casado, se tivermos a boa sorte de viver para testemunhar outra guerra, vamos vê-lo fazer o que você e eu, e muitos outros, fizemos. Ele ficará muito grato a qualquer um que lhe traga a esposa.

– Ah, veremos mesmo.

– Então eu desisto! – exclamou o capitão Wentworth. – Quando pessoas casadas começam a me atacar dizendo: "Ah! Você vai pensar muito diferente quando estiver casado", só consigo dizer: "Não, não vou". E, assim, elas dizem novamente: "Sim, é claro que vai", e não há como avançar.

Ele se levantou e se afastou.

– Que grande viajante a senhora deve ter sido! – disse a senhora Musgrove à senhora Croft.

– Viajei muito, senhora, nos 15 anos do meu casamento, embora muitas mulheres tenham viajado mais. Cruzei o Atlântico quatro vezes, fui e voltei uma vez das Índias Orientais e estive também em alguns lugares mais perto de casa: Cork, Lisboa e Gibraltar. Mas nunca fui além do estreito e nunca estive nas Índias Ocidentais. Bermuda e Bahamas, como a senhora bem sabe, não são consideradas parte das Índias Ocidentais.

A senhora Musgrove não tinha uma palavra a dizer em discordância. Nunca antes tivera qualquer consideração a fazer sobre esses lugares.

– E posso garantir à senhora que nada é superior às acomodações de um navio de guerra – prosseguiu a senhora Croft. – Quer dizer, estou falando dos melhores. Quando falamos de uma fragata, é claro, estamos mais confinados, embora qualquer mulher razoável possa ser perfeitamente feliz em uma delas. Na verdade, posso dizer, com segurança, que a época mais feliz da minha vida transcorreu a bordo de um navio. Enquanto estivéssemos juntos, não havia nada a temer. Graças a Deus! Sempre tive a bênção de uma excelente saúde e nenhum clima me desagrada. Sempre fiquei um pouco enjoada nas primeiras 24 horas no mar, mas nunca tive problemas com enjoos depois. A única vez em que realmente sofri, seja no corpo ou na mente, a única vez em que me senti mal ou tive qualquer sensação de perigo, foi no inverno que passei sozinha em Deal, quando o almirante (então capitão Croft) estava nos mares do norte. Naquela época, eu vivia com medo o tempo todo, cheia de temores imaginários por não saber o que fazer, ou quando voltaria a ouvir falar dele, mas, quando estávamos juntos, nada me incomodava e nunca fiquei indisposta.

– Sim, com certeza. Sim, claro, sim! Concordo com sua opinião, senhora Croft – foi a resposta sincera da senhora Musgrove. – Não há nada pior do que uma separação. Concordo com sua opinião. Sei como é isso, porque o senhor Musgrove sempre assiste às audiências do tribunal do condado e fico feliz quando acabam, e ele volta em segurança.

A noite terminou com um baile. Quando a proposta foi feita, Anne ofereceu seus serviços, como de hábito, e, embora seus olhos por vezes se enchessem de lágrimas diante do instrumento, sentia-se muito feliz por estar tocando, e não desejava nada em troca, a não ser passar despercebida.

Foi uma festa divertida e alegre, e ninguém parecia mais animado do que o capitão Wentworth. Anne sentia que ele tinha todos os motivos para estar animado, sobretudo pela atenção geral que recebia e pela deferência especial de todas as jovens. As irmãs Hayter, moças da já mencionada família de primos, aparentemente tinham a ilusão de que poderiam se apaixonar por ele. Quanto a Henrietta e Louisa, ambas pareciam tão entretidas com ele que nada, a não ser demonstrações do mais perfeito entendimento entre as duas, poderia ter feito pensar que não eram fortes rivais. Quem poderia se surpreender que ele estivesse um pouco lisonjeado por tamanha admiração universal?

Esses eram alguns dos pensamentos que ocupavam Anne enquanto seus dedos se mexiam mecanicamente, prosseguindo por meia hora juntos, igualmente sem erros e sem consciência. Uma vez, sentiu o olhar dele sobre si, observando suas feições alteradas, talvez, tentando encontrar ali as ruínas do rosto que certa vez o haviam encantado. E, em outra ocasião, não teve dúvidas de que havia mencionado seu nome. Mal percebera até ouvir a resposta, mas, então, teve certeza de que ele perguntara a seu par se a senhorita Elliot nunca dançava. "Ah, não; nunca, ela desistiu de dançar. Preferia tocar. Ela nunca se cansa de tocar" foi a resposta. Uma vez, também, ele falou com ela. Anne havia deixado o instrumento ao fim do baile, e ele se sentou na banqueta para tentar mostrar uma melodia às irmãs Musgrove. Sem querer, ela voltou para aquela parte da sala. Ele a viu e, levantando-se na mesma hora, disse com polidez estudada:

– Desculpe, senhora, este é seu lugar – e, embora Anne imediatamente recuasse com uma negativa decidida, ele não voltou a se sentar.

Anne não desejava mais esses olhares e conversas. A polidez fria e a graça cerimoniosa de Frederick eram piores do que qualquer coisa.

## Capítulo 9

O capitão Wentworth via Kellynch como sua própria casa, para ficar o tempo que quisesse, sendo o objeto da bondade fraterna irrestrita tanto do almirante quanto da esposa deste. Tinha pensado, logo ao chegar, em ir sem demora para Shropshire e visitar o irmão ali instalado, mas as atrações de Uppercross o levaram a desistir da ideia. Havia tanta simpatia e adulação, tinha ficado tão encantado com a recepção que recebera, os velhos eram tão hospitaleiros, os jovens tão agradáveis, que ele não pôde senão decidir permanecer onde estava, e aceitar um pouco mais de todos os encantos e perfeições da esposa de Edward.

Logo estava indo a Uppercross quase todos os dias. Os Musgrove não poderiam estar mais dispostos a convidá-lo para vir, especialmente de manhã, quando não tinham companhia em casa. Isso porque almirante e a senhora Croft geralmente saíam juntos para investigar a nova propriedade, seus gramados e ovelhas, passeando com um vagar insuportável para uma terceira pessoa, ou então saindo no cabriolé recém-acrescentado a seu patrimônio.

Até então, a opinião dos Musgrove e seus dependentes sobre o capitão Wentworth era unânime. A admiração era invariável e calorosa em toda parte, mas essa relação familiar estava apenas começando a se estabelecer, quando um certo Charles Hayter voltou ao convívio do grupo e ficou muito perturbado com a situação, tendo sobre o capitão Wentworth uma opinião muito diferente.

Charles Hayter era o mais velho dos primos, um jovem muito afável e cortês. Entre ele e Henrietta sempre houvera um considerável vínculo anterior à chegada do capitão Wentworth. Ele era sacerdote e, sendo vigário em uma região próxima, onde não era necessário residir, morava na casa do pai, a apenas três quilômetros de Uppercross. Uma curta ausência de casa deixara sua bela desguarnecida de suas atenções naquele período crítico. Quando voltou, teve o desgosto de ver os modos de Henrietta muito alterados, além de encontrar o capitão Wentworth.

A senhora Musgrove e a senhora Hayter eram irmãs. As duas tinham dinheiro, mas seus casamentos tinham representado uma diferença material no grau de prestígio. O senhor Hayter tinha algumas propriedades, porém insignificantes se comparadas com as do senhor Musgrove. Enquanto os Musgrove ocupavam o primeiro escalão da sociedade local, os jovens da família Hayter, devido ao modo de vida inferior, isolado e pouco refinado dos pais, e à sua própria educação deficiente, dificilmente poderiam ser enquadrados em alguma classe, a não ser por sua relação com Uppercross. Esse filho mais velho constituía uma exceção, pois escolhera ser um erudito e distinto cavalheiro, sendo muito superior em intelecto e boas maneiras a todos os demais.

As duas famílias sempre haviam tido uma excelente relação, uma vez que não havia orgulho de um lado nem inveja do outro, apenas uma certa consciência de superioridade de parte das irmãs Musgrove que as fazia ter prazer em ajudar seus primos. As atenções de Charles para com Henrietta eram vistas por seu pai e sua mãe sem nenhuma desaprovação.

– Não seria um grande casamento para ela, mas, se Henrietta gosta dele... – e ela parecia realmente gostar.

A própria Henrietta tinha certeza disso antes da chegada do capitão Wentworth, mas, a partir daquele momento, o primo Charles ficou praticamente esquecido.

Até onde Anne podia observar, ainda pairavam dúvidas sobre qual das duas irmãs era a preferida do capitão Wentworth. Henrietta talvez fosse a mais bonita; Louisa, a mais alegre; e ela não sabia se ele gostava mais de um temperamento mais suave ou mais agitado.

Fosse por pouco notarem ou pela total confiança no comportamento de suas filhas e de todos os jovens que se aproximavam delas, o senhor e a senhora Musgrove pareciam deixar tudo ao acaso. Não havia o menor indício de preocupação ou comentário sobre eles na Casa Grande, mas em Uppercross Cottage era diferente. O jovem casal que ali residia estava mais propenso a especular e questionar, e bastou o capitão Wentworth encontrar as irmãs Musgrove quatro ou cinco vezes, e Charles Hayter reaparecer, para Anne ter de ouvir as opiniões de seu cunhado e sua irmã sobre de qual delas o rapaz gostava mais. Charles apostava em Louisa; Mary, em Henrietta, mas ambos concordavam que uma união com qualquer uma das duas seria excelente.

Charles "jamais conhecera um homem tão agradável e, pelo que ouvira certa vez da boca do próprio capitão Wentworth, tinha certeza de que ele não havia acumulado menos que vinte mil libras na guerra. Uma fortuna repentina. Além disso, havia a perspectiva de ganhar ainda mais em uma guerra futura, e ele estava certo de que o capitão Wentworth tinha tanta chance de se destacar quanto qualquer outro oficial da Marinha. Ah! Seria um casamento excelente para qualquer uma das duas irmãs".

– Pode ter certeza disso – respondeu Mary. – Meu Deus! Imagine se ele algum dia recebe uma grande honraria! Ele poderia ser baronete! "*Lady* Wentworth" soa muito bem. Seria mesmo maravilhoso para Henrietta! Ela teria primazia sobre mim. E ia gostar bastante disso. *Sir* Frederick e *lady* Wentworth! Mas seria um título recém-criado, e nunca gosto muito de títulos assim.

Era mais conveniente para Mary pensar que Henrietta fosse a preferida, justamente por causa de Charles Hayter, cujas pretensões ela desejava eliminar. Tinha total desprezo pelos Hayter e achava que seria uma grande desgraça ver a ligação entre as famílias renovada. Seria uma tristeza para ela e seus filhos.

– Sabe... – disse ela. – Não o vejo como um partido adequado para Henrietta, e, considerando as alianças que os Musgrove fizeram, ela não tem o direito de jogar tudo isso fora. Não acho que nenhuma jovem tenha o direito de fazer uma escolha que possa ser desagradável e inconveniente para a parte mais importante da família e criar conexões ruins para quem não está acostumado com elas. E, por Deus, quem é Charles Hayter? Nada mais do que um cura do campo. Um enlace muito inadequado para a senhorita Musgrove, de Uppercross.

O marido, porém, não concordava, pois, além de ter consideração pelo primo, Charles Hayter era o filho mais velho. E Charles via as coisas também da perspectiva do primogênito.

– Agora você está falando bobagem, Mary – foi, portanto, sua resposta. – Não seria um bom casamento para Henrietta, mas Charles tem uma boa chance, por meio dos Spicer, de conseguir algo do bispo em um ou dois anos, e não esqueça que ele é o primogênito: quando meu tio morrer, herdará bens consideráveis. A propriedade em Winthrop não tem menos de 100 hectares – isso para não falar da fazenda perto de Taunton, que tem uma das melhores terras do país. Concordo que qualquer outro primo que não Charles seria uma ligação muito chocante para Henrietta. E, de fato, isso não poderia acontecer: ele é o único par possível, mas um rapaz de boa natureza, e, quando tomar posse de Winthrop, mudará completamente o lugar e viverá ali de uma maneira muito diferente. Com essa propriedade, jamais será digno de desprezo... É uma bela propriedade. Não, não. Henrietta poderia fazer coisa muito pior do que se casar com Charles Hayter. E, se ela terminar com ele e Louisa com o capitão Wentworth, ficarei muito satisfeito.

– Charles pode dizer o que quiser! – exclamou Mary para Anne, assim que o marido saiu da sala. – Mas seria chocante que Henrietta se casasse com Charles Hayter, algo muito ruim para ela e, ainda pior, para mim. Portanto, é muito desejável que o capitão Wentworth possa, em breve, tirá-lo completamente da cabeça dela, e tenho poucas dúvidas de que já não tenha tirado. Ela quase não notou Charles Hayter ontem. Queria que você estivesse lá para ver o comportamento dela. E, quanto ao fato de o capitão Wentworth gostar tanto de Louisa quanto de Henrietta, é um absurdo dizer isso, pois ele certamente gosta mais de Henrietta. Mas Charles é tão otimista! Gostaria que você tivesse estado conosco ontem, pois, assim, poderia ter decidido essa disputa. Tenho certeza de que teria pensado como eu, a menos que estivesse determinada a me contrariar.

## Persuasão

Um jantar na casa do senhor Musgrove fora a ocasião em que todas essas coisas poderiam ter sido vistas por Anne, mas ela havia ficado em casa, sob o pretexto de uma dor de cabeça e do retorno da indisposição do pequeno Charles. Na verdade, apenas desejava evitar o capitão Wentworth, mas escapar de ser usada como árbitro se somava às vantagens de uma noite tranquila.

Quanto aos pontos de vista do capitão Wentworth, considerava mais importante que ele tomasse sua própria decisão cedo o bastante, para não pôr em risco a felicidade de uma das irmãs ou prejudicar sua própria honra, do que o fato de preferir uma ou a outra. Qualquer uma delas, com toda a probabilidade, seria uma esposa afetuosa e agradável para ele. No que dizia respeito a Charles Hayter, sentia a dor que podia causar a conduta irrefletida de uma jovem, e seu coração simpatizava com qualquer sofrimento que esta ocasionasse. Mas, se Henrietta estivesse equivocada quanto à natureza dos próprios sentimentos, essa mudança deveria ser comunicada.

Charles Hayter havia se deparado com muitas mudanças no comportamento da prima, a ponto de ficar preocupado. O afeto entre eles era muito antigo para morrer em apenas dois encontros, a ponto de extinguir todas as suas esperanças e não lhe deixar outra alternativa que não ir embora de Uppercross. Mas a mudança nela ocorrida tornava-se preocupante quando um homem como o capitão Wentworth poderia ser considerado a provável causa. Charles Hayter estivera ausente por apenas dois domingos, e, quando se separaram, ela se mostrava interessada em sua perspectiva de logo abandonar seu curato atual e obter o de Uppercross. Parecia, então, que seu maior desejo era que doutor Shirley, o reitor, que há mais de 40 anos cumpria zelosamente todos os deveres de seu cargo, mas agora estava muito enfermo para tantas exigências, solicitasse os serviços de um cura, nos melhores termos possíveis, e prometesse o posto para Charles Hayter. A vantagem de ter de ir apenas até Uppercross, em vez de percorrer dez quilômetros na outra direção, de ter um curato melhor, de trabalhar para o querido doutor Shirley, de poder aliviá-lo dos deveres que já não podia mais cumprir sem se cansar, tinham interessado até mesmo Louisa, mas, sobretudo, como era lógico, Henrietta. Quando ele voltou, ai! O interesse no negócio tinha desaparecido. Louisa não conseguiu ouvir nada sobre o relato de uma conversa que ele acabara de ter com o doutor Shirley: estava na janela, esperando o capitão Wentworth. E mesmo Henrietta tinha, no máximo, uma atenção dividida para dar, parecendo ter perdido todo o interesse na questão.

– Bem, estou muito feliz, de verdade, mas sempre soube que o senhor conseguiria. Sempre estive certo disso. Não me pareceu que... Em suma, o senhor sabe, o doutor Shirley precisa de um cura, e o senhor já havia obtido sua promessa. Ele está chegando, Louisa?

Certa manhã, logo depois do jantar nos Musgrove, ao qual Anne não estivera presente, o capitão Wentworth entrou na sala de visitas do chalé, ocupada apenas por ela e o pequeno acidentado Charles, que estava deitado no sofá.

A surpresa de se encontrar quase sozinho com Anne Elliot alterou a habitual compostura de seus modos. Tudo o que conseguiu dizer foi: "Achei que as irmãs Musgrove estivessem aqui. A senhora Musgrove disse-me que as encontraria aqui", antes de se dirigir à janela para se recompor e pensar em como se comportar. "Elas estão no andar de cima com a minha irmã; acho que já vão descer", respondera Anne, com natural confusão. E, se a criança não a tivesse chamado para ajudar com algo, teria saído da sala no momento seguinte e libertado o capitão Wentworth, assim como ela mesma, do embaraço.

Ele continuou na janela. Depois de dizer calma e educadamente "Espero que o menino esteja melhor", ficou em silêncio.

Foi obrigada a se ajoelhar ao lado do sofá e permanecer ali para satisfazer seu paciente. Assim, continuaram por alguns minutos, quando, para sua grande satisfação, ela ouviu outra pessoa cruzando o pequeno vestíbulo. Esperava, ao se virar, ver o dono da casa, mas acabou sendo alguém que não iria facilitar nada as coisas... Charles Hayter, provavelmente tão contrariado ao ver o capitão Wentworth quanto este havia ficado ao ver Anne.

Ela só conseguiu dizer:

– Como está? Não quer se sentar? Os outros virão em breve.

O capitão Wentworth, no entanto, afastou-se da janela, aparentemente com disposição para conversar. Mas Charles Hayter logo pôs fim a qualquer possibilidade disso, sentando-se perto da mesa e pegando o jornal, e o capitão Wentworth voltou para a janela.

Passado um minuto, mais um visitante chegou. O menino mais novo, um garotinho robusto e expansivo de 2 anos de idade, após alguém do lado de fora lhe abrir a porta, veio de modo determinado até eles e foi direto até o sofá para ver o que se passava, pedindo qualquer coisa boa que pudessem estar comendo.

Não havendo nada para comer, só poderia dedicar-se a brincar, e, como a tia não o deixava provocar o irmão doente, começou a mexer com ela, enquanto estava ajoelhada, de tal maneira que, ocupada como estava com Charles, não conseguia afastá-lo. Anne falou com o menino, ordenou, suplicou e insistiu em vão. Esforçou-se para afastá-lo, mas o menino ficou muito feliz subindo nas costas dela de novo.

– Walter, desça agora. Você está se comportando mal. Estou muito zangada com você.

– Walter! – exclamou Charles Hayter. – Por que você não faz o que pedem? Você não ouviu sua tia falar? Vem até aqui, Walter. Vem com o primo Charles.

Mas Walter não se mexeu.

Mais um momento, no entanto, e viu-se livre dele. Alguém o estava tirando de cima dela, separando as pequenas e robustas mãos de seu pescoço. O garoto foi levantado antes de ela perceber que tinha sido o capitão Wentworth.

Nesse momento, suas sensações deixaram-na totalmente sem palavras. Ela não conseguiu sequer lhe agradecer. Tudo o que conseguiu fazer foi se curvar sobre o pequeno Charles com os sentimentos totalmente desordenados. A gentileza dele ao adiantar-se para aliviá-la, a maneira e o silêncio com que o tinha feito, os detalhes da circunstância, a convicção, pelo barulho que ele produzia deliberadamente com a criança, de que não queria ouvir o agradecimento de Anne e que conversar com ela era a última coisa que desejava produziram uma mistura de emoções cambiantes, mas muito dolorosas. Não conseguiu se recuperar destas até a entrada de Mary e das irmãs Musgrove, o que lhe permitiu deixar seu pequeno paciente aos cuidados delas e sair da sala. Não podia ficar. Talvez tivesse sido uma boa oportunidade de observar os amores e ciúmes dos quatro agora que estavam todos reunidos, mas ela não conseguiu ficar para nada disso. Era evidente que Charles Hayter não gostava do capitão Wentworth. Pensava tê-lo ouvido dizer, em um tom de voz exaltado, depois da interferência do capitão Wentworth: "Você deveria ter me obedecido, Walter. Eu falei para não importunar sua tia". E compreendeu que ele lamentava que o capitão Wentworth tivesse feito o que cabia a ele. Mas nem os sentimentos de Charles Hayter nem os de mais ninguém podiam interessá-la até que fosse capaz de entender um pouco melhor os seus próprios. Estava sentindo vergonha de si mesma, de estar tão nervosa, tão abalada por algo tão insignificante. Mas estava assim, e isso exigiu um longo período de solidão e reflexão para que se recuperasse.

## Capítulo 10

Não faltariam oportunidades para que fizesse suas observações. Em pouco tempo, Anne estivera em companhia de todos os quatro juntos com uma frequência suficiente para ter uma opinião, embora fosse sensata demais para mencionar o assunto em casa, onde sabia que não agradaria nem marido, nem esposa. Pois, embora considerasse Louisa a preferida, não podia deixar de pensar, atrevendo-se a julgar pela memória e pela experiência, que o capitão Wentworth não estava apaixonado por nenhuma das duas. Elas estavam muito apaixonadas por ele, mas aquilo não era amor. Era uma pequena febre de paixão que poderia, e provavelmente iria, se transformar em amor. Charles Hayter parecia consciente de ser menosprezado. No entanto, às vezes, Henrietta tinha o ar de estar dividida entre os dois. Anne queria poder conversar com eles sobre tudo o que estavam fazendo e apontar alguns dos males aos quais estavam se expondo. Não achava que nenhum deles estivesse sendo malicioso. Sentiu grande satisfação ao perceber que o capitão Wentworth não estava nem um pouco ciente da dor que estava causando. Não demonstrava em seus modos nenhum triunfo mesquinho. Provavelmente, nunca tinha ouvido falar nem levado em consideração qualquer interesse por parte de Charles Hayter. Seu único erro estava em aceitar as atenções (pois aceitar era a palavra certa) de duas moças ao mesmo tempo.

Após um breve combate, Charles Hayter parecia ter desistido. Passaram-se três dias sem que ele tivesse vindo uma vez sequer a Uppercross; uma mudança e tanto. Ele até mesmo recusara um convite de praxe para jantar, e, depois de ser flagrado em certa ocasião pelo senhor Musgrove com alguns livros grandes abertos diante de si, este e a senhora Musgrove tiveram certeza de que havia alguma coisa errada. Com o semblante sério, advertiram Charles de que ele morreria de tanto estudar. Mary acreditava e torcia para que ele tivesse recebido uma recusa clara de Henrietta, enquanto seu marido vivia sob a constante expectativa de vê-lo no dia seguinte. Anne, por sua vez, pensava apenas que Charles Hayter era um homem muito sensato.

Certa manhã, quando Charles Musgrove e o capitão Wentworth saíram juntos para caçar, e as irmãs estavam sentadas em silêncio trabalhando no chalé, as duas moças da Casa Grande apareceram na janela.

Era um belo dia de novembro, e as irmãs Musgrove tinham atravessado o campo, parando apenas para dizer que dariam uma longa caminhada e, portanto, imaginavam que Mary não gostaria de acompanhá-las. Mary retrucou de imediato, um pouco ofendida por acharem que ela não gostava de caminhar:

– Ah, sim, eu gostaria muito de me juntar a vocês. Gosto muito de uma longa caminhada.

Anne convenceu-se, pelo olhar das irmãs, de que aquilo era precisamente o oposto do que desejavam. Então, admirou mais uma vez o tipo de necessidade que os hábitos familiares pareciam produzir de que tudo deveria ser comunicado e ser feito em conjunto, por mais indesejável e inconveniente que isso fosse. Ela tentou dissuadir Mary de ir, mas em vão. Assim, achou melhor aceitar o cordial convite das irmãs Musgrove para ir também, pois desse modo poderia voltar com a irmã e diminuir a interferência em qualquer plano que as duas pudessem ter.

– Não consigo imaginar por que elas acham que não gosto de longas caminhadas – disse Mary, enquanto subiam as escadas. – Todo mundo está sempre achando que não sou uma boa caminhante, mas acho que elas não teriam ficado muito contentes se eu tivesse me recusado a acompanhá-las. Quando as pessoas vêm dessa maneira de propósito para nos convidar, como é possível dizer não?

Logo que elas saíram, os cavalheiros voltaram. Haviam levado consigo um cão jovem que estragara a caçada e os obrigara a voltar mais cedo. Portanto, o horário, a força e a disposição dos homens eram perfeitos para uma caminhada, de modo que se juntaram às moças com prazer. Se Anne pudesse ter previsto tal situação, teria ficado em casa, porém, sentindo algum interesse e curiosidade, imaginou que fosse tarde demais para recuar. Os seis partiram juntos na direção escolhida pelas irmãs Musgrove, que se consideravam as guias da caminhada.

O objetivo de Anne era não atrapalhar ninguém e, nos trechos estreitos a cruzar os campos, que obrigava a muitas separações, manter-se com o cunhado e a irmã. Seu prazer em caminhar vinha do exercício e do dia ensolarado, da visão dos últimos sorrisos do ano sobre as folhas amareladas e as sebes murchas, e de repetir para si mesma algumas das milhares de descrições poéticas do outono, estação de influência peculiar e inesgotável na mente de pessoas frágeis e refinadas, que inspirara em todo poeta digno de ser lido algumas descrições ou versos sensíveis. Ela ocupava a mente ao máximo com esses devaneios e citações, mas, por vezes, não conseguia, pois, quando estava perto, era impossível não ouvir a conversa do capitão Wentworth com qualquer uma das irmãs Musgrove. No entanto, ouviu pouca coisa importante. Era uma conversa animada, como a que quaisquer jovens, em um ambiente íntimo, poderiam ter. Estava mais envolvido com Louisa, que certamente chamava mais a atenção dele do que Henrietta. Essa distinção pareceu aumentar. Então, uma fala de Louisa chamou a atenção de Anne. Depois de um dos muitos elogios do dia, que eram ditos o tempo todo, o capitão Wentworth acrescentou:

– Que clima glorioso para o almirante e minha irmã! Eles queriam dar um longo passeio hoje de manhã. Talvez possamos saudá-los de alguma dessas colinas. Eles disseram que viriam para este lado do campo. Eu me pergunto onde irão capotar hoje. Ah! Isso acontece com muita frequência, eu lhes garanto, mas para minha irmã tanto faz ser ou não arremessada da carruagem.

– Ah, sei que o senhor está exagerando! – exclamou Louisa. – Mas, se o caso for mesmo esse, eu faria o mesmo no lugar dela. Se eu amasse um homem, como ela ama o almirante, estaria sempre com ele, nada jamais iria nos separar. E eu preferiria ser derrubada por ele a ser conduzida em segurança por qualquer outra pessoa.

Disse isso com entusiasmo.

– É mesmo?! – exclamou o capitão Wentworth, usando o mesmo tom. – Eu a admiro!

E ficaram em silêncio por um tempo.

Anne não pôde se refugiar em nenhum dos versos de que tentava se lembrar. As belas cenas do outono foram deixadas de lado por um tempo, a não ser por algum delicado soneto repleto de analogias sobre o ano que declinava junto com a felicidade, e as imagens de juventude, esperança e primavera, todas juntas, abençoando sua memória. Quando eles enveredaram por outro caminho, ela perguntou:

– Esse não é um dos caminhos para Winthrop? – mas ninguém ouviu, ou, pelo menos, respondeu.

Seu destino, no entanto, era mesmo Winthrop, ou seus arredores – pois, às vezes, era possível encontrar jovens passeando perto de casa. Depois de uma subida leve de quase um quilômetro através de grandes sebes, onde os arados em atividade e as trilhas recém-abertas mostravam o esforço do fazendeiro contra a doçura da poesia e sua intenção de trazer de volta a primavera, chegaram ao topo da mais alta das colinas, que separava Uppercross e Winthrop, e logo tiveram uma visão completa da última, ao pé da colina do outro lado.

Winthrop, sem beleza e sem dignidade, estendia-se diante deles: uma casa indiferente, baixa e cercada pelos celeiros e construções de uma fazenda.

– Meu Deus! – exclamou Mary. – Aqui está Winthrop. Juro que não tinha ideia! Bem, agora acho que é melhor voltarmos. Estou muito cansada.

Henrietta, constrangida e envergonhada, não vendo o primo Charles em trilha alguma, nem encostado em qualquer portão, estava pronta para fazer o que Mary desejava, porém:

– Não! – disse Charles Musgrove.

– Não, não! – exclamou Louisa, aflita, e, puxando a irmã de lado, pareceu discutir o assunto calorosamente.

Charles, enquanto isso, estava inteiramente decidido a visitar a tia, agora que estava tão perto, e tentava, embora mais temeroso, convencer a esposa a ir também. Mas este foi um dos pontos em que a senhora se mostrou decidida. Quando ele mencionou a vantagem que seria descansar 15 minutos em Winthrop, pois ela se sentia cansada, Mary respondeu resolutamente:

– Ah! Não, de jeito nenhum! Subir aquela colina novamente faria mais mal do que qualquer bem que esse tempo sentada poderia fazer – em resumo, seu olhar e seu jeito mostravam que ela não iria.

Após uma pequena sucessão de debates e consultas, ficou resolvido entre Charles e suas duas irmãs que ele e Henrietta deviam simplesmente descer por alguns minutos, para ver a tia e os primos, enquanto o resto do grupo esperaria por todos no topo da colina. Louisa parecia a principal organizadora do plano, e, enquanto seguia a pequena trilha com eles, descendo a colina, ainda conversando com Henrietta, Mary aproveitou a oportunidade para olhar em volta com desdém e dizer ao capitão Wentworth:

– É muito desagradável ter parentes assim! Mas posso lhe assegurar que nunca estive naquela casa mais que duas vezes na vida.

Mary não recebeu nenhuma resposta além de um sorriso artificial de assentimento, seguido por um olhar de desprezo, quando ele se virou, algo que Anne sabia perfeitamente o que significava.

O topo da colina, onde ficaram, era um lugar agradável. Louisa voltou, e Mary, depois de encontrar um lugar confortável onde se sentar, no degrau de uma passagem na sebe, mostrou-se muito satisfeita enquanto os outros permaneceram de pé ao seu redor. No entanto, quando Louisa se afastou com o capitão Wentworth para tentar colher avelãs em uma sebe próxima, ficando, aos poucos, fora de alcance da vista e dos ouvidos, revelou-se insatisfeita. Começou a reclamar do lugar em que estava sentada. Tinha certeza de que Louisa encontrara um local melhor, e nada poderia impedi-la de fazer o mesmo. Ela se virou e atravessou a mesma passagem na sebe, mas não conseguiu vê-los. Anne encontrou um bom lugar para a irmã, sobre um aclive ensolarado e seco, sob a fileira de arbustos, e não tinha dúvidas de que os dois ainda estavam por ali, em algum lugar. Mary sentou-se por um momento, mas de nada adiantou. Ela tinha certeza de que Louisa havia encontrado um local melhor e continuaria até encontrá-la.

Anne, realmente cansada, ficou feliz em se sentar e logo ouviu o capitão Wentworth e Louisa na fileira de arbustos logo atrás, como se estivessem voltando pelo túnel selvagem e acidentado que corria no centro. Estavam conversando ao se aproximar. Ela percebeu primeiro a voz de Louisa. Parecia estar fazendo um acalorado discurso. O que Anne ouviu primeiro foi:

– Então, eu a mandei ir. Não pude suportar a ideia de desistir da visita por uma bobagem dessas. O quê! Eu deixaria de fazer algo que estava decidida a fazer, e que sabia ser correto, por causa da atitude e da interferência de uma pessoa assim, ou aliás de qualquer pessoa? Não, não sou tão facilmente persuadida. Quando me decido, estou decidida. E Henrietta também parecia inteiramente decidida a visitar Winthrop hoje, mas quase desistiu por conta de uma complacência absurda!

– Ela teria voltado então, se não fosse pela senhorita?

– Teria, sim. Quase tenho vergonha de dizer isso.

– Que sorte a dela ter uma mente como a sua por perto! Depois do que a senhorita me contou agora, o que apenas confirmou minhas próprias observações na última vez em que estive na companhia dele, percebo o que está acontecendo. Constato que se tratava de mais do que uma simples visita matinal de obrigação à sua tia. E pobre dele, e dela também, quando se tratar de coisas importantes, quando as circunstâncias exigirem coragem e força de caráter, se a moça não tiver a força de vontade necessária para resistir a uma interferência fútil em uma questão tão insignificante quanto essa. Sua irmã é adorável, mas vejo que é a senhorita que possui um caráter firme e decidido. Se valoriza a conduta ou a felicidade dela, deve lhe transmitir ao máximo essa sua determinação. Mas isso, sem dúvida, a senhorita vem fazendo desde sempre. O pior dos males de um caráter maleável e indeciso é que não se pode confiar em ter influência sobre ele. Nunca podemos ter a certeza de que uma boa impressão será durável. Todos são capazes de influenciá-lo. Quem deseja ser feliz deve ser firme. Veja esta avelã, por exemplo – disse ele, pegando um fruto de um dos galhos mais altos. – Uma bela e reluzente avelã que, abençoada com uma força original, sobreviveu a todas as tempestades do outono. Nenhuma mácula, nenhum defeito em lugar algum. Esta avelã, enquanto muitas de suas irmãs caíram e foram pisoteadas, ainda contém toda a felicidade de que uma avelã é supostamente capaz – continuou ele, com divertida solenidade. Em seguida, retornou ao tom sincero: – Meu primeiro desejo em relação a todos por quem me interesso é que sejam firmes. Se Louisa Musgrove quiser ser bela e feliz no outono da vida, deve cuidar agora mesmo do espírito.

Ele terminara, e não houve resposta. Teria surpreendido Anne se Louisa pudesse responder prontamente a tal discurso: palavras que demonstravam tanto interesse, ditas com um fervor tão sério! Ela podia imaginar o que Louisa estava sentindo. Temia se mexer por medo de ser vista. Enquanto permanecesse onde estava, um arbusto de azeviche a protegia, e os dois foram se afastando. Antes que estivessem longe o suficiente, no entanto, Louisa voltou a falar.

– Mary tem muito boa índole em muitos aspectos – disse. – Mas, às vezes, irrita-me com suas bobagens e orgulho... O orgulho dos Elliot. Ela tem muito do orgulho dos Elliot. Gostaríamos tanto que Charles tivesse se casado com Anne no lugar dela... Suponho que o senhor saiba que ele queria se casar com Anne.

Depois de um momento de pausa, o capitão Wentworth falou:

– Quer dizer que ela recusou?

– Ah! Sim, claro.

– Quando isso aconteceu?

– Não sei exatamente, porque Henrietta e eu estávamos na escola na época, mas acredito que um ano antes do casamento dele com Mary. Gostaria que ela o tivesse aceitado. Todos nós gostamos muito dela, e papai e mamãe sempre acharam que a culpa foi da amiga, *lady* Russell, o que não era. Acreditam que Charles não é instruído o suficiente para agradar *lady* Russell e que, portanto, ela convenceu Anne a recusá-lo.

Os sons estavam diminuindo e Anne não conseguia mais ouvir. Suas próprias emoções deixaram-na imóvel. Ela precisava se recuperar de muitas coisas, antes que pudesse se mover. Não tinha sido exatamente uma bisbilhoteira, não ouvira nada de ruim, mas ouvira coisas importantes e dolorosas. Viu como seu caráter era considerado pelo capitão Wentworth, e havia um grau de sentimento e curiosidade sobre ela nos modos dele que lhe causava agitação.

Assim que conseguiu, foi atrás de Mary, e, ao encontrá-la e voltar com ela para onde estavam todos, ao lado da sebe, sentiu algum conforto quando todo o grupo se reuniu e retomou a caminhada. Ela queria a solidão e o silêncio que só um número grande de pessoas era capaz de dar.

Charles e Henrietta voltaram, trazendo, como era de esperar, Charles Hayter. Anne não conseguia entender muito bem o que tinha acontecido. Nem mesmo o capitão Wentworth parecia conhecer os pormenores, mas não havia dúvidas de que houvera uma retratação por parte do cavalheiro, e uma reaproximação por parte da dama, e os dois pareciam contentes por estarem juntos de novo. Henrietta parecia um pouco envergonhada, mas muito satisfeita. Charles Hayter parecia muito feliz, e eles se dedicaram um ao outro quase desde o primeiro instante em que partiram para Uppercross.

Tudo agora abria o caminho de Louisa para o capitão Wentworth. Nada poderia estar mais claro, e, nos pontos do caminho onde muitas separações eram necessárias, ou até onde não eram, andavam lado a lado quase tanto quanto o outro casal. Em uma longa faixa de prado, onde havia amplo espaço para todos, caminhavam divididos, formando três grupos distintos. E, dos três grupos, Anne decidiu participar do que demonstrava menos animação e menos complacência, claro. Ela se juntou a Charles e Mary e, como estava bastante cansada, ficou muito feliz com o outro braço de Charles, mas este, embora muito bem-humorado com ela, estava zangado com a esposa. Mary tinha se comportado mal e agora ia sofrer as consequências, que eram largar o braço dela a quase todo momento para arrancar urtigas na cerca com o graveto que carregava. E, quando Mary começou a protestar, lamentando a forma como ele a tratava, como de hábito, por ter de caminhar junto à sebe, enquanto Anne nunca era incomodada do outro lado, ele largou os braços das duas para ir atrás de uma doninha, e elas quase não conseguiram alcançá-lo.

Esse longo prado ladeava uma estrada, que eles deviam atravessar no fim. Quando o grupo chegou ao portão de saída, deparou-se com uma carruagem que vinha na mesma direção, e já ouvida ao longe. Era o almirante Croft. Ele e a esposa haviam feito o passeio pretendido e voltavam para casa. Ao saber que os jovens já caminhavam há muito tempo, gentilmente ofereceram um assento para alguma dama que, porventura, estivesse cansada: isso a pouparia de caminhar mais um quilômetro e meio, e eles passariam por Uppercross de qualquer maneira. O convite foi feito a todos, e todos recusaram. As irmãs Musgrove não estavam nem um pouco cansadas, e Mary ficou ofendida por não ser convidada antes das outras, ou pelo que Louisa chamou de orgulho dos Elliot, pois não suportaria ser a terceira passageira em uma carruagem.

O grupo tinha cruzado a estrada e atravessava, naquele momento, uma passagem na sebe, enquanto o almirante punha em marcha sua carruagem, quando o capitão Wentworth voltou pela cerca para dizer alguma coisa à irmã. O que ele disse pode ser adivinhado pelos efeitos que produziu.

– Senhorita Elliot, tenho certeza de que está cansada! – exclamou a senhora Croft. – Dê-nos o prazer de levá-la para casa. Aqui, há muito espaço para três, posso garantir. Se fôssemos todos como a senhorita, acredito que caberiam quatro. Venha! Aceite!

Anne ainda estava na estrada e, embora instintivamente tenha começado a recusar, não conseguiu prosseguir. A insistente gentileza do almirante veio em apoio da esposa. Não aceitariam uma recusa. Apertaram-se no menor espaço possível para deixar um canto para ela, e o capitão Wentworth, sem dizer uma palavra, virou-se para Anne e, silenciosamente, ajudou-a a subir na carruagem.

Sim, fez isso. Anne estava na carruagem e sentiu que Frederick a havia colocado lá, que a vontade e as mãos dele tinham feito isso, que devia ter percebido seu cansaço, e decidira descansar. Ficou muito abalada por essa consideração da parte dele, que se fazia ver por todas essas coisas. Aquela pequena circunstância parecia a conclusão de tudo o que tinha acontecido antes. Ela o entendia. Não podia perdoá-la, mas não podia ser insensível. Embora condenando-a pelo passado, ressentido e sentindo-se vítima de uma injustiça, embora não se importasse com ela, e embora estivesse começando a gostar de outra, ainda assim não podia vê-la sofrer sem o desejo de aliviá-la. Era um resquício de um sentimento anterior, um impulso de amizade pura, mesmo não reconhecida. Era uma prova de seu coração doce e afetuoso, que ela não podia contemplar sem emoções misturadas de prazer e dor, a ponto de não saber qual dos dois sentimentos prevalecia.

Suas primeiras respostas à gentileza e aos comentários de seus companheiros de viagem foram dadas de forma inconsciente. Já tinham percorrido metade do caminho quando ela começou a prestar atenção no que diziam. E percebeu, então, que estavam falando de "Frederick".

– Certamente, ele pretende escolher uma daquelas duas moças, Sophy – disse o almirante. – Mas não há como dizer qual. Já está com elas há tempo suficiente e deveria tomar uma decisão. Ah, isso tudo é por causa da paz! Se houvesse uma guerra agora, ele já teria resolvido o assunto há muito tempo. Nós, marinheiros, senhorita Elliot, não podemos nos dar ao luxo de longos cortejos em tempo de guerra. Quantos dias se passaram, minha querida, entre a primeira vez que a vi até sentarmos juntos em nossos alojamentos em North Yarmouth?

– É melhor não falarmos sobre isso, querido – respondeu a senhora Croft, carinhosa. – Se a senhorita Elliot ouvisse com que rapidez tomamos uma decisão, nunca seria persuadida de que poderíamos ser felizes juntos. Eu já tinha ouvido falar de seu caráter, no entanto, muito antes de conhecê-lo.

– Bem... eu tinha ouvido falar que você era uma moça muito bonita. E o que mais precisamos saber? Não gosto de demorar muito com essas coisas. Queria que Frederick soltasse um pouco mais as velas e nos trouxesse uma dessas jovens para Kellynch. Lá, sempre haveria companhia. E as duas moças são muito simpáticas. Mal consigo distinguir uma da outra.

– De fato, são moças muito bem-dispostas e desprovidas de afetação – disse a senhora Croft, em um tom de elogio mais moderado, que fez Anne desconfiar que talvez sua percepção mais aguçada, na realidade, não considerasse nenhuma delas digna de seu irmão. – E de uma família muito respeitável. Não se poderia estar ligado a pessoas melhores. Meu querido almirante, o poste! Vamos acabar batendo nesse poste!

Mas, puxando ela mesma as rédeas, passaram pelo perigo. Um pouco depois, estendendo a mão na hora certa, evitou que caíssem em uma vala ou batessem em uma carroça de esterco. Anne, divertindo-se com aquele estilo de direção, que imaginava refletir a forma como eles, em geral, levavam a vida, terminou em segurança no chalé.

## Capítulo 11

Aproximava-se a hora do retorno de *lady* Russell. A data já estava até marcada, e Anne, comprometida em se juntar a ela assim que voltasse, ansiava por uma partida antecipada para Kellynch e começava a pensar em como sua paz, provavelmente, seria afetada por isso.

Isso a colocaria no mesmo vilarejo do capitão Wentworth, a menos de um quilômetro de distância dele. Teriam que frequentar a mesma igreja; e as duas famílias certamente se encontrariam. Isso seria ruim para ela, mas, por outro lado, ele passava tanto tempo em Uppercross que, quando se mudasse de lá, era de se pensar que Anne na verdade o estaria deixando para trás, e não se aproximando dele. E, no geral, ela acreditava que, de sua parte, sairia ganhando, ao trocar a companhia da pobre Mary pela de *lady* Russell.

Queria evitar encontrar-se com o capitão Wentworth em Kellynch Hall. Aqueles cômodos haviam testemunhado encontros anteriores que seriam dolorosos se relembrados. Mas torcia mais ainda para que *lady* Russell e o capitão Wentworth jamais se encontrassem. Não gostavam um do outro, e nenhuma tentativa de reaproximação agora poderia fazer qualquer bem. E, se *lady* Russell os visse juntos, poderia pensar que ele estava muito seguro de si e ela, muito pouco.

Foram esses pontos que a levaram a querer se mudar de Uppercross, onde sentia que já estava havia tempo suficiente. Ter sido útil para o pequeno Charles sempre traria certa doçura à lembrança dessa visita de dois meses, mas ele estava recobrando as forças depressa e ela não tinha mais nenhum motivo para ficar.

A conclusão da visita, no entanto, foi inteiramente diferente do que havia imaginado. O capitão Wentworth, que por dois dias inteiros não dera o ar de sua graça em Uppercross, reapareceu para explicar o motivo de seu afastamento.

Uma carta de um amigo, o capitão Harville, chegara às suas mãos, trazendo informações de que este havia se instalado com a família em Lyme para passar o inverno. Portanto, sem que soubessem, estavam a pouco mais de trinta quilômetros um do outro. Desde um grave ferimento dois anos antes, o capitão Harville nunca mais gozara de boa saúde, e a ansiedade do capitão Wentworth em vê-lo o impelira a ir imediatamente para Lyme, onde ficou por vinte e quatro horas. Assim, viu-se redimido por completo: sua amizade foi calorosamente elogiada, um vivo interesse pelo amigo foi despertado, e a descrição por ele feita da bela região de Lyme foi tão apreciada que provocou em todos um forte desejo de ver a cidade com os próprios olhos.

Os jovens ansiavam por conhecer a cidade. O capitão Wentworth mencionou a possibilidade de voltar lá. Afinal, ficava a apenas vinte e sete quilômetros de Uppercross, e o tempo em novembro não era, de modo algum, ruim. E, para resumir, Louisa, que era a mais animada de todos, havia decidido ir, e, além do prazer de fazer o que desejava, agora convencida do mérito de manter as próprias decisões, resistiu a todos os desejos de seus pais de adiar a viagem até o verão. E ficou decidido que, para Lyme, iriam Charles, Mary, Anne, Henrietta, Louisa e o capitão Wentworth.

O primeiro impensado plano fora ir de manhã e voltar à noite, mas nisso o senhor Musgrove não consentiu, por conta de seus cavalos. E, de fato, um dia em meados de novembro não deixaria muito tempo para conhecer um lugar novo, depois de deduzidas as sete horas, como exigia a natureza da região, para ir e voltar. Portanto, deveriam passar a noite lá, e não voltariam até o jantar do dia seguinte. A mudança foi considerada sensata, e, embora tivessem todos se encontrado na Casa Grande bem cedo para o café da manhã e partido pontualmente, já passava do meio-dia quando as duas carruagens – a do senhor Musgrove, trazendo as quatro senhoritas, e a de Charles, na qual ia também o capitão Wentworth – desceram a longa colina até Lyme e entraram na rua íngreme da cidade. Era muito evidente que teriam pouco tempo para olhar em volta antes que a luz e o calor do dia desaparecessem.

Uma vez resolvida a questão da acomodação e encomendado o jantar em uma das hospedarias, a próxima coisa a ser feita era ir ver logo o mar. Haviam chegado tarde demais, nessa época do ano, para aproveitar qualquer diversão ou atração pública que Lyme pudesse oferecer. Os quartos das hospedarias estavam todos fechados, os hóspedes quase todos já tinham partido, não havia quase famílias, a não ser as dos moradores. E, como não existia nada para admirar nos edifícios em si, restava apreciar a notável localização da cidade, a rua principal quase terminando na água, e o caminho até o quebra-mar, dando a volta na pequena e aprazível enseada que, no verão, fica repleta de gente; o quebra-mar em si, com suas antigas maravilhas e novas melhorias, com a bela linha de colinas a se estender para o leste da cidade; e os encantos nos arredores de Lyme, que levam qualquer forasteiro a querer conhecê-la melhor. As paisagens a seu redor: Charmouth, com seus terrenos altos e amplos bosques, sua graciosa e protegida enseada precedida por escuros penhascos, que fragmentos de rocha despontando da areia transformam no melhor lugar para observar o movimento das marés; a diversidade dos bosques da alegre vila de Up Lyme; e, acima de tudo, Pinny, com seus desfiladeiros verdes entre românticos rochedos, onde as árvores espaçadas e os pomares luxuriantes mostram que muitas gerações devem ter transcorrido desde o desmoronamento parcial da colina, deixando o terreno no estado atual. Um cenário de esplendor e beleza, capaz de rivalizar com paisagens semelhantes da famosa ilha de Wight: todos esses lugares devem ser visitados e revisitados, para que se possa dar a Lyme seu devido valor.

O grupo de Uppercross passou pelas hospedarias agora desertas e melancólicas, continuou a descer e viu-se logo à beira do mar. Pararam para observá-lo, pois é isso que devem fazer aqueles que voltam para perto do mar, que sempre merece ser olhado. Depois, continuaram para o quebra-mar, tanto porque queriam conhecê-lo quanto pelo capitão Wentworth. Pois, em uma pequena casa, aos pés de um velho cais de idade desconhecida, moravam os Harville. O capitão Wentworth entrou para ver seu amigo; os outros continuaram, e ficou combinado que todos se encontrariam no quebra-mar.

Não estavam, de modo algum, cansados de olhar e admirar. Nem mesmo Louisa parecia sentir que tinham se separado do capitão Wentworth por muito tempo quando o viram chegando com três acompanhantes, reconhecidos, pela descrição feita, como o capitão e a senhora Harville, e o capitão Benwick, que estava hospedado com eles.

O capitão Benwick fora, algum tempo antes, o primeiro-tenente do *Laconia*. O que o capitão Wentworth contara sobre ele, antes de voltar de Lyme, a forma como o elogiara, dizendo que era um excelente jovem e oficial, que sempre apreciara muito, o que já garantiria a estima de todos os ouvintes, foi seguido de um pouco de sua história, o que o tornou muito interessante aos olhos de todas as mulheres. Fora noivo da irmã do capitão Harville e agora estava de luto por sua morte. Passaram um ano ou dois esperando fortuna e promoção. A fortuna veio; seu prêmio em dinheiro como tenente foi grande. A promoção também acabou por chegar, mas Fanny Harville não viveu para saber disso. Fanny morrera no verão anterior enquanto ele estava no mar. O capitão Wentworth acreditava que era impossível que um homem fosse mais ligado a uma mulher do que o pobre Benwick tinha sido com Fanny Harville, ou alguém ficar mais afetado pela terrível tragédia. Ele achava que o jovem era do tipo que sofria muito, unindo sentimentos muito fortes com maneiras serenas, sérias e reservadas, e um gosto pronunciado por leitura e atividades sedentárias. Para resumir a história, a amizade entre ele e os Harville parecia ter aumentado pelo evento que encerrava todas as possibilidades de uma aliança, se é que isso era possível. E o capitão Benwick agora vivia com eles em tempo integral. O capitão Harville já ocupava sua atual casa havia seis meses. Seu gosto, sua saúde e sua fortuna, tudo o direcionava para uma residência barata e à beira-mar, e a beleza da região e o isolamento de Lyme no inverno pareciam bem adaptados ao estado de espírito do capitão Benwick. A simpatia e a boa vontade que todos sentiram em relação a este foi muito grande.

"Apesar disso, ele talvez não tenha um coração mais triste do que o meu. Não posso acreditar que suas perspectivas sejam tão ruins para sempre. Ele é mais jovem do que eu, mais jovem em sentimento, se não em anos, mais jovem como homem. Ele vai se recuperar e será feliz com outra" – pensou Anne, enquanto caminhavam na direção do grupo.

Todos se encontraram e foram apresentados. O capitão Harville era um homem alto e moreno, com um semblante sensível e benevolente. Um pouco manco, com traços fortes e saúde fraca. Parecia muito mais velho que o capitão Wentworth. O capitão Benwick parecia e era o mais novo dos três, e o mais baixo. Tinha um rosto agradável e um ar melancólico, como deveria ser, e não falou muito.

O capitão Harville, embora não se igualasse às boas maneiras do capitão Wentworth, era um perfeito cavalheiro, pouco afetado, caloroso e prestativo. A senhora Harville, um pouco menos polida que o marido, parecia, no entanto, ter os mesmos sentimentos bons, e nada poderia ser mais agradável do que seu desejo de considerar todo o grupo como amigos, por serem amigos do capitão Wentworth, nem mais gentil do que seu convite para que fossem todos jantar com eles. Como o jantar já havia sido encomendado na estalagem, o casal aceitou a desculpa, embora a contragosto. Mas parecia quase magoado pelo fato de o capitão Wentworth ter trazido tal grupo a Lyme sem considerar como algo natural que deviam jantar com eles.

Havia tamanho afeto pelo capitão Wentworth, um encanto tão fascinante e um grau de hospitalidade tão incomum, tão diferente do estilo usual de convites meramente formais e jantares chatos apenas para se exibir, que Anne sentiu que, provavelmente, sua disposição não seria beneficiada com a amizade dos colegas oficiais dele.

"Esses teriam sido todos meus amigos" – pensou ela, tendo que lutar contra uma forte propensão a sentir-se deprimida.

Ao deixarem o quebra-mar, todos foram para a casa de seus novos amigos, que era tão pequena que ninguém, a não ser aqueles que convidam do fundo do coração, poderia pensar em acomodar tantas pessoas.

# Persuasão

Anne teve um momento de espanto ao pensar no assunto, mas logo se perdeu nos sentimentos mais agradáveis que surgiram ao perceber todas as engenhosas artimanhas e os arranjos do capitão Harville para aproveitar da melhor forma o espaço disponível, suprindo as deficiências da mobília, e para proteger as janelas e portas contra as tempestades de inverno que eram esperadas. A variedade na decoração dos aposentos, onde os móveis comuns fornecidos pelo proprietário contrastavam com alguns poucos artigos de uma espécie rara de madeira, muito bem trabalhada e com algo curioso e valioso de todos os países distantes que o capitão Harville tinha visitado, deixou Anne muito interessada. Por estar ligado à sua profissão, ao fruto de seus trabalhos, ao efeito de sua influência sobre seus hábitos, o retrato de tranquilidade e felicidade doméstica que isso representava provocava nela um sentimento gratificante.

O capitão Harville não gostava muito de ler, mas tinha criado excelentes acomodações e construído estantes muito bonitas para uma coleção razoável de volumes bem encadernados, propriedade do capitão Benwick. Seu problema na perna impedia-o de fazer muito exercício, mas ele tinha uma mente útil e engenhosa, que parecia estar sempre em atividade. Ele desenhava, envernizava, cortava, colava. Fazia brinquedos para as crianças, criava agulhas e alfinetes, e, se não houvesse mais nada a fazer, sentava-se para trabalhar em sua grande rede de pesca em um canto da sala.

Anne achou que estavam deixando para trás muita felicidade quando saíram da casa, e Louisa, que veio andando a seu lado, explodiu em êxtase de admiração e deleite pelo caráter da Marinha, pela amizade, pela fraternidade, pela abertura e pela retidão de seus membros. Afirmava estar convencida de que os marinheiros eram mais dignos e calorosos do que qualquer outro grupo de homens na Inglaterra, que só eles sabiam viver, e apenas eles mereciam ser respeitados e amados.

Voltaram para se vestir e jantar, e tudo estava funcionando tão bem que ninguém encontrou nenhum defeito. Apesar de estarem "tão fora da temporada", "com Lyme tão vazia" e "sem expectativa de companhia", que foram as muitas desculpas dos donos da hospedaria.

Anne encontrava-se, a essa altura, cada vez mais acostumada à companhia do capitão Wentworth do que tinha imaginado a princípio. O fato de se sentarem agora na mesma mesa e trocarem gentilezas comuns que a ocasião pedia (nunca foram além disso) não a incomodava em nada.

As noites estavam muito escuras para que as damas se reunissem novamente antes do dia seguinte, mas o capitão Harville prometera uma visita à noite, e ele apareceu na companhia do amigo. Isso foi um pouco inesperado, pois todos concordavam que o capitão Benwick parecera oprimido pela presença de tantos estranhos. No entanto, ele se aventurou entre eles novamente, embora sua disposição certamente não parecesse adequada para a alegria do grupo.

Enquanto os capitães Wentworth e Harville conduziam a conversa de um lado da sala e, lembrando o passado, contavam muitas histórias para ocupar e entreter os demais, coube a Anne sentar-se um pouco afastada na companhia do capitão Benwick. E a bondade de sua natureza obrigou-a a iniciar uma conversa com ele. O rapaz era tímido e dado a pensamentos abstratos, mas os modos gentis de Anne e a suavidade de seu semblante logo surtiram efeito. E ela foi gratificada por seu esforço inicial. Evidentemente, um jovem de considerável gosto pela leitura, sobretudo de poesia. E, além de estar convencida de ter-lhe proporcionado ao menos uma noite de discussão sobre temas que, provavelmente, não interessavam às suas companhias habituais, esperava ser realmente útil para ele em algumas sugestões quanto à necessidade e às vantagens de lutar contra a tristeza, algo que, naturalmente, terminou surgindo na conversa. Pois, embora tímido, ele não era reservado, e parecia, na verdade, feliz por poder extrapolar suas restrições habituais. Falou de poesia, da riqueza da época atual, fez uma breve comparação de opiniões sobre os poetas de primeira linha, tentou averiguar qual era o melhor, se *Marmion* ou *A dama do lago*, como o *Giaour* se comparava com a *Noiva de Abydos*, e até como *Giaour* deveria ser pronunciado. Mostrava-se muito familiarizado com todas as canções mais ternas de um poeta e todas as descrições apaixonadas de desesperada agonia do outro. Repetiu, com sentimento trêmulo, as várias estrofes que representavam um coração partido, ou uma mente destruída pela miséria. Parecia tanto querer ser compreendido que ela se aventurou a desejar que ele não lesse apenas poesia, e a dizer que era uma infelicidade que a poesia raramente fosse desfrutada com segurança por aqueles que a usufruíam completamente. Pois os fortes sentimentos que eram os únicos capazes de avaliá-la eram justamente aqueles que só deveriam prová-la com moderação.

Não pareceu irritado, mas satisfeito com essa alusão à sua situação, o que a encorajou a continuar. E, sentindo que possuía mais experiência, aventurou-se a recomendar maior quantidade de prosa nos estudos diários dele. Quando ele pediu sugestões, mencionou obras de nossos melhores moralistas, como as coleções das melhores cartas, memórias de personagens de grande valor e sofrimento que lhe ocorreram no momento e que seriam capazes de despertar e fortalecer o espírito pelos mais altos preceitos e os exemplos mais fortes de valores morais e religiosos.

O capitão Benwick ouviu atentamente e pareceu grato pelo interesse implícito. Embora com um aceno de cabeça e suspiros que declaravam sua pouca fé na eficácia de qualquer livro sobre um sofrimento como o dele, anotou os nomes daqueles que ela recomendara e prometeu adquiri-los e lê-los.

Quando a noite foi encerrada, Anne não pôde deixar de se divertir com a ideia de que tinha vindo a Lyme para pregar paciência e resignação a um rapaz que nunca vira antes. Nem poderia deixar de temer, depois de uma reflexão mais séria, que, como muitos outros grandes moralistas e pregadores, fora eloquente em um ponto em que sua própria conduta não poderia ser aprovada.

## Capítulo 12

Anne e Henrietta, as primeiras do grupo a acordar na manhã seguinte, concordaram em caminhar até o mar antes do café da manhã. Foram até a areia para observar a maré, que uma brisa suave do sudeste fazia subir com toda a grandiosidade que uma praia tão plana admitia. Elas elogiaram a manhã, glorificaram o mar, deleitaram-se com a brisa fresca... e ficaram em silêncio. Até que Henrietta, de repente, começou a falar:

– Ah! Sim, estou bastante convencida de que, com pouquíssimas exceções, a brisa do mar sempre é boa. Não resta dúvida de que ela foi de grande ajuda para o doutor Shirley, depois de sua doença na primavera do ano passado. Ele afirmou que vir a Lyme por um mês fez mais bem do que todos os remédios que tomou. E que ficar perto do mar sempre o faz se sentir jovem de novo. Por isso, não posso deixar de pensar que é uma pena que o doutor Shirley não viva o tempo todo perto do mar. Acho que ele deveria deixar Uppercross de vez e estabelecer-se em Lyme. Não acha, Anne? Não concorda que seria a melhor coisa que poderia fazer, tanto para ele quanto para a senhora Shirley? Ela tem primos aqui, sabe, e muitos conhecidos. Isso seria muito bom para ela, e tenho certeza de que ficaria feliz em morar em um lugar onde pudesse ter atendimento médico à disposição, caso ele tenha outro ataque. Na verdade, acho bastante melancólico ter pessoas tão excelentes quanto o doutor e a senhora Shirley, que praticaram o bem a vida toda, desperdiçando os últimos dias em um lugar como Uppercross, onde, com exceção de nossa família, parecem excluídos do resto do mundo. Gostaria que os amigos propusessem isso a ele. Realmente, acho que deveriam. E, quanto a obter uma dispensa, não poderia haver dificuldade nessa altura da vida e com o caráter dele. Minha única dúvida é se alguma coisa poderia persuadi-lo a deixar sua paróquia. Ele é muito rigoroso e escrupuloso em suas ideias, escrupuloso até demais, devo dizer. Você não acha que ele é muito escrupuloso, Anne? Não acha que é um erro um clérigo sacrificar a saúde por causa dos deveres, que podem ser igualmente realizados por outra pessoa? E em Lyme também, a apenas vinte e sete quilômetros de distância, ele estaria perto o suficiente para ficar sabendo, se as pessoas achassem que havia motivo para reclamar.

Anne sorriu mais de uma vez para si mesma, enquanto Henrietta falava, e entrou no assunto tão disposta a fazer o bem discorrendo sobre os sentimentos de uma jovem quanto tinha feito com o rapaz antes, embora aqui fosse menos importante, pois o que poderia oferecer, a não ser concordar? Ela disse tudo o que era razoável e adequado sobre o assunto. Concordou com a ideia de que o doutor Shirley deveria repousar. Afirmou como era desejável que ele tivesse algum jovem ativo e respeitável como cura residente. Foi até mesmo cortês o suficiente para sugerir que seria uma vantagem se tal cura estivesse casado.

– Eu gostaria – disse Henrietta, muito satisfeita com a companhia. – Gostaria que *lady* Russell morasse em Uppercross e fosse íntima do doutor Shirley. Sempre ouvi falar que *lady* Russell era uma mulher de muita influência sobre todos! Sempre a enxerguei como alguém capaz de persuadir uma pessoa a qualquer coisa! Tenho medo, muito medo dela, como já lhe disse antes, porque é muito inteligente, mas tenho grande respeito por ela e gostaria que fosse nossa vizinha em Uppercross.

Anne divertia-se com a maneira de Henrietta ser grata e também com o fato de que o desenrolar dos acontecimentos e os novos interesses da jovem tivessem colocado a amiga sob as boas graças de toda a família Musgrove. No entanto, ela só teve tempo para uma resposta geral, e um desejo de que essa outra mulher estivesse em Uppercross, antes de interromperem todos os assuntos, ao verem Louisa e o capitão

Wentworth vindo na direção delas. Os dois também vieram dar um passeio antes de o café da manhã estar pronto. Porém, Louisa lembrou-se imediatamente de que tinha algo a comprar em uma loja e convidou todos a voltarem para a cidade. Eles concordaram.

Quando chegaram aos degraus, subindo da praia, um cavalheiro que se preparava para descer recuou com educação e parou para abrir caminho. Todos subiram e passaram por ele e, ao fazerem isso, Anne chamou a atenção do cavalheiro, que a olhou com um grau de admiração sincera, impossível de ignorar. Ela estava radiante; seus traços muito regulares e muito bonitos, tendo a flor e a frescura da juventude restaurada pela brisa que soprava em sua pele e pelo olhar animado que também havia produzido. Era evidente que o cavalheiro (de fato, um cavalheiro em suas maneiras) a admirava muito. O capitão Wentworth encarou-a na mesma hora demonstrando que havia percebido tudo. Olhou um instante para ela, um olhar claro que parecia dizer "Aquele homem está impressionado com a senhorita, e até eu, neste momento, vejo algo parecido com a Anne Elliot de antes".

Após ajudar Louisa nas compras, e demorando-se um pouco mais, voltaram para a pousada. E Anne, depois de passar depressa pelo quarto e ir para a sala de jantar, deparou-se com o mesmo cavalheiro, que estava saindo do quarto ao lado. Já havia pensado que era um visitante, como eles, e tinha determinado que um jovenzinho bem-arrumado, que estava passeando perto das duas estalagens quando voltaram, deveria ser o criado. O fato de tanto o mestre quanto o jovem estarem de luto corroborava a ideia. Provou-se, então, que ele estava na mesma hospedaria que seu grupo. E este segundo encontro, por mais breve que tenha sido, também provou de novo, pela forma como o cavalheiro atuava, que ele a considerava adorável, e pela prontidão e pela propriedade de suas desculpas, que era um homem de excelentes maneiras. Parecia ter cerca de 30 anos e, embora não fosse bonito, era agradável. Anne sentiu que gostaria de saber quem ele era.

Tinham quase terminado o café da manhã, quando o som de uma carruagem (quase a primeira vez que ouviram uma desde que entraram em Lyme) atraiu metade do grupo para a janela. Era uma carruagem de cavalheiro, um cabriolé de dois cavalos, que vinha do pátio de estábulos para a porta da frente. Alguém deveria estar indo embora. Era dirigido por um criado enlutado.

A palavra cabriolé fez Charles Musgrove saltar da cadeira para compará-lo com o seu. O criado com roupas de luto despertou a curiosidade de Anne, e todos os seis estavam olhando no momento em que o dono do cabriolé foi visto saindo da porta entre as mesuras e despedidas dos donos da pousada, sentando-se na carruagem para partir.

– Ah! – exclamou o capitão Wentworth na mesma hora e com um breve olhar para Anne. – É o mesmo homem com quem cruzamos antes.

As senhoritas Musgrove concordaram e, depois de acompanharem com atenção o cavalheiro se afastar colina acima o máximo que podiam, voltaram para a mesa do café da manhã. O garçom entrou na sala logo depois.

– Por favor... – disse o capitão Wentworth em seguida. – Você pode nos dizer o nome do cavalheiro que acabou de partir?

– Sim, senhor, um senhor Elliot, cavalheiro de grande fortuna, chegou ontem à noite de Sidmouth. Imagino que ouviu a carruagem enquanto estava jantando, senhor. Ele partiu agora para Crewkherne, a caminho de Bath e Londres.

– Elliot!

Muitos se entreolharam e repetiram o nome antes mesmo que todas as informações tivessem sido dadas, apesar da rapidez do esperto garçom.

– Meu Deus! – exclamou Mary. – Deve ser nosso primo. Deve ser nosso senhor Elliot, de fato! Charles, Anne, não deve? De luto, vejam só, como nosso senhor Elliot deve estar. Que coisa extraordinária! Na mesma pousada que nós! Anne, não deve ser nosso senhor Elliot, o herdeiro do meu pai? Diga, senhor... – acrescentou, virando-se para o garçom. – Não ouviu, o criado não disse, se ele pertencia à família Kellynch?

– Não, senhora, ele não mencionou nenhuma família em particular, mas também disse que seu mestre era um cavalheiro muito rico e que seria barão um dia.

– Aí está! Viram? – gritou Mary, em êxtase. – Como eu disse! Herdeiro de *sir* Walter Elliot! Tinha certeza de que iríamos descobrir, se fosse ele. Essa é uma circunstância que os criados gostam de contar aonde quer que ele vá. Mas, Anne, pense como isso é extraordinário! Gostaria de ter olhado mais para ele. Gostaria que tivéssemos descoberto a tempo quem ele era. Assim, poderia ter sido apresentado a nós. É uma pena não termos sido apresentados! Você acha que ele tinha o semblante dos Elliot? Mal olhei para ele, estava prestando atenção nos cavalos, mas acho que tinha algo do semblante dos Elliot. Que estranho eu não ter reparado no brasão! Ah! O casaco estava pendurado no painel e escondia o brasão. Caso contrário, tenho certeza de que teria notado, e também a libré. Se o criado não estivesse de luto, teria reconhecido pela libré.

– Juntando todas essas circunstâncias extraordinárias, devemos considerar que é um ato do destino que a senhora não tenha sido apresentada a seu primo – disse o capitão Wentworth.

Quando conseguiu chamar a atenção de Mary, Anne tentou convencê-la de que o pai delas e o senhor Elliot não tinham, há muitos anos, uma relação que tornasse a tentativa de apresentação desejável. Porém, ao mesmo tempo, era uma gratificação secreta para ela ter visto o primo e saber que o futuro dono de Kellynch era, sem dúvida, um cavalheiro e tinha um ar sensato. Ela não iria, de forma alguma, mencionar que tinha se encontrado com ele uma segunda vez. Por sorte, Mary não prestou muita atenção ao fato de terem passado perto dele na caminhada pela manhã, mas teria ficado muito chateada por Anne ter esbarrado naquele homem no corredor, e recebido suas desculpas educadas, enquanto ela nunca estivera perto. Não... Aquele breve encontro entre os primos deveria permanecer em segredo.

– É claro que você mencionará o fato de termos visto o senhor Elliot na próxima vez em que escrever para Bath – comentou Mary. – Acho que meu pai, com certeza, deveria ouvir isso. Mencione tudo sobre ele.

Anne evitou uma resposta direta, mas era exatamente a circunstância que ela considerava não apenas desnecessária de ser comunicada, mas também algo que deveria ser suprimido. Ela sabia a ofensa que o pai recebera, muitos anos antes. Suspeitava que Elizabeth era culpada pelo ocorrido. E sabia, sem sombra de dúvida, que a referência ao senhor Elliot sempre produzia irritação em ambos. A própria Mary nunca escrevia para Bath. Todo o trabalho de manter uma correspondência lenta e insatisfatória com Elizabeth recaía sobre Anne.

Após o café da manhã, não demorou muito para que o capitão e a senhora Harville, e o capitão Benwick, se juntassem a eles. Tinham combinado de dar o último passeio por Lyme. Deveriam partir para Uppercross à uma da tarde e, enquanto isso, queriam estar todos juntos e ao ar livre o máximo que pudessem.

Anne viu o capitão Benwick se aproximar dela assim que todos foram para a rua. A conversa deles na noite anterior não o impediu de procurá-la outra vez, e caminharam juntos por um tempo, conversando como antes sobre o senhor Scott e Lord Byron, e ainda tão incapazes, quanto antes e quanto quaisquer outros dois leitores, de pensar exatamente da mesma forma sobre os méritos de ambos. Até que algo ocasionou uma mudança quase geral no grupo, e, em vez do capitão Benwick, ela estava com o capitão Harville a seu lado.

– Senhorita Elliot... – disse ele, bem baixo. – A senhorita fez uma boa ação ajudando aquele pobre sujeito a falar tanto. Gostaria que ele pudesse ter tal companhia com mais frequência. Ser tão calado é ruim para ele, eu sei. Mas o que podemos fazer? Não podemos nos separar dele.

– Não – respondeu Anne. – Acredito que isso seja impossível. Mas, com o tempo, talvez. Sabemos o que o tempo faz em todos os casos de sofrimento, e o senhor deve se lembrar, capitão Harville, que o luto de seu amigo ainda é recente... Pelo que sei, aconteceu no verão passado.

– Sim, é verdade, foi em junho – comentou com um suspiro profundo.

– E ele demorou para receber a notícia, talvez.

– Só na primeira semana de agosto, quando chegou em casa do Cabo como capitão do *Grappler*. Eu estava em Plymouth temendo notícias dele. Ele enviou cartas, mas o *Grappler* tinha ordens de ir para Portsmouth. Ali ficaria a par das coisas, mas quem iria contar? Eu não. Preferia enfrentar a forca. Ninguém poderia fazer isso, a não ser este bom sujeito – falou, apontando para o capitão Wentworth. – O *Laconia* tinha atracado em Plymouth na semana anterior, sem perigo de ser mandado de novo para o mar. Ele se arriscou em nome de todos, pediu uma licença, mas, sem esperar resposta, viajou dia e noite até chegar a Portsmouth, foi remando até o *Grappler* no mesmo instante e não saiu do lado do pobre homem por uma semana. Foi o que ele fez, e ninguém mais poderia ter salvado o pobre James. Pode imaginar, senhorita Elliot, como ele é querido por nós!

Anne sabia bem o que pensava sobre o assunto. Disse o que seus sentimentos foram capazes de expressar, ou o que o capitão parecia capaz de suportar, porque ele parecia muito afetado para retomar o assunto. Quando falou de novo, foi sobre algo completamente diferente.

A senhora Harville afirmou que o marido já teria andado demais quando chegassem em casa. Por isso, determinou a direção do grupo no que seria a última caminhada. Iriam acompanhá-los até a porta da casa e, então, voltariam sozinhos. Pelos cálculos deles, havia tempo para isso, mas, quando se aproximavam do quebra-mar, houve um desejo geral tão forte de percorrê-lo mais uma vez, e Louisa mostrou tanta determinação, que todos concordaram. Quinze minutos a mais não fariam nenhuma diferença. Assim, com despedidas educadas e todo o intercâmbio amável de convites e promessas possível, separaram-se do capitão e da senhora Harville na porta da casa destes e, ainda junto do capitão Benwick, que parecia querer acompanhá-los até o último minuto, foram fazer uma despedida apropriada do quebra-mar.

Anne percebeu que o capitão Benwick se aproximava dela mais uma vez. O "mar azul-escuro" de Lord Byron não podia deixar de ser lembrado por causa da paisagem que estavam vendo. E ela lhe concedia toda a atenção possível com alegria. Mas sua atenção logo foi atraída, forçosamente, por outra coisa.

Havia muito vento para que a parte alta do novo quebra-mar fosse agradável para as damas, e concordaram em descer os degraus para a parte mais baixa. Todos concordaram em descer a íngreme escada com calma e cautela, com exceção de Louisa. Ela quis pular, ajudada pelo capitão Wentworth. Em todas as suas caminhadas, ele a ajudara a pular as sebes. Essa sensação tinha sido deliciosa para ela. A dureza do pavimento para os pés de Louisa fez com que ele hesitasse nessa ocasião. Mesmo assim, concordou. Conseguiu descer em segurança, e no mesmo instante, para demonstrar seu prazer, subiu correndo os degraus para pular outra vez. Ele a aconselhou a não fazer isso. Achou que o choque poderia ser muito forte. Mas não. Ele argumentou e falou em vão. Ela sorriu e disse:

– Estou determinada a pular.

O capitão Wentworth estendeu as mãos. Ela pulou meio segundo antes, caiu no chão da parte inferior do quebra-mar e foi levantada já desmaiada! Não havia ferida nem sangue, nem hematoma visível, mas os olhos de Louisa estavam fechados. Ela não respirava, seu rosto estava branco como a morte. Foi um momento de horror para todos que estavam por perto!

O capitão Wentworth, que a levantara, ajoelhou-se com ela nos braços, olhando-a com um rosto tão pálido quanto o da moça, em uma agonia de silêncio.

– Ela está morta! Ela está morta! – gritou Mary, apoiando-se no marido e contribuindo com o próprio horror dele para deixá-lo imóvel.

Um momento depois, Henrietta, assumindo a suposição como uma certeza, também perdeu os sentidos e teria caído nos degraus se o capitão Benwick e Anne não tivessem conseguido agarrá-la.

– Não há ninguém para me ajudar? – foram as primeiras palavras que explodiram do capitão Wentworth, em um tom de desespero, como se toda a sua força tivesse desaparecido.

– Vá ajudá-lo, vá ajudá-lo! – gritou Anne. – Pelo amor de Deus, vá ajudá-lo! Eu posso segurá-la sozinha. Deixe-me e vá ajudá-lo. Esfregue as mãos dela. Esfregue as têmporas. Aqui estão alguns sais. Leve-os, leve-os.

O capitão Benwick obedeceu e Charles, afastando-se da esposa, aproximou-se dele. Louisa foi levantada e apoiada mais firmemente entre todos, e foi feito tudo o que Anne mandou, mas em vão. Enquanto isso, o capitão Wentworth, cambaleando contra a parede para se apoiar, exclamou na mais amarga agonia:

– Ah, meu Deus! O pai e a mãe dela!
– Um médico! – disse Anne.
Ele escutou a palavra. Pareceu despertá-lo de imediato e disse:
– É verdade, é verdade! Um médico agora!
Já estava se afastando, quando Anne sugeriu, convicta:
– Não seria melhor se o capitão Benwick fosse? Ele sabe onde encontrar um médico.

Todos que estavam conseguindo raciocinar viram que era uma excelente ideia, e em um instante (tudo foi feito em rápidos momentos) o capitão Benwick deixou a jovem figura que parecia um cadáver inteiramente aos cuidados do irmão e foi para a cidade com a máxima velocidade.

Quanto ao infeliz grupo deixado para trás, era difícil dizer qual dos três, entre os que estavam completamente racionais, sofria mais: o capitão Wentworth, Anne ou Charles, que, sendo um irmão muito afetuoso, estava curvado sobre Louisa soluçando de tristeza. Só conseguia desviar os olhos de uma irmã para ver a outra desmaiada ou testemunhar as agitações histéricas da esposa, pedindo uma ajuda que ele não podia dar.

Anne, cuidando de Henrietta com toda força, zelo e atenção que o instinto fornecia, tentava, a intervalos, consolar os outros. Lutava para acalmar Mary, animar Charles, aplacar os sentimentos do capitão Wentworth. Os dois homens pareciam olhar para ela em busca de orientação.

– Anne, Anne! – gritou Charles. – O que devemos fazer agora? O que, em nome de Deus, devemos fazer agora?

Os olhos do capitão Wentworth também estavam concentrados nela.

– Não seria melhor levá-la para a hospedaria? Sim, tenho certeza. Levem-na até lá com cuidado.

– Sim, sim, para a hospedaria – repetiu o capitão Wentworth, comparativamente recuperado e ansioso por estar fazendo alguma coisa.
– Eu mesmo a carregarei. Musgrove, cuide das outras.

A essa altura, a notícia sobre o acidente havia se espalhado entre os trabalhadores e pescadores do quebra-mar, e muitos estavam aglomerados perto deles – para ajudar, se fosse preciso, ou, pelo menos, para ver uma jovem morta, ou melhor, duas. Porque isso era duas vezes mais interessante do que as primeiras notícias. Henrietta ficou aos cuidados dos espectadores mais bem-apessoados, pois, embora tivesse recuperado parcialmente a consciência, não conseguia caminhar sem ajuda. E, dessa maneira, com Anne andando ao lado dela e Charles com a esposa, eles avançaram, retomando, com sentimentos indizíveis, o caminho que tinham cruzado havia tão pouco tempo e com tanta felicidade.

Ainda não tinham saído do quebra-mar quando os Harville os encontraram. O capitão Benwick fora visto passando correndo perto da casa deles, com um semblante que mostrava haver algo errado. Eles saíram no mesmo instante, informados e dirigidos enquanto passavam, em direção ao local. Apesar de muito chocado, o capitão Harville trouxe bom senso e sangue-frio que poderiam ser úteis. E, ao trocar um olhar com a esposa, decidiram o que deveria ser feito. Louisa deveria ser levada para a casa deles. Todos deveriam ir para lá e esperar a chegada do médico. Eles não queriam ouvir desculpas. Suas ordens foram obedecidas; e, logo, todos estavam sob seu teto. Enquanto Louisa, de acordo com as ordens da senhora Harville, foi levada escada acima e deitada na cama da própria dona, o marido fornecia ajuda, bebidas estimulantes e fortificantes a todos que precisavam.

Louisa abriu os olhos uma vez, mas logo os fechou de novo, aparentemente sem consciência. Porém, isso tinha sido uma prova de vida para sua irmã, e Henrietta, embora incapaz de ficar no quarto com Louisa, não desmaiou outra vez, apesar da agitação da esperança e do medo. Mary também estava ficando mais calma.

O médico juntara-se a eles tão rápido que parecia impossível. Estavam bastante horrorizados enquanto ele a examinava, mas o médico parecia tranquilo. A cabeça havia recebido uma contusão severa, mas ele já vira pacientes se recuperarem de ferimentos mais graves. Não parecia estar sem esperanças e falou de um jeito alegre.

Ele não a considerava um caso perdido, mas não diria que tudo terminaria em algumas horas, e isso foi, a princípio, um alívio para a maioria. E pode-se imaginar o êxtase de tal alívio; a profunda e silenciosa alegria após algumas frases fervorosas de graças aos céus.

Anne tinha certeza de que nunca esqueceria o tom, o olhar, com o qual "Graças a Deus!" foi proferido pelo capitão Wentworth. Nem a visão dele depois, quando se sentou em uma mesa, inclinando-se sobre ela de braços cruzados escondendo o rosto, como se estivesse dominado pelos vários sentimentos de sua alma e tentando acalmá-los pela oração e reflexão.

Os membros de Louisa haviam escapado. Não houve lesão, apenas na cabeça.

Então, tornou-se necessário que o grupo pensasse o melhor a ser feito em relação à situação geral. Assim, eram capazes de falar uns com os outros e consultar. Não havia dúvidas de que Louisa deveria permanecer onde estava, por mais angustiante que fosse para seus amigos precisar envolver os Harville em tais problemas. Tirá-la dali era impossível. Os Harville silenciaram todos os protestos e, tanto quanto puderam, todos os agradecimentos. Tinham previsto e arrumado tudo antes que os outros tivessem começado a pensar. Decidiu-se que o capitão Benwick iria abrir mão do quarto para eles e procurar uma cama em outro lugar. E foi tudo arranjado. Só estavam preocupados de que a casa não pudesse acomodar mais pessoas e, no entanto, talvez "colocando as crianças no quarto da empregada ou providenciando uma cama em algum lugar", não conseguissem pensar em não encontrar espaço para mais duas ou três pessoas, supondo que desejassem ficar. No entanto, no que diz respeito ao estado da senhorita Musgrove, não havia nenhum problema em deixá-la inteiramente aos cuidados da senhora Harville. Era uma enfermeira muito experiente, assim como sua criada, que morava com ela havia muito tempo e nunca a deixava. Entre as duas, ela não ficaria sem atendimento dia ou noite. E tudo isso foi dito com uma verdade e uma sinceridade irresistíveis.

Charles, Henrietta e o capitão Wentworth foram consultados, e por um tempo houve apenas uma troca de perplexidade e terror. "Uppercross, havia a necessidade de alguém ir para Uppercross! As notícias a serem transmitidas... Como contá-las ao senhor e à senhora

Musgrove... O atraso da manhã... Uma hora já tinha se passado desde que deveriam ter partido... Era impossível chegar em um horário tolerável." No começo, não foram capazes de nada mais do que proferir tais exclamações, mas, depois de um tempo, o capitão Wentworth fez um esforço e disse:

– Devemos tomar uma decisão e não perder nem mais um segundo. Cada minuto é valioso. Alguém deve partir para Uppercross agora mesmo. Musgrove, ou você ou eu devemos ir.

Charles concordou, mas declarou que não iria embora. Ele seria o menor incômodo possível para o capitão e a senhora Harville, mas não podia, nem iria, deixar a irmã no estado em que estava. Então foi decidido, e Henrietta declarou o mesmo, a princípio. Porém, ela logo foi persuadida a mudar de ideia. Sua permanência não ajudaria! Não tinha conseguido ficar no quarto de Louisa, nem olhar para ela, sem sofrimentos, o que a tornava pior que inútil! Foi forçada a reconhecer que não podia fazer nada, mas ainda não estava disposta a partir até que, tocada pelo pensamento do pai e da mãe, desistiu. Henrietta consentiu e estava ansiosa para estar em casa.

O plano chegara a esse ponto quando Anne, saindo do quarto de Louisa em silêncio, não pôde deixar de ouvir o que se seguiu, pois a porta da sala estava aberta.

– Então está resolvido, Musgrove – falou o capitão Wentworth. – Você fica, e eu levo sua irmã para casa. Mas, quanto ao resto, quanto aos outros, se alguém deve ficar para ajudar a senhora Harville, acho que só pode ser uma pessoa. A senhora Charles Musgrove irá querer, é claro, voltar para os filhos, mas Anne deve ficar, pois não há ninguém tão apropriado nem tão capaz quanto ela.

Anne parou por um momento para se recuperar da emoção de ouvir esse elogio. Os outros dois concordaram com as palavras do capitão Wentworth, e só então ela apareceu.

– A senhorita ficará. Tenho certeza. Ficará e cuidará dela! – exclamou ele, voltando-se para ela e falando com um brilho e uma gentileza que pareciam quase reviver o passado.

Anne enrubesceu-se, e ele se acalmou e se afastou. Respondeu que estava disposta, pronta e até feliz em ficar. Era o que ela estava pensando e querendo fazer. Uma cama no chão do quarto da Louisa seria suficiente para ela, se a senhora Harville concordasse.

Mais uma coisa e tudo parecia arranjado. Embora fosse bastante desejável que o senhor e a senhora Musgrove ficassem alarmados com certo atraso, no entanto, o tempo exigido para que os cavalos de Uppercross os levassem de volta seria um terrível tempo de suspense. Então, o capitão Wentworth propôs, e Charles Musgrove concordou, que seria muito melhor que ele pegasse uma carruagem da hospedaria. Deixaria que a carruagem e os cavalos de Musgrove fossem enviados para casa na manhã seguinte, quando haveria a vantagem de enviar informações sobre a noite de Louisa.

O capitão Wentworth foi se apressar para preparar tudo de sua parte e, logo, foi seguido pelas duas damas. Porém, quando se informou o plano a Mary, toda a paz foi destruída. Ficou muito infeliz e queixou-se tanto da injustiça de acharem que ela devia ir embora em vez de Anne. Anne, que não era nada para Louisa, enquanto Mary era sua cunhada e tinha todo o direito de ficar no lugar da Henrietta! Por que ela não era tão útil quanto Anne? E ir para casa sem Charles também, sem o marido! Não... Era muito indelicado. Resumindo, ela disse mais do que seu marido poderia suportar por muito tempo. Como nenhum dos outros poderia se opor quando ele cedeu, não havia como impedir: a troca de Mary por Anne foi inevitável.

Anne nunca tinha se submetido com mais relutância às alegações invejosas e imprudentes de Mary, mas assim devia ser, e o grupo partiu para a cidade. Charles ficou cuidando da irmã; e o capitão Benwick, cuidando de Anne. Ela teve uma recordação momentânea, enquanto se apressavam para partir, das pequenas circunstâncias que os mesmos lugares haviam testemunhado no início da manhã. Ali, ela tinha ouvido os planos de Henrietta para a aposentadoria do doutor Shirley de Uppercross. Mais adiante, tinha visto o senhor Elliot pela primeira vez. Um momento parecia tudo o que agora podia ser dedicado a qualquer coisa, exceto Louisa, ou aqueles envolvidos em seu bem-estar.

O capitão Benwick foi muito atencioso com ela. Unidos como todos pareciam pela angústia do dia, Anne sentiu um grau de simpatia cada vez maior por ele, além de um prazer até em pensar que talvez fosse a ocasião de retomar a amizade entre os dois.

O capitão Wentworth aguardava-os em uma carruagem com quatro cavalos, estacionada na parte mais baixa da rua para a conveniência deles. Mas as evidentes surpresa e irritação dele com a substituição de uma irmã pela outra, a mudança em seu semblante, o espanto, as expressões iniciadas e suprimidas, com as quais ouviu as palavras de Charles, fizeram com que a recepção fosse um pouco constrangedora para Anne. Ou deve, pelo menos, tê-la convencido de que era valorizada apenas por ser útil para Louisa.

Esforçou-se para ficar calma e ser justa. Sem imitar os sentimentos de uma Emma com relação a seu Henry, teria cuidado de Louisa com um zelo acima das reivindicações comuns de consideração, por causa dele. E esperava que ele não fosse tão injusto por muito tempo a ponto de supor que ela iria se eximir dos deveres de amiga.

Nesse meio-tempo, entrou na carruagem. Depois de ajudá-las a subir, o capitão Wentworth colocou-se entre as duas. E foi sob essas circunstâncias que Anne, cheia de espanto e emoção, deixou Lyme. Como seria a longa viagem, como iria afetar os modos dos dois, qual seria o tipo de conversa, ela não podia prever. Porém, tudo foi bastante natural. Foi muito atencioso com Henrietta, sempre se voltando para ela quando falava, sempre com o objetivo de apoiar suas esperanças e elevar seu ânimo. Em geral, sua voz e seus modos eram calmos de uma forma cautelosa. Poupar Henrietta da agitação parecia ser o princípio que o governava. Só uma vez, quando sofreu pela última caminhada terrível e malfadada até o quebra-mar, lamentando amargamente que tivessem pensado naquilo, ele explodiu, como se estivesse derrotado:

– Não fale sobre isso! Não fale sobre isso! – ele exclamou. – Ah, Deus! Se eu não tivesse cedido às vontades de Louisa naquele momento! Se eu tivesse feito o que deveria! Mas ela estava tão ansiosa e tão decidida! Querida e doce Louisa!

Anne perguntava-se se já ocorrera ao capitão Wentworth se questionar se era correta sua opinião anterior quanto à felicidade e vantagem universais da firmeza de caráter. E se não parecia que, como todas as outras qualidades da mente, deveria ter suas proporções e limites. Anne achava que ele dificilmente poderia deixar de sentir que um temperamento maleável, às vezes, poderia ajudar tanto a felicidade quanto um caráter muito decidido.

Iam rápido. Anne ficou surpresa ao reconhecer as mesmas colinas e os mesmos objetos tão cedo. A velocidade real deles, aumentada por algum temor da conclusão, fez a estrada ter a metade da extensão do dia anterior. Entretanto, já escurecia antes que estivessem nos arredores de Uppercross, e houve um silêncio total entre eles por um tempo. Henrietta, recostada no canto, com um xale sobre o rosto, dava a esperança de ter chorado até dormir. Até que, ao subirem a última colina, o capitão Wentworth falou com Anne. Em voz baixa e cautelosa, ele disse:

– Estive pensando no que é melhor fazermos. Henrietta não deve aparecer no começo. Ela não aguentaria. Seria melhor se permanecesse na carruagem com ela, enquanto eu entro e dou a notícia para o senhor e a senhora Musgrove. Acha que é um bom plano?

Ela achava. Ficou satisfeito e não disse mais nada. Mas a lembrança do apelo a deixou muito feliz, como uma prova de amizade e de deferência por sua opinião, um grande prazer. E mesmo uma espécie de reconhecimento de que, mesmo separados, o valor dela não tinha diminuído.

Quando a notícia angustiante foi contada em Uppercross, e viu o pai e a mãe de Louisa tão tranquilos dentro das possibilidades, e a filha, ainda melhor por estar com eles, anunciou sua intenção de voltar na mesma carruagem para Lyme. E partiu logo depois que os cavalos foram alimentados.

FIM DO LIVRO I

Livro II

# Capítulo 1

Anne passou o resto do tempo que teve que ficar em Uppercross – apenas dois dias – na Casa Grande. Gostou de se sentir útil ali, tanto como companhia dos moradores quanto ajudando nos preparativos para o futuro, já que a inquietação do senhor e da senhora Musgrove não permitia que tomassem decisões.

Bem cedo, na manhã seguinte, receberam notícias de Lyme. Louisa permanecia igual. Nenhum sintoma sério havia aparecido. Horas depois, Charles chegou para dar notícias mais detalhadas. Estava de bom humor. Não deveriam esperar uma recuperação rápida, mas tudo andava tão bem quanto a natureza do caso permitia. E, por falar nos Harville, achava incrível a bondade daquelas pessoas, sobretudo o zelo da senhora Harville como enfermeira. Na verdade, ela não tinha deixado nada para Mary fazer. Ela e Charles foram persuadidos a voltar cedo para a hospedaria na noite anterior. Mary tinha ficado histérica pela manhã outra vez. Quando saiu, estava preparando-se para dar um passeio com o capitão Benwick, o que achava que poderia lhe fazer bem. Charles estava quase feliz por ela não ter voltado para casa no dia anterior, mas a verdade era que a senhora Harville cuidava de tudo.

Charles planejava voltar a Lyme na mesma tarde, e o pai pensou por um momento em acompanhá-lo, mas as senhoras não permitiram. Isso só aumentaria os incômodos dos outros e o deixaria mais nervoso. Um plano muito melhor foi proposto e seguido. Foi enviada uma carruagem a Crewkherne para buscar uma pessoa que seria bem mais útil na opinião de Charles: a antiga criada da família que, tendo educado todas as crianças até ver o mimado e delicado Harry na escola, vivia, então, no quarto deserto dos pequenos, remendando meias, cuidando de todos os machucados e inflamações que apareciam. Naturalmente, ela ficou muito feliz em ajudar e atender à querida senhorita Louisa. A senhora Musgrove e Henrietta já haviam pensado em mandar Sarah para lá, mas, sem a presença de Anne, nada teria sido resolvido, muito menos de maneira tão rápida.

No dia seguinte, ficaram em dívida com Charles Hayter pela minuciosa atualização de Louisa, que era tão essencial de obter a cada dia. Ele foi para Lyme por conta própria e as notícias que trouxe foram ainda mais animadoras. Os momentos em que Louisa recuperava a consciência pareciam mais frequentes. Todas as notícias informavam que o capitão Wentworth continuava inabalável em Lyme.

Anne devia deixá-los no dia seguinte, e todos receavam este acontecimento. O que fariam sem ela? Mal podiam consolar um ao outro. E tanto falaram nesse sentido que Anne não teve escolha senão contar a eles o que achava melhor: que todos fossem a Lyme de imediato. Não foi preciso muito para persuadi-los. Decidiram partir na manhã seguinte, ficar em alguma hospedaria e esperar ali até que Louisa pudesse viajar. Deveriam evitar todo o desconforto para as pessoas boas que cuidavam dela. Deveriam, pelo menos, aliviar a senhora Harville do cuidado da própria filha. No geral, ficaram tão felizes com a decisão, que Anne se alegrou do que fizera e achou que a melhor maneira de passar a última manhã em Uppercross era ajudando nos preparativos para poderem partir cedo, embora a consequência imediata fosse ficar sozinha na casa deserta.

Ela era a última, exceto pelas crianças no chalé, de todo o grupo que tinha animado e enchido as duas casas, dando a Uppercross seu caráter alegre. Grande mudança, de fato, em poucos dias!

Se Louisa se recuperasse, tudo ficaria bem de novo. Haveria ainda mais felicidade do que antes. Não havia dúvida, pelo menos para ela, do que viria depois da recuperação. Dali a alguns meses, o quarto, agora deserto e habitado apenas pelo silêncio e pelos pensamentos de Anne, seria outra vez ocupado pela alegria, pela felicidade e pelo brilho do amor. Por tudo aquilo que era tão diferente de Anne Elliot!

Uma hora submersa nessas reflexões, em um dia escuro de novembro, com uma garoa embaçando os poucos objetos que podiam ser vistos da janela, foi o suficiente para fazer com que o som da carruagem de *lady* Russell fosse mais do que bem-vindo. Apesar do desejo de partir, Anne não conseguiu deixar a Casa Grande ou despedir-se de longe do chalé, com seu terraço escuro e desconfortável, ou olhar pelas janelas embaçadas para as humildes casas do vilarejo, sem sentir tristeza no coração. Os momentos passados em Uppercross tinham tornado o lugar importante. Tinha a lembrança de muitas dores, intensas uma vez, mas silenciadas naquele instante, e também alguns episódios de sentimentos mais doces, vislumbres de amizade e reconciliação, que não voltariam mais e nunca deixariam de ser uma lembrança preciosa. Estava deixando tudo isso para trás, exceto as lembranças de tais momentos.

Anne não tinha voltado a Kellynch desde sua partida da casa de *lady* Russell em setembro. Não fora necessário, e evitou as poucas ocasiões em que a visita seria possível. Seu primeiro retorno era para retomar seu lugar nos quartos modernos e elegantes de Kellynch Lodge e alegrar os olhos da dona da casa.

*Lady* Russell sentia um misto de ansiedade e alegria quando voltou a encontrá-la. Ela sabia quem havia frequentado Uppercross. Mas, por sorte, Anne tinha melhorado seu aspecto e sua aparência, ou essa era a opinião da senhora. Ao receber o elogio, Anne divertiu-se, comparando-o com a silenciosa admiração do primo, e esperou ser abençoada com o milagre de uma segunda primavera de juventude e beleza.

Durante a conversa, entendeu que havia também uma mudança em seu espírito. Os assuntos que tinham dominado seu coração quando deixou Kellynch, e os quais sentira desprezados e se vira forçada a reprimir na presença dos Musgrove, eram de interesse secundário agora. Nos últimos tempos, havia até negligenciado o pai, a irmã e Bath. A preocupação com relação a eles fora minimizada se comparada com Uppercross. E quando *lady* Russell voltou às suas antigas esperanças e medos, e expressou sua satisfação com a casa em Camden Place que alugaram e a tristeza de que a senhora Clay ainda estivesse com eles, Anne sentiu vergonha da importância que Lyme e Louisa Musgrove tinham para ela, e todos os que conhecera ali. Como era mais interessante para ela a amizade dos Harville e do capitão Benwick, do que a casa do próprio pai em Camden Place ou a intimidade da irmã com a senhora Clay. Precisou fazer um esforço enorme para aparentar para *lady* Russell uma atenção em assuntos que, obviamente, deveriam interessá-la mais.

Houve alguma dificuldade, a princípio, em tratar de outro assunto. Elas deveriam falar sobre o acidente de Lyme. Não fazia nem cinco minutos da chegada de *lady* Russell, no dia anterior, quando foi informada em detalhes sobre tudo o que havia acontecido. Mas o episódio ainda precisava ser abordado, ela devia conhecer os detalhes, lamentar a imprudência e o resultado fatal; e, claro, o nome do capitão Wentworth devia ser mencionado pelas duas. Anne sabia que não ia tão bem nessa última parte como *lady* Russell. Não podia pronunciar o nome dele nem olhar para a amiga até tê-la informado brevemente sobre o que achava que existia entre o capitão e Louisa. Depois que contou, conseguiu falar com mais calma.

*Lady* Russell não podia fazer mais do que ouvir tranquilamente e desejar felicidade aos dois. Mas, no fundo do coração, sentia um prazer rancoroso e desdenhoso ao pensar que o homem que, aos 23, parecia entender o valor de Anne Elliot, estivesse, oito anos depois, encantado por Louisa Musgrove.

Os primeiros três ou quatro dias transcorreram de modo tranquilo, sem nenhuma circunstância excepcional, a não ser um ou dois bilhetes de Lyme, enviados a Anne, ela não sabia como, que informavam satisfatoriamente sobre a saúde de Louisa. No fim desse período, a passividade silenciosa de *lady* Russell não podia continuar por mais tempo, e o ligeiro tom ameaçador do passado voltou em uma fala decidida:

– Preciso ver a senhora Croft. Preciso vê-la logo, Anne. Você teria a coragem de me acompanhar até aquela casa para uma visita? Será um teste para nós duas.

Anne não recusou. Pelo contrário, foi sincera ao responder.

– Acho que a senhora sofrerá mais. Seus sentimentos são mais difíceis de mudar do que os meus. Por ter permanecido no local, já me acostumei com a situação.

Poderia ter dito algo mais sobre o assunto. Mas tinha tão grande estima pelos Croft e considerava o pai tão afortunado com os inquilinos, acreditava tanto no bom exemplo que toda a paróquia receberia, assim como as atenções e o alívio que os pobres teriam, que, embora triste e envergonhada pela necessidade da mudança, não podia deixar de pensar que quem tinha ido embora eram aqueles que não mereciam ficar e, na verdade, Kellynch estava em melhores mãos. Essa convicção, é claro, era dolorosa e muito difícil, mas serviria para impedir a mesma dor que *lady* Russell experimentaria ao entrar na casa outra vez e percorrer as dependências tão conhecidas.

Em tais momentos, Anne não tinha forças para dizer para si mesma: "Estes quartos deveriam ser nossos! Ah, como seu destino foi desvalorizado! Como estão ocupados de forma indigna! Uma família tão antiga descartada dessa maneira! Estranhos em um lugar que não lhes pertence!" Não... Isso só acontecia quando se lembrava da mãe e do lugar em que ela costumava se sentar e administrar a casa. Certamente, não poderia pensar assim.

A senhora Croft sempre a tratou com uma gentileza que a fez suspeitar de uma simpatia secreta. Dessa vez, ao recebê-la em sua casa, as atenções foram especiais.

O infeliz acidente de Lyme foi logo o centro da conversa. Ao comparar o que sabiam sobre a paciente, ficou claro que as senhoras estavam falando das notícias recebidas no dia anterior. Então, Anne ficou sabendo que o capitão Wentworth estivera em Kellynch na véspera (pela primeira vez desde o acidente) e dali tinha despachado para Anne a nota cuja origem ela não conseguira explicar. Retornara para Lyme, sem intenção de sair de lá de novo. Tinha perguntado especialmente por Anne. Havia falado que esperava que a senhorita Elliot não estivesse cansada de seus esforços, e mencionou que tais esforços foram grandes. Isso foi lindo... E causou mais prazer a Anne do que qualquer outra coisa.

Quanto à catástrofe em si, era deliberada apenas de um modo pelas calmas senhoras, cujos julgamentos deviam ser dados apenas com base nos fatos. Concordavam que fora o resultado da negligência e da imprudência. As consequências tinham sido alarmantes, e era ainda mais assustador pensar por quanto tempo a recuperação poderia ser duvidosa. E por quanto tempo, depois de curada, ainda poderia sofrer com o golpe. O almirante concretizou tudo dizendo:

– É mesmo uma história terrível! É uma nova maneira de cortejar. Um jovem quebrando a cabeça de sua pretendida! Não é mesmo, senhorita Elliot? Isso, sim, que é quebrar uma cabeça e consertar com argamassa!

Os modos do almirante Croft não eram do agrado de *lady* Russell, mas encantavam Anne. A bondade de seu coração e a simplicidade de seu caráter eram irresistíveis.

– Na verdade, deve ser muito ruim para a senhorita vir nos encontrar aqui – disse ele, de repente, como se estivesse acordando de um sonho. – Não tinha pensado nisso antes, confesso, mas deve ser muito ruim. Vamos, não faça cerimônias. Levante-se e ande por todos os cômodos da casa, se desejar.

– Em outra ocasião, senhor. Muito obrigada, mas não agora.

– Bem, quando for mais conveniente para a senhorita. Pode entrar pela porta do lado dos arbustos a qualquer momento. E irá encontrar nossos guarda-chuvas pendurados atrás da porta. É um bom lugar, não? Bem, a senhorita não vai julgar que este é um bom lugar, porque antes os guardavam sempre no quarto do criado – prosseguiu, recuperando-se. – É sempre assim, eu acho. A maneira como uma pessoa faz as coisas pode ser tão boa quanto qualquer outra, mas todo mundo quer fazer do próprio jeito. Por isso, a senhorita é que deve dizer se seria melhor andar pela casa ou não.

Anne, sentindo que tinha que recusar, fez isso de forma muito grata.

– Fizemos poucas mudanças – continuou o almirante, depois de pensar por um momento. – Pouquíssimas. Já informamos sobre a porta da lavanderia, em Uppercross. Foi uma grande melhora. O que me surpreende é que uma família tenha conseguido suportar a inconveniência da maneira como ela se abria por tanto tempo! A senhorita dirá a *sir* Walter o que fizemos, e que o senhor Shepherd acha que foi a melhoria mais acertada feita até agora. De fato, faço justiça ao dizer que as poucas mudanças que fizemos serviram para melhorar o lugar. Foi minha esposa que organizou tudo. Eu fiz muito pouco, exceto remover alguns grandes espelhos do meu quarto de vestir, que era o de seu pai. Um bom homem e um verdadeiro cavalheiro, é verdade, mas, senhorita Elliot, acho que... – fez uma pausa e olhou para Anne de forma pensativa. – Acho que ele deve ter sido um homem muito cuidadoso com as roupas para sua idade. Quantos espelhos! Meu Deus, não era possível fugir de si mesmo! Então, pedi para a Sophy me ajudar e, logo, tiramos todos. Agora, estou muito confortável com meu pequeno espelho de barbear em um canto e outro grande do qual nunca me aproximo.

Anne, divertida apesar de tudo, ficou pensando com alguma angústia em uma resposta, e o almirante, temendo não ter sido muito gentil, voltou ao mesmo assunto.

– Da próxima vez que escrever para seu bom pai, senhorita Elliot, transmita meus cumprimentos e os da senhora Croft, e diga que estamos muito cômodos aqui e que não encontramos nenhum defeito no lugar. A lareira na sala de jantar solta um pouco de fumaça, para dizer a verdade, mas apenas quando o vento norte sopra forte, o que só ocorre três vezes no inverno. Na verdade, agora que estivemos na maioria das casas daqui e foi possível julgar, nenhuma nos agrada mais do que esta. Diga isso e envie meus cumprimentos. Ele ficará muito feliz.

*Lady* Russell e a senhora Croft estavam encantadas uma com a outra, mas a relação iniciada por esta visita não poderia continuar por muito tempo. Isso porque, quando a visita foi devolvida, os Croft anunciaram que iriam se ausentar por algumas semanas para visitar os parentes no norte do condado, e que era provável que não voltassem antes da partida de *lady* Russell para sua temporada em Bath.

Foi eliminado, assim, o perigo de que Anne encontrasse o capitão Wentworth em Kellynch ou de vê-lo na companhia de sua amiga. Tudo estava seguro, e ela sorriu ao se lembrar da ansiedade que desperdiçou no assunto.

## Capítulo 2

Embora Charles e Mary tenham permanecido em Lyme muito depois da partida dos Musgrove, tanto que Anne chegou a pensar se seriam mesmo necessários lá, eles foram, no entanto, os primeiros da família a voltar para Uppercross. Assim que possível, dirigiram-se para Kellynch Lodge. Tinham partido quando Louisa começava a se sentar, mas sua mente, embora lúcida, estava muito fraca, e seus nervos necessitavam do máximo de cuidado. Embora fosse possível dizer que estava indo muito bem, ainda era impossível dizer quando poderia ser levada para casa, e o pai e a mãe, que deviam retornar a tempo de receber os filhos mais novos durante as férias de Natal, tinham pouca esperança de levá-la com eles.

Todos tinham ficado em alojamentos. A senhora Musgrove havia cuidado das crianças Harville o máximo possível, e tudo o que conseguiram levar de Uppercross para facilitar a tarefa dos Harville fora levado, enquanto estes convidavam os Musgrove para jantar todos os dias. Resumindo, parecia ter havido uma luta dos dois lados para ver qual era mais desinteressado e hospitaleiro.

Mary tivera seus males, mas, no geral, como também ficou evidente em sua longa estada, havia encontrado mais diversão do que sofrimento. Charles Hayter ficou em Lyme mais do que ela julgou adequado. Nos jantares com os Harville, havia apenas uma empregada para atender. A princípio, a senhora Harville sempre dera preferência à senhora

Musgrove, mas depois tinha pedido desculpas sinceras a Mary ao descobrir de quem era filha. Mary tinha feito tantas coisas todos os dias, tantas idas e vindas entre a pousada e a casa dos Harville, e havia pegado livros da biblioteca e trocado com tanta frequência, que o saldo final estava a favor de Lyme. Também fora levada a Charmouth, onde havia tomado banhos e ido à igreja, que era frequentada por muito mais pessoas para ver do que em Uppercross. Tudo isso, aliado à sensação de estar sendo muito útil, contribuiu para uma permanência muito agradável.

Anne perguntou pelo capitão Benwick. O rosto de Mary ficou sombrio, e Charles soltou uma risada.

– Ah, o capitão Benwick está bem, eu acho, mas é um jovem muito estranho. Não sei o que é, para dizer a verdade. Nós o convidamos para que viesse nos visitar por um dia ou dois, Charles tinha intenções de sair para caçar e ele pareceu encantado. E, da minha parte, eu achava que estava tudo combinado. Até que, na terça-feira à noite, ele deu uma desculpa muito esfarrapada, dizendo que "nunca caçava", que fora "mal interpretado" e que havia prometido isso e aquilo. Resumindo, não pensava em vir. Imaginei que teria medo de ficar entediado, mas acho mesmo que somos pessoas muito alegres para um homem com o coração tão partido quanto o capitão Benwick.

Charles riu outra vez e disse:

– Vamos, Mary, você sabe o que realmente aconteceu. Foi por sua causa – falou, virando-se para Anne. – Ele pensou que, se aceitasse, estaria muito perto da senhorita. Imaginava que todos viviam em Uppercross, e, quando descobriu que *lady* Russell vive a cinco quilômetros de distância, ficou desanimado. Não teve coragem de vir. Foi isso que aconteceu, e Mary sabe.

Mary não gostou nada da explicação, fosse porque não considerava o capitão Benwick bem-nascido o suficiente para se apaixonar por uma Elliot, ou porque não estava convencida de que Anne fosse uma atração maior para ir a Uppercross do que ela. Era difícil adivinhar. Porém, a boa vontade de Anne não diminuiu pelo que ouvia. Afirmou que estava lisonjeada e continuou fazendo perguntas.

– Ah, ele fala da senhorita... – disse Charles. – De uma maneira...

Mary interrompeu:

– Confesso, Charles, que nunca o ouvi mencionar o nome de Anne duas vezes durante todo o tempo que estive lá. Confesso, Anne, que ele nunca falou de você.

– Não – admitiu Charles. – Sei que nunca fez isso, de maneira específica, mas, de qualquer forma, é óbvio que ele a admira muito. Ele está com a cabeça cheia de livros que lê por sua recomendação e deseja discuti-los com a senhorita. Encontrou algo em um desses livros e pensou... Ah, não pretendo me lembrar, mas foi algo muito bom... Ouvi quando disse a Henrietta sobre isso. E, nesse momento, a "senhorita Elliot" foi mencionada com muitos elogios. Afirmo que foi assim, Mary, eu ouvi e você estava na outra sala. "Elegância, suavidade, beleza." Ah, os encantos da senhorita Elliot eram infinitos!

– Na minha opinião, isso não vai muito a favor do capitão Benwick, se falou mesmo essas coisas – disse Mary. A senhorita Harville morreu apenas em junho passado. Tal coração não vale a pena ter. A senhora não acha, *lady* Russell? Tenho certeza de que compartilha de minha opinião.

– Preciso ver o capitão Benwick antes de me pronunciar – respondeu *lady* Russell, sorrindo.

– E logo terá a ocasião, eu garanto, senhora – falou Charles. – Embora não tenha se animado a nos acompanhar e depois vir até aqui para uma visita formal, ele virá a Kellynch por sua própria iniciativa, a senhora pode ter certeza. Mostrei-lhe o caminho, expliquei a distância e disse que a igreja era digna de ser vista. Como gosta dessas coisas, pensei que seria uma boa desculpa, e ele me ouviu com toda atenção e sinceridade. Tenho certeza, pelos seus modos, de que a senhora o verá aqui em breve. Então, já fique avisada, *lady* Russell.

– Qualquer conhecido de Anne será sempre bem-vindo por mim – respondeu *lady* Russell de modo gentil.

– Ah, quanto a ser conhecido da Anne, acho que é mais conhecido meu, porque eu o vi todos os dias – comentou Mary.

– Bem, como seu conhecido, também terei grande prazer em ver o capitão Benwick.

– Não encontrará nada particularmente agradável nele, minha senhora. É um dos jovens mais tediosos que já conheci. Andou comigo às vezes, de uma ponta à outra da praia, sem dizer uma palavra. Não é muito educado. Posso garantir que não irá gostar dele.

– Não concordo, Mary – rebateu Anne. – Acho que *lady* Russell simpatizará com ele e ficará tão encantada com sua inteligência que logo não encontrará deficiência em suas maneiras.

– Também acho – disse Charles. – Tenho certeza de que *lady* Russell o achará muito agradável e irá simpatizar com ele. Dê-lhe um livro e o capitão Benwick o lerá o dia todo.

– Isso é verdade! – exclamou Mary, com sarcasmo. – Irá se sentar com o livro e não prestará atenção quando uma pessoa falar com ele, ou quando uma das tesouras cair, ou qualquer outra coisa que aconteça a seu redor. Acham que *lady* Russell vai gostar disso?

*Lady* Russell não conseguiu conter o riso. Em seguida, falou:

– Palavra de honra, nunca pensei que minha opinião sobre alguém pudesse ser objeto de tanta conjectura, tendo em vista que sou equilibrada e realista. Estou muito curiosa para conhecer a pessoa que desperta essas diferenças. Gostaria que fosse convidado para vir aqui. E, quando vier, Mary, com certeza lhe darei minha opinião. Mas estou determinada a não julgar antes da hora.

– Ele não vai agradá-la. Tenho certeza.

*Lady* Russell começou a falar sobre outra coisa. Mary relatou, animada, de como era extraordinário terem encontrado, ou quase encontrado, o senhor Elliot.

– É um homem a quem não desejo encontrar – disse *lady* Russell. – Sua recusa em manter boas relações com o chefe de sua família me causou uma impressão muito desfavorável com relação a ele.

Essa frase acalmou o ardor de Mary e a deteve de repente no meio de sua defesa da beleza dos Elliot.

Quanto ao capitão Wentworth, embora Anne não tivesse se atrevido a fazer nenhuma pergunta, as informações espontâneas foram suficientes. Seu ânimo tinha melhorado muito nos últimos dias, como era de esperar. À medida que Louisa melhorava, ele também parecia melhor.

Era agora um indivíduo muito diferente do que fora na primeira semana. Não tinha visto Louisa, e temia que um encontro prejudicasse a jovem, razão pela qual não tinha insistido em visitá-la. Pelo contrário, parecia ter planejado viajar por uma semana ou dez dias até que a cabeça dela estivesse mais forte. Havia falado de ir a Plymouth por uma semana e queria convencer o capitão Benwick a acompanhá-lo. Mas, como Charles continuou afirmando, o capitão Benwick parecia muito mais disposto a vir para Kellynch.

Não há dúvida de que, a partir daí, tanto Anne quanto *Lady* Russell ficaram pensando no capitão Benwick de vez em quando. *Lady* Russel não podia ouvir a campainha na porta de entrada sem imaginar que seria um mensageiro do jovem, e Anne não podia voltar de alguma caminhada solitária pelos terrenos que tinham sido de seu pai ou de qualquer visita de caridade na vila sem se perguntar se o veria ou se ouviria dele. No entanto, o capitão Benwick não apareceu. Ou ele estava menos disposto do que Charles imaginava, ou era muito tímido. E, após uma semana, *lady* Russell julgou que era indigno da atenção que dispensara a ele no início.

Os Musgrove vieram esperar os meninos e as meninas, que estavam voltando da escola acompanhados pelas crianças dos Harville, para aumentar o alvoroço em Uppercross e diminuí-lo em Lyme. Henrietta ficou com Louisa, mas o resto da família tinha voltado.

*Lady* Russell e Anne fizeram uma visita de retribuição, e Anne encontrou em Uppercross a animação de antes. Embora faltassem Henrietta, Louisa, Charles Hayter e o capitão Wentworth, a sala apresentava um contraste marcante, comparada com a última vez que a vira.

Ao redor da senhora Musgrove estavam os pequenos Harville, que ela tentava proteger da tirania dos meninos do chalé de Uppercross, vindos especialmente para entretê-los. De um lado, havia uma mesa, ocupada por garotinhas tagarelas, cortando seda e papel dourado; e, de outro, havia fontes e bandejas, dobradas com o peso de tortas pesadas e frias, com as quais os meninos barulhentos brincavam. Tudo isso com o ruído de uma lareira de Natal, que parecia disposta a ser ouvida apesar do tumulto de todos. Charles e Mary, como esperado, estavam presentes, e o senhor Musgrove julgou ser sua obrigação prestar seus respeitos a *lady* Russell, sentando-se ao lado dela por dez minutos, falando em voz muito alta, por causa dos gritos das crianças que subiam nos joelhos dele, mas em vão. Era uma linda cena familiar.

Anne, julgando de acordo com o próprio temperamento, teria presumido que aquele furacão doméstico seria ruim para os tão afetados nervos de Louisa. No entanto, a senhora Musgrove, que se sentou ao lado de Anne para agradecer mais uma vez pelas atenções, terminou considerando o quanto tinha sofrido e, com um olhar alegre ao redor da sala, enfatizou que, depois do que tinha acontecido, nada poderia ser melhor do que a calma alegria do lar.

Louisa recuperava-se com tranquilidade. A mãe achava até que seria possível que voltasse para casa antes de os irmãos e as irmãs voltarem para a escola. Os Harville tinham prometido vir com ela e ficar em Uppercross. O capitão Wentworth fora visitar o irmão em Shropshire.

– Espero lembrar-me no futuro de não visitar Uppercross nas festas de Natal – disse *lady* Russell, quando estavam sentadas na carruagem para voltar.

Todos têm seus gostos particulares, tanto em matéria de barulho quanto em qualquer outra coisa. E os ruídos são inofensivos ou irritantes, dependendo mais do tipo do que da intensidade. *Lady* Russell não reclamou quando, pouco tempo depois, estava entrando em Bath em uma tarde chuvosa, indo da ponte Velha até Camden Place, pelas ruas cheias de carruagens e carroças pesadas, tomadas pelos gritos dos anunciantes, vendedores e leiteiros, além dos incessantes rumores dos tamancos. Não... Esses barulhos faziam parte da diversão de inverno. Ela se animava sob a influência deles e, como a senhora Musgrove, embora sem dizer, julgava que, depois de uma temporada no campo, nada poderia fazer tão bem quanto um pouco de alegria.

Anne não compartilhava da opinião de *lady* Russell. Continuava sentindo uma antipatia silenciosa, mas segura, por Bath. Recebeu a visão nebulosa dos grandes edifícios, embaçados pela chuva, sem nenhum desejo de vê-los melhor. Sentiu que o avanço que faziam pelas ruas, apesar de desagradável, era muito rápido, pois quem ficaria alegre com sua chegada? E lembrava-se, com tristeza, da agitação de Uppercross e da reclusão de Kellynch.

A última carta de Elizabeth tinha comunicado notícias de algum interesse. O senhor Elliot estava em Bath. Tinha ido a Camden Place. Havia retornado uma segunda vez, uma terceira, e fora muito atencioso. Se Elizabeth e o pai não estavam enganados, o senhor Elliot esforçava-se para estabelecer uma relação e declarar a importância dela, tanto quanto antes se esforçara para negligenciá-la. Isso seria maravilhoso se fosse verdade, e *lady* Russell ficou em um estado de agradável curiosidade e perplexidade sobre o senhor Elliot, quase se retratando pelo sentimento que havia expressado a Mary, falando dele como um homem que "não desejava ver". Sentia muita vontade de conhecê-lo. Se ele quisesse mesmo cumprir seu dever como um bom galho, deveria ser perdoado por ter se afastado da árvore genealógica.

Anne não se sentia tão animada com essas circunstâncias, mas preferia rever o senhor Elliot a não voltar a vê-lo, algo que poderia dizer de poucas pessoas em Bath. Desceu em Camden Place, e *lady* Russell dirigiu-se para sua hospedagem na rua River.

## Capítulo 3

Sir Walter havia alugado uma boa casa em Camden Place, em um lugar alto e digno, como merece um homem igualmente digno e elevado. E, com Elizabeth, tinham se instalado ali muito satisfeitos.

Anne entrou na casa com o coração apertado, antecipando uma reclusão de vários meses e perguntando-se ansiosamente: "Quando irei deixá-los de novo?" No entanto, uma inesperada cordialidade em sua chegada fez-lhe muito bem. O pai e a irmã ficaram felizes em vê-la, queriam mostrar a casa e os móveis, e receberam-na com bondade. O fato de serem quatro nas refeições também era uma vantagem.

A senhora Clay estava muito amigável e sorridente, mas as cortesias e os sorrisos que oferecia eram apenas isto: cortesia. Anne sentiu que ela sempre faria o que julgasse mais conveniente, mas a boa vontade dos outros era surpreendente e genuína. Estavam de excelente humor e logo soube por quê. Não estavam interessados em ouvi-la. Após forçar alguns elogios de que estavam fazendo falta na antiga vizinhança, elogios que Anne não pôde deixar de tecer, fizeram poucas perguntas, e a conversa foi dominada por eles. Uppercross não despertava interesse. Kellynch, muito pouco. O mais importante era Bath.

Tiveram o prazer de assegurar-lhe que Bath havia excedido suas expectativas em vários aspectos. A casa deles era, sem dúvida, a melhor de Camden Place. As salas tinham todas as vantagens possíveis sobre as outras que haviam visitado ou de que ouviram falar, e a superioridade consistia, além disso, no estilo da arrumação e no bom gosto da mobília. Todos queriam se relacionar com eles e visitá-los. O pai e a irmã tinham rejeitado muitas apresentações e, mesmo assim, viviam assediados por cartões deixados por desconhecidos.

Quantas razões para se alegrar! Anne poderia duvidar de que o pai e a irmã eram felizes? Não poderia duvidar, mas se lamentava que o pai não se sentisse rebaixado com a mudança. Tampouco não sentisse falta dos deveres e da dignidade de um proprietário de terras e de encontrar muitos motivos para ser vaidoso na pequenez de uma cidade. Anne suspirou, sorriu e espantou-se enquanto Elizabeth ia mostrando todos os cômodos, andando exultante, gabando-se sobre o tamanho. Anne ficou surpresa em notar que aquela mulher, que tinha sido a dona de Kellynch Hall, encontrava orgulho no espaço daquelas duas paredes, distantes uma da outra por cerca de dez metros.

Mas também havia outras coisas que os faziam felizes. Eles também tinham o senhor Elliot. Anne teve que ouvir muito sobre ele. Não só tinha sido perdoado, como o pai e a irmã estavam encantados com ele. Estivera em Bath há quinze dias, mais ou menos (havia passado por ali em novembro, a caminho de Londres, quando recebeu a informação de que *sir* Walter estava instalado ali, então, embora não tivesse ficado mais de vinte e quatro horas, não conseguiu aproveitar a situação). No entanto, dessa vez, estava passando uns quinze dias em Bath, e a primeira medida que tomou foi deixar seu cartão em Camden Place, seguido pelos maiores desejos de retomar relações. Quando se encontraram, seu comportamento foi tão franco, tão pronto para se desculpar pelo passado, tão ansioso por estreitar os laços, que, logo no primeiro encontro, o contato restaurou-se completamente.

Não viram nenhum defeito nele. O senhor Elliot havia explicado tudo o que parecia descuido de sua parte. O que logo deu lugar a mal--entendidos. Nunca teve a intenção de afastar-se deles. Estava com medo de eles terem se afastado, embora não soubesse por quê, e a delicadeza obrigou-o a se manter em silêncio. Frente à suspeita de que ele havia falado de forma desrespeitosa ou leviana sobre a família ou a honra dela, ficou indignado. Ele, que sempre se orgulhou de ser um

Elliot, e cujas ideias, no que dizia respeito à família, eram rígidas demais para o tom democrático dos tempos atuais. Na verdade, sentia-se chocado, mas seu caráter e seu comportamento refutariam tal suspeita. *Sir* Walter podia averiguar entre as pessoas que o conheciam. Na verdade, o esforço que teve na primeira oportunidade de reconciliação, para retomar a relação e a provável herança, foi evidência suficiente de suas opiniões sobre o assunto.

As circunstâncias de seu casamento também poderiam ser desculpadas. Esse tema não devia ser colocado por ele, mas um amigo íntimo, o coronel Wallis, um homem muito respeitável e cavalheiro (e nada mal em termos de aparência, acrescentou *sir* Walter), este vivia em grande estilo nas casas de Marlborough e havia, a seu próprio pedido, travado conhecimento com eles através do senhor Elliot. Foi quem mencionou uma ou duas coisas sobre o casamento, que ajudaram a reduzir a perda de prestígio.

O coronel Wallis conhecia o senhor Elliot havia muito tempo. Tinha conhecido muito bem sua esposa e entendeu perfeitamente o problema. Ela não era uma mulher de boa família, mas era bem-educada, culta, rica e muito apaixonada por seu amigo. Ali residia o encanto. Ela procurou por ele. Sem essa condição, todo o dinheiro dela não teria sido suficiente para tentar Elliot e, além disso, *sir* Walter estava convencido de que fora uma mulher muito honrada. Tudo isso tornou o casamento atraente. Uma mulher muito boa, de grande fortuna e apaixonada por ele! *Sir* Walter admitia tudo isso como uma desculpa e, embora Elizabeth não pudesse ver o assunto sob uma luz tão favorável, foi forçada a admitir que tudo era de grande extenuação.

O senhor Elliot fizera visitas frequentes, tinha jantado com eles uma vez e se mostrado encantado ao receber o convite, já que eles não davam jantares em geral. Em uma palavra, ficou encantado com qualquer demonstração de afeto familiar, e mostrava que sua felicidade dependia de estar intimamente ligado à casa de Camden.

Anne ouvia, mas não entendia muito bem. Precisava ter muito bom senso com relação às opiniões daqueles que falavam. Ela ouvia tudo de forma embelezada. O que parecia extravagante ou irracional no progresso da reconciliação poderia ter sua origem apenas no modo de falar dos narradores. No entanto, tinha a sensação de que havia algo mais do que era aparente no desejo do senhor Elliot, após um intervalo de tantos anos, de ser bem recebido por eles. Do ponto de vista mundano, não ganharia nada com a amizade de *sir* Walter, nem perderia se as coisas continuassem como estavam. Com certeza, devia ser o mais rico dos dois, e a propriedade Kellynch seria dele algum dia, assim como o título. Um homem sensato, e parecia ser, de fato, muito sensato, por que iria querer se aproximar? Ela poderia apresentar apenas uma solução. Talvez fosse por causa de Elizabeth. Talvez, em algum momento, tenha havido alguma atração, embora a conveniência e os acidentes tivessem separado os dois; e, agora que o senhor Elliot podia se dar ao luxo de fazer o que quisesse, talvez sua intenção fosse cortejá-la. Elizabeth era muito bonita, elegante e culta, e seu jeito de ser não era conhecido pelo senhor Elliot, que a tinha encontrado algumas vezes, em público, quando era muito jovem. Como a sensibilidade e a inteligência da irmã iriam suportar a análise de um homem já maduro era outra preocupação muito dolorosa. Na verdade, Anne desejava que ele não fosse muito gentil ou obsequioso se Elizabeth fosse a causa de seus esforços. Enquanto discutiam as frequentes visitas do senhor Elliot, ficou muito claro, por um ou dois olhares entre Elizabeth e a senhora Clay, que a irmã estava inclinada a acreditar em tal coisa e que a amiga encorajava a ideia.

Anne mencionou os encontros que teve com ele em Lyme, mas sem que prestassem muita atenção nela.

– Ah, sim, talvez fosse o senhor Elliot. Eles não sabiam. Talvez tenha sido ele.

Não podiam ouvir a descrição que fazia dele. Eles mesmos queriam descrevê-lo, sobretudo *sir* Walter. Fez jus à sua aparência de cavalheiro, ao seu ar elegante e estiloso, ao bom formato do rosto, ao olhar grave, mas, ao mesmo tempo, "era lamentável ter o maxilar tão proeminente, um defeito que o tempo parecia ter aumentado. Nem poderia ser escondido que dez anos haviam mudado suas feições de forma desfavorável. O senhor Elliot parecia pensar que ele (*sir* Walter) tinha a mesma aparência de quando se separaram". Contudo, *sir* Walter "não conseguiu devolver o elogio completamente, e isso o deixara constrangido. De qualquer forma, não pensava em reclamar. O senhor Elliot tinha melhor aparência do que a maioria dos homens, e ele não se oporia a ser visto em sua companhia onde quer que fosse".

O senhor Elliot e os amigos das casas de Marlborough foram o principal tema da conversa a tarde toda. O coronel Wallis parecia tão ansioso em ser apresentado a eles! E o senhor Elliot estava tão ansioso para apresentá-lo! Havia também uma senhora Wallis, que só conheciam de nome, pois estava esperando um bebê a qualquer momento. Mas o senhor Elliot a descrevia como "uma mulher encantadora, digna de ser conhecida em Camden Place". Assim que se restabelecesse, eles a conheceriam. *Sir* Walter tinha altas expectativas com relação à senhora Wallis. Diziam que era uma mulher extraordinariamente linda. Ele desejava muito vê-la. Seria uma compensação para os rostos feios que via a cada dia na rua. A pior coisa de Bath era o extraordinário número de mulheres feias. Isso não quer dizer que não havia mulheres bonitas, mas a quantidade de feias era esmagadora. Em suas caminhadas, muitas vezes tinha observado que um belo rosto era seguido por trinta ou trinta e cinco espantalhos. Certa vez, quando estava em uma loja da rua Bond, havia contado oitenta e sete mulheres, uma após a outra, sem encontrar um rosto aceitável entre elas. Claro que tinha sido uma manhã gelada, de um frio cortante que só uma mulher entre mil poderia ter suportado. Mas, ainda assim, o número de feias era incalculável. Quanto aos homens, eram infinitamente piores! As ruas estavam apinhadas de espantalhos! Era evidente, pelo efeito que um homem de aparência decente produzia, que as mulheres não estavam muito acostumadas à visão de alguém tolerável. Nunca havia andado de braço dado com o coronel Wallis (que tinha um belo porte, embora o cabelo fosse louro--escuro), sem que todos os olhares femininos se voltassem para ele. Na verdade, todas as mulheres olhavam para o coronel Wallis. Ah, a modéstia de *sir* Walter! Porém, ele não podia escapar. Sua filha e a senhora Clay afirmaram que o acompanhante do coronel Wallis tinha uma figura tão bela quanto a dele, sem a desvantagem da cor do cabelo.

– Como está a Mary? – perguntou *sir* Walter, com o melhor humor. – Na última vez em que a vi, estava com o nariz vermelho, mas espero que isso não aconteça todos os dias.

– Deve ter sido puro acaso. Em geral, desfruta de boa saúde e aparência desde o fim de setembro.

– Se eu julgasse que ela não ficaria tentada a sair com ventos fortes e estragar a pele, mandaria um novo chapéu e outro casaco de pele para ela.

Anne considerava se seria conveniente sugerir que um casaco ou um chapéu não ajudariam nessa situação, quando uma batida na porta interrompeu tudo. "Uma batida na porta a essa hora, tão tarde! Já deve passar das dez! Será que é o senhor Elliot?" Eles sabiam que o senhor Elliot iria jantar em Lansdown Crescent. Era possível que tivesse parado no caminho de volta para cumprimentá-los. Não conseguiam pensar em mais ninguém. A senhora Clay acreditava que sim, que era a "maneira como o senhor Elliot batia na porta". A senhora Clay estava certa. Com toda a cerimônia que um criado e um garoto de recados podem fazer, o senhor Elliot entrou na sala.

Era o mesmíssimo homem, sem outra diferença senão a roupa. Anne recuou um pouco enquanto os outros recebiam os cumprimentos; e a irmã, as desculpas por se apresentar em um horário tão incomum. Mas "não podia passar tão perto sem entrar para perguntar se ela ou a amiga tinham ficado com frio no dia anterior" etc. Tudo isso foi dito e ouvido com cortesia. Mas a vez de Anne se aproximava. *Sir* Walter falou sobre a filha caçula:

– Senhor Elliot, quero apresentá-lo à minha filha mais nova.

Não se lembrou de Mary, e Anne, sorrindo e corando de um modo que a realçava, apresentou ao senhor Elliot as belas feições que ele não havia esquecido de maneira nenhuma, e viu, no mesmo segundo, divertida, a surpresa que demonstrou, que não tinha suspeitado antes quem ela era. Pareceu muito surpreso, mas também muito satisfeito. Seus olhos iluminaram-se e, com o maior entusiasmo, celebrou a reunião, aludindo ao passado e dizendo que poderia ser considerado um velho conhecido. Era tão bonito quanto havia parecido em Lyme, e suas feições melhoraram quando falou. Suas maneiras eram apropriadas, tão educadas, tão fáceis, tão agradáveis, que só podiam ser comparadas às de outra pessoa. Eles não eram iguais, mas eram igualmente bons.

Sentou-se com eles, e a conversa melhorou de imediato. Não havia dúvida de que era um homem inteligente. Dez minutos foram suficientes para confirmar isso. Seu tom, sua expressão, a escolha do assunto, seu conhecimento de até onde deveria chegar eram o resultado de uma mente inteligente e esclarecida. Assim que pôde, começou a falar com ela sobre Lyme, querendo trocar opiniões sobre o lugar, mas, sobretudo, ansioso para comentar o fato de terem sido hóspedes da mesma pousada e ao mesmo tempo. Falou sobre o caminho que percorreu, quis conhecer um pouco do dela e lamentou ter perdido tamanha oportunidade de prestar seus respeitos naquela ocasião. Ela resumiu sua estadia e seus assuntos em Lyme. A tristeza dele aumentou quando soube os detalhes. Tinha passado uma tarde solitária no quarto ao lado do deles. Ouvira vozes alegres. Havia pensado que deveriam ser pessoas encantadoras e quis conversar com eles. E tudo isso sem a menor suspeita de que tinha o direito de ser apresentado. Se tivesse perguntado quem eram! O nome Musgrove teria sido suficiente! "Bem, isso serviria para curá-lo do terrível hábito de nunca fazer perguntas em uma pousada, um costume que tinha adotado desde muito jovem, achando que não era gentil ser curioso".

– Acredito que as noções de um jovem de 21 ou 22 anos, em termos de boas maneiras para ser um perfeito cavalheiro, são mais absurdas do que as de qualquer outra pessoa no mundo. A estupidez dos meios que costumam empregar só pode ser igualada pela tolice dos fins que perseguem.

Mas não podia transmitir os pensamentos somente para Anne, ele sabia disso, e logo estava perdido entre os outros. Só às vezes pôde voltar para Lyme.

No entanto, as perguntas do senhor Elliot logo trouxeram à tona a história do que havia acontecido depois de sua partida. Tendo ouvido algo sobre "um acidente", quis saber o resto. Quando perguntou, *sir* Walter e Elizabeth também quiseram saber, mas a diferença na maneira como faziam era muito evidente. Ela só poderia comparar o senhor Elliot com *lady* Russell, por seu desejo de entender o que havia acontecido e pelo grau em que também parecia entender o quanto sofrera ao presenciar o acidente.

O senhor Elliot ficou uma hora com eles. O pequeno e elegante relógio sobre a lareira bateu as "onze horas com seus toques de prata". O vigia da rua podia ser ouvido ao longe, gritando a mesma informação, antes que o senhor Elliot ou qualquer um na sala achasse que havia passado tanto tempo.

Anne nunca poderia imaginar que a primeira noite em Camden Place seria tão agradável!

## Capítulo 4

Havia algo que Anne, voltando para perto da família, teria ficado mais grata em descobrir, ainda mais do que se o senhor Elliot estivesse apaixonado por Elizabeth, e era o que o pai sentia pela senhora Clay. Depois de ter ficado em casa por algumas horas, estava mais apreensiva com relação a isso. Ao descer para o desjejum na manhã seguinte, descobriu que havia uma intenção razoável da senhora de deixá-los. Achou que a senhora Clay tinha dito algo:

– Agora que Anne está de volta, não sou mais necessária.

Pois Elizabeth sussurrava:

– Não há nenhuma razão, na verdade. Garanto que não encontro nenhuma. Ela não é nada para mim, em comparação com você.

E teve tempo de ouvir o pai dizer:

– Minha cara senhora, isso não pode ser. A senhora ainda não viu nada de Bath. Esteve aqui apenas porque foi necessário. Não deve nos deixar agora. Deve ficar para conhecer a senhora Wallis, a linda senhora Wallis. Por seu refinamento, tenho certeza de que a beleza é sempre um prazer.

Falou com tamanha sinceridade que Anne não ficou surpresa em ver a senhora Clay olhar de relance para Elizabeth e, depois, para ela própria. Poderia parecer um pouco cautelosa, mas Elizabeth certamente não via problema no elogio ao refinamento da senhora Clay. Esta, diante de tais pedidos, não poderia fazer nada senão ceder e prometer ficar.

No decorrer da mesma manhã, Anne ficou sozinha com o pai, que começou a parabenizá-la por seu melhor aspecto. Ele a via "menos magra de corpo, de bochechas. Sua pele, sua aparência melhoraram... O semblante estava mais claro, mais fresco. Estava usando algum produto em especial?".

– Não, nada.
– Nada além de Gowland – supôs o pai.
– Não, absolutamente nada.

Isso o surpreendeu muito, e ele acrescentou:

– Não pode fazer nada melhor do que continuar como está. Está muito bem. Mas eu recomendo o uso de Gowland constantemente durante os meses da primavera. A senhora Clay usou depois da minha recomendação e veja como ela melhorou. Todas suas sardas foram apagadas.

Se Elizabeth tivesse ouvido isso! Tal elogio a teria chocado, ainda mais quando, na opinião de Anne, as sardas estavam no mesmo lugar. Mas é preciso dar oportunidade a tudo. O mal de tal casamento diminuiria se Elizabeth também se casasse. Quanto a Anne, sempre teria a possibilidade de ir morar com *lady* Russell.

A compostura de *lady* Russell e a gentileza de suas maneiras foram submetidas a um teste durante sua permanência em Camden Place. A visão da senhora Clay gozando de tantos favores e de Anne tão negligenciada eram uma provocação sem fim para ela. E a situação incomodava-a muito quando não estava lá, quando tinha tempo para se sentir incomodada, por ser uma pessoa em Bath que bebe água local, lê todas as novas publicações e tem um grande número de conhecidos.

Quando conheceu o senhor Elliot, tornou-se mais caridosa ou mais indiferente com os outros. Aprovou os modos dele de imediato e, ao conversar com o senhor Elliot, logo avistou características sólidas sustentando as superficialidades. Então, a princípio, sentiu-se inclinada a exclamar, como disse a Anne:

– Esse é mesmo o senhor Elliot?

De fato, não conseguia imaginar um homem mais agradável ou digno de estima. Ele reunia tudo: boa compreensão, opiniões corretas, conhecimento do mundo e um coração amoroso. Tinha fortes sentimentos de união e honra familiares, sem nenhuma fraqueza ou orgulho. Vivia com a liberalidade de um homem de fortuna, mas sem desperdício. Fazia julgamentos próprios em todas as coisas essenciais sem desafiar a opinião pública em qualquer ponto do decoro mundano. Era calmo, observador, moderado, sincero. Nunca agiria por impulso ou egoísmo acreditando que o fazia por causa de sentimentos poderosos. Ainda assim, possuía uma sensibilidade para tudo o que fosse gentil ou encantador, e uma admiração por tudo o que pudesse ser estimável na vida doméstica, que pessoas falsamente entusiastas ou de agitações violentas raramente possuem. Estava certa de que o senhor Elliot não tinha sido feliz no casamento. O coronel Wallis disse isso, e *lady* Russell conseguia perceber, mas seu caráter não tinha azedado nem (ela logo começou a suspeitar) o impedia de pensar em uma segunda esposa. A satisfação que o senhor Elliot trazia atenuava a irritação causada pela senhora Clay.

Já fazia alguns anos que Anne soubera que ela e sua excelente amiga podiam discordar às vezes. Por isso, não ficou surpresa que *lady* Russell não tivesse visto nada suspeito ou inconsistente, nada por trás dos motivos aparentes, no grande desejo de reconciliação do senhor Elliot. *Lady* Russell considerava a coisa mais natural do mundo que, em uma fase madura da vida, o senhor Elliot sentisse que seu objeto de maior desejo, e o que a maioria das pessoas sensatas recomendaria, seria uma reconciliação com o chefe da família. Era a coisa mais natural com a passagem do tempo em uma cabeça lúcida e que só tinha errado durante o auge da juventude. Porém, Anne permaneceu sorrindo e, enfim, mencionou Elizabeth. *Lady* Russell ouviu, olhou e respondeu apenas:

– Elizabeth! Bem, o tempo dirá.

Era uma referência ao futuro, e Anne, depois de uma breve observação, entendeu que também deveria se limitar a esperar. Não poderia definir nada por enquanto. Naquela casa, Elizabeth vinha primeiro, e ela estava tão acostumada à reverência geral à "senhorita Elliot", que qualquer atenção particular lhe parecia impossível. Além disso, não deveria ser esquecido que o senhor Elliot era viúvo há apenas sete meses.

Uma pequena demora da parte dele era muito perdoável. De fato, Anne não podia ver a fita negra de luto em volta do chapéu dele sem temer que ela era a que agia de forma indesculpável, atribuindo-lhe tais suposições. Porque o casamento dele, embora infeliz, havia durado tantos anos que ela não conseguia compreender a recuperação tão rápida da terrível impressão de vê-lo terminado para sempre.

Sem importar como tudo aquilo ia acabar, não havia dúvida de que o senhor Elliot era a pessoa mais agradável que conheceram em Bath. Anne não via ninguém como ele, e era uma ótima indulgência conversar sobre Lyme de vez em quando, um lugar que ele, assim como Anne, aparentava ter um desejo vívido de rever, e de conhecer melhor. Comentaram os detalhes de seu primeiro encontro várias vezes. Ele deu a entender que tinha olhado para ela com interesse. Anne lembrava-se bem disso e também do olhar de uma terceira pessoa.

Eles nem sempre estavam de acordo. O respeito do senhor Elliot por posição e parentesco era maior que o dela. Não era apenas complacência, mas uma identificação com o assunto, que fez com que ele pedisse que *sir* Walter e Elizabeth prestassem atenção em assuntos que Anne julgava indigno de entusiasmá-los. Certa manhã, o jornal matinal de Bath anunciou a chegada da viscondessa viúva de Dalrymple e sua filha, a respeitável senhorita Carteret, e toda a comodidade de Camden Place número... desapareceu por vários dias. Porque os Dalrymple (infelizmente, na opinião de Anne) eram primos dos Elliot, e as angústias surgiram ao pensarem em uma apresentação apropriada.

Anne nunca vira o pai e a irmã em contato com a nobreza, e ficou um pouco desanimada. Esperava coisas melhores da alta ideia que eles tinham da própria posição social, e limitou-se a desejar algo que nunca previra: de que tivessem mais orgulho, porque "nossas primas *lady* Dalrymple e a senhorita Carteret", "nossos parentes, os Dalrymple", eram frases que se repetiam todo dia em seu ouvido.

*Sir* Walter já estivera uma vez em companhia do falecido visconde, mas nunca tinha conhecido o resto da família. As dificuldades surgiram no momento de uma completa interrupção na troca de cartas de cortesia, desde a morte do visconde mencionado, que ocorreu ao mesmo tempo em que uma doença perigosa de *sir* Walter tinha feito com que os moradores de Kellynch não enviassem quaisquer condolências. Nenhuma carta de pêsames foi mandada para a Irlanda. O pecado havia sido pago, já que, com a morte de *lady* Elliot, nenhuma carta de condolências chegou a Kellynch e, como resultado, existiam muitas razões para supor que os Dalrymple consideravam a amizade terminada. A questão era como consertar essa situação chata, e serem admitidos como primos outra vez. E era algo que, de forma muito sensata, nem *lady* Russell nem o senhor Elliot consideravam trivial.

– É bom sempre conservar as relações familiares. A boa companhia é sempre digna de ser procurada.

*Lady* Dalrymple havia alugado uma casa em Laura Place por três meses e viveria em grande estilo. Estivera em Bath no ano anterior, e *lady* Russell tinha ouvido falar dela como uma mulher adorável. Seria muito bom se as relações fossem restabelecidas e, se possível, sem falta de decoro por parte dos Elliot.

Porém, *sir* Walter preferiu usar os próprios procedimentos e, por fim, escreveu uma carta muito boa dando uma explicação ampla, expressando pesar e fazendo uma súplica à honrada prima. Nem *lady* Russell nem o senhor Elliot puderam ler a carta, mas ela serviu a seu propósito, trazendo de volta uma nota rabiscada da viscondessa viúva. "Teria muito prazer e honra em encontrá-los". As preocupações acerca do assunto tinham terminado, e era hora de trocar as gentilezas. Visitaram Laura Place e receberam os cartões da viscondessa viúva de Dalrymple e da respeitável senhorita Carteret, que colocaram no local onde ficassem mais visíveis. E "nossas primas em Laura Place", "nossas parentes *lady* Dalrymple e a senhorita Carteret" foram o assunto de todos os comentários.

Anne ficou envergonhada. Mesmo que *lady* Dalrymple e a filha fossem extremamente agradáveis, ainda teria se envergonhado da agitação que criavam, mas elas não eram. Não tinham superioridade de maneiras, de cultura ou de compreensão. *Lady* Dalrymple tinha adquirido a fama de "mulher encantadora" por causa do sorriso gentil e por ser cortês com todo mundo. A senhorita Carteret, de quem se poderia dizer ainda menos, era tão feia e desagradável que nunca teria sido recebida em Camden Place se não fosse por sua posição.

*Lady* Russell confessou que esperava mais, no entanto, "era uma relação que valia a pena ter". Quando Anne ousou emitir sua opinião sobre as duas ao senhor Elliot, ele concordou que, por si mesmas, não valiam muito, mas seguiu afirmando que, como conexão familiar, como boa companhia, como pessoas que conseguem reunir outras boas companhias ao redor, valiam a pena. Anne sorriu e rebateu:

– Minha ideia de boa companhia, senhor Elliot, é a companhia de pessoas inteligentes, bem informadas e que tenham muito a dizer. É o que entendo por boa companhia.

– A senhorita está errada – respondeu ele, de forma gentil. – Essa não é boa companhia. É a melhor. A boa companhia exige apenas berço, educação e boas maneiras, e, no que diz respeito à educação, é necessário muito pouco. O nascimento e as boas maneiras são essenciais, mas um pouco de conhecimento não faz mal a ninguém. Pelo contrário, fazem bem. Minha prima Anne balança a cabeça. Não está satisfeita. Está aborrecida. Minha querida prima, a senhorita tem mais direito de ser desdenhosa do que qualquer outra mulher que eu conheço – acrescentou, sentando-se ao seu lado. – Mas o que ganha com isso? Isso a fará feliz? Não é mais sábio aceitar a companhia dessas senhoras de Laura Place e aproveitar as vantagens dessa relação enquanto for possível? A senhorita pode ter certeza de que os setores de mais alta classe estarão com elas em Bath neste inverno, e posição social é sempre bom. O fato de serem parentes contribuirá para colocar sua família, nossa família, no lugar que ela merece.

– Sim – afirmou Anne. – Todos vão saber que somos parentes delas! – então, recompondo-se e não querendo uma resposta, acrescentou: – A verdade é que acho que tem sido muito incômodo correr atrás desse relacionamento. Acho que tenho mais orgulho do que qualquer um de vocês, mas confesso que me incomoda que tenhamos desejado tanto esse relacionamento, quando somos perfeitamente indiferentes para elas – acrescentou com um sorriso.

– Desculpe, minha querida prima, mas a senhorita é injusta em suas suposições. Talvez em Londres, com seu modo de vida tranquilo, a senhorita poderia afirmar isso, mas em Bath, *sir* Walter Elliot e sua família sempre serão dignos de serem conhecidos. Sempre serão uma companhia muito apreciada.

– Bem, sou orgulhosa, orgulhosa demais, para desfrutar de uma amizade que depende do lugar em que estamos – disse Anne.

– Aprovo sua indignação – concordou ele. – É natural. Mas vocês estão em Bath, e o que importa é possuir todo o crédito e a dignidade que *sir* Walter Elliot merece. A senhorita fala de orgulho. Eu sou considerado orgulhoso, e gosto de ser, porque nosso orgulho, no fundo, é igual, não duvido, embora nas aparências pareçam diferentes. Em uma coisa, minha querida prima... – continuou, falando baixo, apesar de não ter mais ninguém na sala. – Em uma coisa tenho certeza: de que nossos sentimentos se assemelham. Sentimos que qualquer nova amizade para seu pai, entre seus pares ou superiores, que possa distrair seus pensamentos de quem está abaixo dele, deve ser bem-vinda.

Enquanto falava, olhou para o lugar que a senhora Clay vinha ocupando. Era uma perfeita explicação para o que ele queria dizer. E, embora Anne não achasse que tinham o mesmo orgulho, ficou satisfeita por ele também não gostar da senhora Clay. E sua consciência admitiu que o desejo do senhor Elliot de que seu pai conhecesse novas pessoas era mais do que aceitável para derrotar aquela mulher.

# Capítulo 5

Enquanto *sir* Walter e Elizabeth frequentemente tentavam a sorte em Laura Place, Anne renovava um relacionamento antigo e muito diferente. Tinha visitado a antiga tutora e soube, por meio dela, que uma antiga colega da escola estava em Bath, algo que chamou sua atenção por ter sido gentil com ela no passado e por estar sofrendo neste momento.

A senhorita Hamilton, agora senhora Smith, tinha sido carinhosa com ela em um daqueles momentos em que esse tipo de gesto é mais apreciado. Anne tinha chegado muito triste ao colégio, angustiada pela perda da tão amada mãe, sofrendo por estar longe de casa e pela grande sensibilidade e falta de animação de uma menina de 14 anos em um momento como aquele. E a senhorita Hamilton, que era três anos mais velha que ela e iria permanecer na escola por mais um ano, devido à falta de parentes e um lar estável, havia sido prestativa e gentil com Anne, mitigando sua dor de uma maneira que nunca poderia esquecer.

A senhorita Hamilton havia deixado a escola e se casado pouco depois – dizia-se, com um homem rico. E isso era tudo o que Anne sabia dela, até o relato da tutora trazer à tona a história de maneira mais decidida, mas também bastante diferente.

Agora, ela era viúva e pobre. O marido fora extravagante e, quando morreu, o que tinha acontecido dois anos antes, deixara os negócios em má situação. Ela passou por dificuldades de todo tipo e, além desses inconvenientes, foi acometida por uma febre reumática severa, que, por fim, instalou-se em suas pernas, deixando-a, por ora, aleijada. Tinha vindo a Bath por esse motivo, e estava hospedada perto dos banhos quentes, vivendo de maneira muito modesta, sem poder pagar nem mesmo o conforto de uma empregada e, é claro, quase à margem da sociedade.

A amiga em comum garantiu que uma visita da senhorita Elliot daria muita satisfação à senhora Smith. Por isso, Anne não demorou em fazê-la. Em casa, não disse nada do que tinha ouvido e do que pensava em fazer. Não despertaria ali o interesse que devia. Só consultou *lady* Russell, que entendeu perfeitamente seus sentimentos e teve o prazer de levá-la o mais próximo possível da casa da senhora Smith em Westgate Buildings.

A visita foi feita, as relações foram restabelecidas, o interesse foi recíproco. Os primeiros dez minutos foram embaraçosos e emocionantes. Doze anos tinham se passado desde a separação das duas, e cada uma era uma pessoa diferente do que a outra imaginava. Doze anos tinham transformado Anne da promissora e silenciosa moça de 15 anos em uma elegante mulher de 27, com toda a beleza, apesar da falta de frescor, e as maneiras corretas e gentis. E 12 anos haviam feito da bela e já adulta senhorita Hamilton, na época em todo o auge de saúde e confiança de sua superioridade, em uma viúva pobre, fraca e abandonada, que recebia a visita da antiga protegida como um favor. Mas tudo o que foi desconfortável no encontro terminou logo e só restou o encanto de lembrar e falar sobre os tempos passados.

Anne encontrou na senhora Smith o bom julgamento e as maneiras agradáveis já conhecidas, e uma vontade de falar e ser alegre, que realmente a surpreenderam. Nem os desperdícios do passado – e ela gastara muito –, nem as restrições do presente, nem a doença, nem a tristeza pareciam ter entorpecido seu coração ou arruinado seu espírito.

No decorrer de uma segunda visita, a senhora Smith falou com grande franqueza, e o espanto de Anne aumentou. É difícil imaginar uma situação menos agradável do que a da senhora Smith. Tinha amado muito o marido e o vira morrer. Tinha conhecido a opulência. Agora, não restava mais nada. Não tinha filhos para estar unida à vida e à felicidade outra vez. Não tinha parentes para ajudá-la na organização dos negócios complexos, nem saúde para tornar tudo isso mais suportável. Seus aposentos eram uma sala barulhenta e um quarto escuro atrás. Não podia passar de um ao outro sem ajuda, e só havia uma empregada na casa que pudesse pagar. Nunca saía da casa, exceto para ser levada aos banhos quentes. Apesar disso, Anne não se enganava ao acreditar que tinha poucos momentos de tristeza e desânimo no meio de horas agitadas e felizes. Como isso poderia ser possível? Ela olhou, observou, refletiu e, enfim, concluiu que aquilo não passava de um caso de força ou resignação. Um espírito submisso pode ser paciente. Uma forte compreensão pode dar resolução, mas aqui havia outra coisa. Aqui, havia um pensamento leve, vontade de consolar-se, poder de transformar rapidamente o mal em bem e de se interessar por tudo o que vinha como um presente da natureza, o que a distraía de si. Era este o presente mais precioso do céu, e Anne viu na amiga um daqueles exemplos maravilhosos que parecem servir para mitigar qualquer frustração.

A senhora Smith confessou que seu espírito só havia vacilado uma vez. Não podia ser chamada de inválida agora, se comparada com o estado em que estava quando chegou a Bath. Naquele momento, de fato, alguém digno de compaixão, porque tinha contraído um resfriado na viagem e mal tomara posse de seus aposentos quando ficou confinada à cama com dores fortes e constantes. Tudo isso entre estranhos, precisando muito de uma enfermeira, e não conseguindo, porque as finanças daquele momento eram bastante impróprias para atender a qualquer despesa fora do comum. De alguma forma, havia suportado, e poderia afirmar que o episódio lhe fizera bem. Tinha aumentado seu bem-estar ao sentir-se em boas mãos. Conhecia muito do mundo para esperar uma ajuda súbita ou desinteressada de alguém, mas sua doença havia mostrado o caráter da dona do alojamento, e que ela não se aproveitaria de sua enfermidade. Também teve a sorte de que a irmã da dona, enfermeira por profissão e sempre em casa quando suas obrigações permitiam, estava livre nos momentos em que ela precisou de ajuda.

# Persuasão

– Além de cuidar de mim muito bem, ensinou-me coisas inestimáveis – disse a senhora Smith. – Assim que pude usar as mãos, ela me ensinou a tecer, o que tem sido um grande entretenimento. Ensinou-me a fazer essas caixas para guardar agulhas, almofadas de alfinetes, porta-cartões, coisas que sempre me deixarão ocupada, e me garantem os meios para ser útil para uma ou duas famílias pobres deste bairro. Por causa de sua profissão, ela conhece muita gente. Conhece quem tem condição de comprar, então vende minha mercadoria. Escolhe sempre o momento certo. O coração de todos está mais aberto depois de ter escapado de grandes dores e adquirido a bênção da saúde outra vez, e a enfermeira Rooke sabe bem quando é hora de falar. É uma mulher sagaz, inteligente e sensível. Sua profissão permite conhecer a natureza humana e tem uma base de bom senso e o dom da observação que a tornam uma companhia infinitamente superior à de muitas pessoas que receberam apenas "a melhor educação do mundo", mas, na verdade, não sabem de nada que valha a pena saber. Chame de fofoca, se quiser, mas, quando a enfermeira Rooke vem passar meia hora comigo, sempre tem algo útil e divertido para me contar. Algo que me faz pensar melhor sobre as pessoas. Queremos saber o que está acontecendo, estar ciente das novas maneiras de ser tola e trivial usadas no mundo. Para mim, que vivo tão sozinha, a conversa dela é um presente.

Anne, querendo saber mais sobre esse prazer, disse:

– Acredito na senhora. Mulheres deste tipo têm muitas oportunidades e, se forem inteligentes, vale a pena ouvi-las. Elas testemunham tantas manifestações da natureza humana! E sua experiência não se limita às besteiras, pois elas a veem também sob circunstâncias que podem ser interessantes ou comoventes. Quantos exemplos devem ver de abnegação ardente e altruísta, de heroísmo, de força, de paciência, de resignação! Todo conflito e todo sacrifício que mais nos enobrecem. O quarto de uma pessoa doente pode, com frequência, valer mais do que muitos livros.

– Sim, acontece, às vezes, embora eu tema que a maioria dessas manifestações não seja tão elevada quanto a senhorita imagina – disse, duvidando, a senhora Smith. – Algumas horas, a natureza humana pode ser grande nos momentos de provação, mas, no geral, as fraquezas tendem a prevalecer em vez da força no quarto de uma pessoa doente. É o egoísmo e a impaciência, mais que a generosidade e a força, que são vistos. Tão incomum é a amizade verdadeira no mundo! E, infelizmente, há tantos que se esquecem de pensar de forma séria antes de ser tarde demais – acrescentou baixinho, com a voz trêmula.

Anne entendeu a infelicidade desses sentimentos. O marido não tinha sido o que devia e deixara a esposa entre aquelas pessoas que a faziam pensar o pior do mundo do que ela achava que este merecia. Porém, esse momento de emoção foi passageiro. A senhora Smith mudou de assunto e logo acrescentou em um tom diferente:

– Duvido que a situação que minha amiga, a senhora Rooke, enfrenta no presente sirva de entretenimento ou de lição para mim. Ela apenas atende a senhora Wallis de Marlborough Buildings. Uma mera mulher bonita, boba, gastadora e elegante, eu acho, e, é claro, nada poderá me contar de importante, a não ser coisas sobre rendas e bugigangas. No entanto, talvez eu possa obter algum benefício da senhora Wallis. Ela tem muito dinheiro, e pretendo que compre todas as coisas caras que tenho agora em minhas mãos.

Anne visitou a amiga várias vezes antes de que suspeitassem de sua existência em Camden Place. Por fim, foi necessário falar sobre ela. *Sir* Walter, Elizabeth e a senhora Clay voltavam certa manhã de Laura Place com um súbito convite da senhora Dalrymple para aquela mesma noite, mas Anne já estava comprometida a ir para Westgate Buildings. Ela não se lamentava de ter uma desculpa. Tinha certeza de que só tinham sido convidados porque *lady* Dalrymple, que não podia sair de casa por um sério resfriado, pensava em usar a amizade daqueles que tanto haviam procurado por ela. Por isso, Anne apressou-se em recusar com grande entusiasmo:

– Prometi passar a noite com uma velha colega de escola.

Eles não estavam interessados em nada relacionado com Anne, mas ainda assim fizeram perguntas mais do que suficientes para descobrir quem era essa antiga colega. Elizabeth expressou desdém e *sir* Walter ficou sério.

– Westgate Buildings! – exclamou. – E quem a senhorita Anne Elliot poderia visitar em Westgate Buildings?
– A senhora Smith, uma viúva chamada senhora Smith.
– E quem foi o marido dela?
– Um dos milhares de senhores Smith encontrados em todo lugar.
– Quais atrativos ela tem?
– Está velha e doente.
– Palavra de honra, senhorita Anne Elliot... A senhorita é dona dos gostos mais peculiares. Tudo o que as outras pessoas não gostam, como gente inferior, aposentos medíocres, ar viciado, relacionamentos desagradáveis, a senhorita aprecia. Mas talvez possa adiar a visita a essa senhora até amanhã. Acredito que ela não esteja tão perto de morrer que a senhorita não possa deixar a visita para outro dia. Qual a idade dela? Quarenta?
– Não, senhor. Ainda não tem 31 anos. Mas não acho que posso adiar meu compromisso, porque é a única noite em muito tempo conveniente para as duas. Ela tomará seus banhos quentes amanhã e nós, bem, o senhor sabe, já estamos comprometidos pelo resto da semana.
– Mas o que *lady* Russell acha desse relacionamento? – perguntou Elizabeth.
– Não vê nada de repreensível nele – respondeu Anne. – Pelo contrário, ela o aprova, e quase sempre me levou quando fui visitar a senhora Smith.
– Westgate Buildings deve se surpreender ao ver uma carruagem passando pela rua – observou *sir* Walter. – A viúva de *sir* Henry Russell, de fato, não tem armas para enfeitar o brasão, mas, apesar disso, é uma bela carruagem, sem dúvida digna de levar a senhorita Elliot. Uma viúva chamada senhora Smith, que mora em Westgate Buildings! Uma pobre viúva com poucos recursos, que tem entre 30 e 40 anos! Uma simples e comum senhora Smith, entre todas as pessoas e todos os nomes no mundo, escolhida como amiga da senhorita Anne Elliot e preferida por esta às suas relações familiares da nobreza inglesa e irlandesa! A senhora Smith! Que nome!

A senhora Clay, que havia testemunhado toda a cena, julgou prudente deixar a sala naquele momento, e Anne, em defesa da amiga, teria desejado fazer alguns comentários sobre a grande semelhança entre as reivindicações da senhora Smith e a deles próprios, mas a noção de respeito natural pelo pai a conteve. Não respondeu. Deixou que ele entendesse sozinho que a senhora Smith não era a única viúva em Bath entre 30 e 40 anos de idade, com poucos meios e nenhum nome distinto.

Anne honrou seu compromisso, os outros honraram o deles e, é claro, ela teve de ouvir na manhã seguinte que tinham passado uma noite adorável. Anne tinha sido a única ausente. *Sir* Walter e Elizabeth não só se colocaram ao dispor de *lady* Dalrymple, como ainda se alegraram em ser designados por ela para buscar outras pessoas, incomodando-se em convidar *lady* Russell e o senhor Elliot. E este tinha deixado cedo o coronel Wallis, e *lady* Russell havia terminado os compromissos mais cedo para comparecer. Anne ficou sabendo, por meio de *lady* Russell, de todos os detalhes que tal noite poderia proporcionar. Para Anne, o mais importante foi ter sido grande objeto de conversa entre a amiga e o senhor Elliot, sua presença ter sido desejada; sua ausência, lamentada; e, ao mesmo tempo, honrada por não ir em tal situação. As amáveis e compassivas visitas à antiga colega de escola, doente e aleijada, pareciam ter encantado o senhor Elliot. Este acreditava que era uma jovem extraordinária, em suas maneiras, seu caráter e sua alma, um excelente modelo de feminilidade. Ele poderia até se desentender com *lady* Russell em uma discussão sobre os méritos de Anne; e ela não conseguia ouvir tanto da amiga, não era capaz de se reconhecer sendo tão bem avaliada por um homem sensato, sem muitas daquelas agradáveis sensações que a amiga pretendia criar.

*Lady* Russell já tinha uma opinião muito firme sobre o senhor Elliot. Estava convencida de que ele desejava conquistar Anne e não duvidava de que a merecia. Por isso, começou a calcular a quantidade de semanas que ele demoraria para se livrar dos laços de viuvez e luto, para poder usar abertamente seus atrativos e conquistar a jovem. Não disse para Anne tão abertamente como via o assunto. Só fez algumas insinuações do que aconteceria em breve, isto é, de que ele se apaixonaria e, como tal aliança era conveniente, supondo que fosse real e recíproca. Anne ouviu-a sem fazer nenhuma exclamação imoderada. Apenas sorriu, corou e assentiu um pouco com a cabeça.

– Não sou casamenteira, como você bem sabe, pois conheço muito bem a incerteza de todos os eventos e cálculos humanos – disse *lady* Russell. – Só estou dizendo que, se alguma vez o senhor Elliot se declarar e você aceitar, eu acho que terão a possibilidade de serem felizes juntos. Será uma união desejada por todos, e, na minha opinião, será uma união feliz.

– O senhor Elliot é um homem muito agradável e, em muitos aspectos, tenho uma boa opinião sobre ele – disse Anne. – Mas acho que não temos gostos parecidos.

*Lady* Russell não disse nada sobre isso e continuou:

– Gostaria de vê-la como a futura *lady* Elliot, a senhora de Kellynch, ocupando a mansão que foi de sua mãe, herdando todos seus direitos, sua popularidade, assim como todas as suas virtudes. Isso seria uma grande recompensa para mim. Você é idêntica à sua mãe, no caráter e no físico. Se pudesse imaginá-la ocupando o lugar dela, o nome dela, a casa dela... Dirigindo e abençoando o mesmo lugar, só superior a ela por ser mais apreciada... Minha querida Anne, isso me deixaria mais feliz do que qualquer outra coisa no mundo.

Anne foi forçada a se levantar, caminhar até uma mesa distante e fingir estar ocupada com algo para esconder os sentimentos que aquela imagem despertara nela. Por alguns momentos, seu coração e sua imaginação ficaram fascinados. A ideia de se tornar o que a mãe tinha sido, de ter o belo nome de "*Lady* Elliot" revivido nela, de voltar para Kellynch, de chamá-lo de lar outra vez, sua casa para sempre, tinha um charme inegável para ela. *Lady* Russell não disse mais nada, deixando que a questão se resolvesse sozinha e imaginando se o senhor Elliot pudesse, naquele momento, falar o que sentia com propriedade! Resumindo, ela acreditava no que Anne não acreditava. A mesma imagem do senhor Elliot confessando o que sentia trouxe Anne para a realidade. O encanto de Kellynch e de "*lady* Elliot" desapareceram. Nunca poderia aceitá-lo.

E não era só devido ao fato de seus sentimentos serem avessos a todos os homens, com exceção de um. Seu julgamento, ao considerar friamente as possibilidades desse caso, condenava o senhor Elliot.

Apesar de conhecê-lo há mais de um mês, não podia afirmar que conhecia bem seu caráter. Que era um homem inteligente e agradável, que falava bem, que suas opiniões eram sensatas, que seus julgamentos eram corretos e que tinha princípios, tudo isso era indiscutível. Certamente, sabia o que era bom, e Anne não podia encontrar defeitos nele em nenhum aspecto de seus deveres morais. Apesar disso, não poderia garantir sua conduta. Desconfiava do passado, já que não podia desconfiar do presente. Os nomes de antigos conhecidos, mencionados de passagem, as alusões a costumes e propósitos antigos sugeriam opiniões desfavoráveis sobre o que ele havia sido. Estava claro que tivera maus hábitos: as viagens de domingo foram comuns. Houve um período em sua vida (provavelmente, nada curto) em que fora negligente em todos os assuntos sérios e, embora agora pensasse de outra maneira, quem poderia responder pelos verdadeiros sentimentos de um homem hábil e cauteloso, maduro o suficiente para apreciar um belo caráter? Como poderia ter certeza de que sua alma estava mesmo limpa?

O senhor Elliot era racional, discreto, cortês, mas não era franco. Nunca transpareceu nenhum sentimento, seja de indignação ou de prazer, pela boa ou pela má conduta dos outros. Isso, para Anne, era um grande defeito. Suas primeiras impressões eram duradouras. Ela apreciava a franqueza, o coração aberto, o caráter impaciente, antes de tudo. O calor e o entusiasmo ainda a cativavam. Ela sentia que podia confiar muito mais na sinceridade daqueles que, em alguma ocasião, podiam dizer algo descuidado ou precipitado do que naqueles cuja presença de espírito nunca sofria alterações, cuja língua nunca escorregava.

O senhor Elliot era agradável demais com todos. Apesar do caráter variado das pessoas que moravam na casa de seu pai, todos gostavam dele. Ele se dava muito bem, entendia-se maravilhosamente com todo mundo. Tinha falado com ela com alguma franqueza sobre a senhora Clay. Parecia entender as intenções daquela mulher e havia expressado seu desprezo por ela. No entanto, a senhora Clay estava encantada com ele.

*Lady* Russell enxergava algo a menos ou a mais que a jovem amiga, pois não observava nada que pudesse inspirar desconfiança. Não conseguia encontrar um homem mais perfeito do que o senhor Elliot, e seu maior desejo era vê-lo receber a mão de sua amada Anne Elliot, na capela de Kellynch, no próximo outono.

## Capítulo 6

Era início de fevereiro, e Anne, depois de um mês em Bath, estava ficando impaciente para receber notícias de Uppercross e Lyme. Queria saber mais do que as comunicações de Mary podiam informar. Não sabia quase nada há três semanas. Só sabia que Henrietta estava em casa de novo e que Louisa, embora se recuperasse depressa, ainda se encontrava em Lyme. E, certa tarde, pensava intensamente nelas quando uma carta de Mary, mais pesada do que o habitual, foi entregue a ela e, para aumentar o prazer e a surpresa, com as saudações do almirante e da senhora Croft.

Os Croft deviam estar em Bath! Uma situação que a interessava. Eles eram pessoas pelas quais seu coração se sentia naturalmente atraído.

– O que é isso? – indagou *sir* Walter. – Os Croft chegaram a Bath? Os Croft que alugaram a propriedade de Kellynch? O que lhe entregaram?

– Uma carta de Uppercross, senhor.

– Ah, essas cartas são passaportes convenientes... Garantem uma apresentação. De qualquer forma, eu deveria ter visitado o almirante Croft. Sei o que devo a meu inquilino.

Anne não conseguia mais ouvir, nem sequer saberia dizer o que o pai falou, sobre a pele do pobre almirante. A carta era o centro de suas atenções. Tinha sido começada vários dias antes:

# Persuasão

*1º de fevereiro*

Minha querida Anne,

    Não peço desculpas por meu silêncio, porque sei como as pessoas menosprezam as cartas em um lugar como Bath. Você deve estar muito feliz para se preocupar com Uppercross. Afinal, sobre isso, como você bem sabe, há muito pouco a ser dito. Tivemos um Natal muito chato. O senhor e a senhora Musgrove não deram um único jantar durante todo o período de festas. Não considero muito os Hayter. Mas as festas, enfim, terminaram: acho que nenhuma criança teve férias tão longas. Tenho certeza de que eu não tive. A casa ficou vazia ontem, com exceção dos pequenos Harville. Ficará surpresa ao saber que, durante todo esse tempo, eles não foram para casa. A senhora Harville deve ser uma mãe muito estranha para se separar deles por tanto tempo assim. Não consigo compreender isso. Na minha opinião, essas crianças não são nada agradáveis, mas a senhora Musgrove parece gostar deles tanto ou talvez mais do que de seus netos. Que clima terrível tivemos! Talvez não tenham sentido isso em Bath, devido ao calçamento agradável, mas, no campo, foi bastante ruim. Nem uma única alma veio me visitar desde a segunda semana de janeiro, com exceção de Charles Hayter, que veio mais do que o desejado. Entre nós, acho uma pena que Henrietta não tenha ficado em Lyme tanto tempo quanto Louisa. Isso a teria mantido um pouco longe dele. A carruagem partiu para amanhã trazer Louisa e os Harville. Mas só vamos jantar com eles um dia depois, porque a senhora Musgrove teme que a viagem seja muito cansativa para Louisa. Isso é improvável, considerando os cuidados que terão com ela. Por outro lado, teria sido muito melhor para mim jantar com eles amanhã. Estou feliz que tenha gostado do senhor Elliot e eu também gostaria de conhecê-lo. Mas minha sorte é assim: estou sempre longe quando há algo interessante acontecendo. Sou sempre a última da família a saber! Quanto tempo a senhora Clay está passando com Elizabeth! Será que ela pretende ir embora algum dia? No entanto, se ela fosse deixar o quarto vazio, provavelmente não seríamos convidados. Diga o que *acha disso. Não espero que meus filhos sejam convidados, sabe? Posso deixá-los perfeitamente na Casa Grande por um mês ou seis semanas. Neste momento, ouço que os Croft vão agora mesmo para Bath. Eles acham que o almirante tem gota. Charles ficou sabendo disso por acaso. Não tiveram a delicadeza de me avisar ou se oferecer para levar algo. Não acho que melhoraram como vizinhos. Raramente os vemos, e esse é um exemplo sério de negligência. Charles une suas afeições às minhas. Com todo nosso carinho,*

*Mary M.*

*Lamento dizer que estou muito longe de estar bem, e Jemima acabou de me contar que o açougueiro lhe disse que há muita dor de garganta se espalhando por aqui. Imagino que vou pegá-la, e você bem sabe que sofro da garganta mais do que qualquer outra pessoa.*

Assim terminava a primeira parte, que fora colocada em um envelope contendo muito mais:

*Deixei a carta aberta, para poder contar como Louisa chegou, e estou feliz por ter feito isso, porque tenho muito mais coisas para lhe contar. Em primeiro lugar, recebi um bilhete da senhora Croft ontem, oferecendo-se para levar o que eu quisesse mandar para você. Na verdade, um bilhete muito cortês e amigável, dirigido a mim, como correspondia. Por isso, posso escrever tanto quanto gostaria. O almirante não parece muito doente, e faço os sinceros votos de que Bath faça bem a ele. Realmente, ficarei feliz em vê-los de volta. Nossa vizinhança não pode perder essa família tão agradável. Vamos falar agora sobre a Louisa. Tenho que comunicar algo que irá surpreendê-la, e não é pouco. Ela e os Harville chegaram na terça-feira perfeitamente bem, e à tarde fomos perguntar como ela estava, pois ficamos surpresos de não encontrar o capitão Benwick na comitiva. Afinal, ele fora convidado, assim como os Harville. E você sabe qual é o motivo? Nem mais nem menos porque se apaixonou por Louisa e não quer vir a Uppercross sem ter uma resposta do senhor Musgrove, já que, entre os dois, já estava tudo resolvido antes da volta dela, e ele escreveu ao pai dela por meio do capitão Harville. Tudo isso é verdade, palavra de honra! Você está atordoada? Eu ficaria surpresa se alguma vez você tiver suspeitado de algo, porque eu nunca suspeitei. A senhora Musgrove afirma que nunca soube nada a respeito. Mas estamos muito satisfeitos porque, embora não seja o mesmo que casar com o capitão Wentworth, é infinitamente melhor do que Charles Hayter. O senhor Musgrove escreveu dando seu consentimento e estamos esperando o capitão Benwick hoje. A senhora Harville diz que o marido está muito sentido pela pobre irmã dele, mas, de qualquer forma, Louisa é muito querida por ambos. Na verdade, eu e a senhora Harville concordamos que guardamos ainda mais carinho por Louisa pelo fato de termos cuidado dela. Charles pergunta-se sobre o que o capitão Wentworth dirá, mas, se tiver memória, você lembrará que nunca achei que ele estivesse apaixonado por Louisa. Nunca consegui ver nada parecido. E você pode imaginar que também é o fim de qualquer dúvida se o capitão Benwick tinha sido um admirador seu. Como Charles pôde acreditar em tal coisa é algo que não entendo. Espero que ele seja um pouco mais gentil agora. Com certeza, não será um grande casamento para Louisa Musgrove, mas, mesmo assim, é um milhão de vezes melhor do que se casar com um dos Hayter.*

Mary tinha acertado ao imaginar que a irmã não estava nem um pouco preparada para essa notícia. Nunca em sua vida ficou tão chocada. O capitão Benwick e Louisa Musgrove! Era maravilhoso demais para acreditar. E foi com muito esforço que conseguiu permanecer no quarto, manter um ar calmo e responder às perguntas do momento. A sorte de Anne é que foram poucas. *Sir* Walter queria saber se os Croft estavam viajando com quatro cavalos e se ficariam em algum lugar em Bath que permitisse a visita dele e da senhorita Elliot. Era o único que parecia interessá-lo.

– Como está Mary? – perguntou Elizabeth. E, sem esperar pela resposta, acrescentou: – E o que traz os Croft a Bath?

– Eles vêm por causa do almirante. Está com suspeita de gota.

– Gota e decrepitude – comentou *sir* Walter. – Pobre cavalheiro!

– Eles têm algum conhecido aqui? – indagou Elizabeth.

– Não sei, mas imagino que um homem da idade e da profissão do almirante Croft tenha poucos conhecidos em um lugar como este.

– Suspeito de que o almirante Croft deva ser mais conhecido em Bath como o inquilino de Kellynch – disse *sir* Walter, em um tom frio.

– Elizabeth, acha que podemos nos aventurar a apresentar o almirante e a esposa em Laura Place?

– Ah, não! Acho que não. Em nossa situação de primos de *lady* Dalrymple, devemos tomar muito cuidado para não apresentar ninguém que ela possa desaprovar. Se não fôssemos parentes dela, não importaria, mas, como somos primos, ela seria escrupulosa quanto a qualquer proposta que fizermos. É melhor deixarmos os Croft encontrarem sozinhos pessoas do nível deles. Há muitos idosos desagradáveis que, segundo ouvi dizer, são marinheiros. Os Croft poderão se relacionar com eles.

Esse era todo o interesse que o pai e a irmã tiveram pela carta. Depois que a senhora Clay também interveio, mas de forma mais atenciosa, perguntando pela senhora Charles Musgrove e seus lindos filhos, Anne libertou-se.

Quando estava sozinha em seu quarto, tentou entender o que havia acontecido. Claro que podia imaginar Charles perguntando-se sobre o que o capitão Wentworth iria sentir! Talvez tivesse abandonado o campo de batalha, desistido de Louisa, desistido de amá-la. Talvez tivesse descoberto que não a amava. Não podia suportar a ideia de traição, leviandade ou algo parecido entre ele e o amigo. Não podia imaginar que uma amizade como a deles poderia dar lugar a qualquer comportamento injusto.

O capitão Benwick e Louisa Musgrove! A alegre e faladeira Louisa Musgrove e o leitor abatido, pensativo e sentimental, capitão Benwick, pareciam as pessoas menos indicadas uma para a outra. Dois temperamentos tão diferentes! Em que pode ter consistido a atração? A resposta logo surgiu: foi a situação. Estiveram juntos por várias semanas, vivendo no mesmo pequeno círculo familiar. Desde o retorno de Henrietta, devem ter dependido quase exclusivamente um do outro, e Louisa, recuperando-se de sua doença, estaria mais interessante, e o capitão Benwick não estava inconsolável. Disso, Anne já tinha suspeitado antes e, em vez de tirar dos atuais eventos a mesma conclusão que Mary, estes só serviram para confirmar a ideia de que Benwick havia sentido certa ternura por ela. No entanto, não pretendia extrair muito mais da situação para satisfazer sua vaidade do que Mary teria permitido. Estava convencida de que qualquer jovem agradável que o tivesse ouvido e entendido teria despertado nele os mesmos sentimentos. O capitão Benwick tinha um coração afetuoso, e era natural que amasse alguém.

Não via nenhum motivo para que não fossem felizes. Para começar, Louisa tinha entusiasmo por coisas navais, e logo seus gostos se tornariam mais parecidos. Ele iria adquirir alegria, e ela aprenderia a apreciar Lord Byron e Walter Scott. Não, isso já tinha acontecido, sem dúvida. Com certeza, tinham se apaixonado lendo versos. A ideia de que Louisa Musgrove pudesse se tornar uma pessoa reflexiva e de refinado gosto literário era, de fato, bastante cômica, mas não havia dúvidas de que isso aconteceria. Aquele dia em Lyme e a queda no quebra-mar poderiam ter influenciado sua saúde, seus nervos, sua coragem e seu caráter até o fim de sua vida, tanto quanto pareciam ter influenciado em seu destino.

Pode-se concluir que, se a mulher que se mostrara sensível aos méritos do capitão Wentworth pudesse se permitir preferir outro homem, não haveria nada no noivado a causar surpresa duradoura. E, se o capitão Wentworth não havia perdido um amigo, com certeza não havia nada a lamentar. Não, não era o lamento que fazia o coração de Anne bater mais forte e o rosto ficar vermelho ao pensar em um capitão Wentworth descompromissado e livre. Sentia certas coisas que estava com vergonha de examinar. Elas pareciam ser uma alegria grande e insensata!

Queria ver os Croft, mas, quando os encontrou, percebeu que eles ainda não sabiam das novidades. A visita cerimonial foi feita e devolvida, e Louisa Musgrove e o capitão Benwick foram mencionados, mas sem nem um sorriso.

Os Croft tinham se hospedado na rua Gay, para a grande satisfação de *sir* Walter. Ele não estava nem um pouco envergonhado de tal relacionamento. E, de fato, falava e pensava mais no almirante do que este jamais pensou ou falou sobre ele.

Os Croft conheciam tantas pessoas em Bath quanto desejavam, e consideravam a relação com os Elliot uma questão de pura cerimônia, o que não lhes proporcionava nenhum prazer. Tinham o hábito camponês de estar quase sempre juntos. O almirante fora aconselhado a caminhar para lutar contra a gota, e a senhora Croft parecia compartilhar tudo com ele. Caminhar com a esposa parecia fazer bem ao almirante. Anne via-os em todos os lugares. *Lady* Russell levava-a em sua carruagem quase todas as manhãs, e Anne nunca parava de pensar neles e de encontrá-los. Conhecendo os sentimentos que nutriam um pelo outro, considerava os Croft como a imagem mais atraente da felicidade. Ela os contemplava o máximo possível e se deliciava imaginando entender o que os dois estavam falando enquanto caminhavam sozinhos e livres. Da mesma forma, amava o caloroso aperto de mão do almirante quando encontrava um velho amigo, e observava a veemência da conversa até formar um pequeno grupo de oficiais da Marinha, no qual a senhora Croft parecia tão inteligente e sagaz quanto qualquer um deles.

Anne estava muito ocupada com *lady* Russell para fazer caminhadas por conta própria, mas, apesar disso, aconteceu que, certa manhã, cerca de uma semana ou dez dias depois da chegada dos Croft, ela decidiu deixar a amiga e a carruagem na parte baixa da cidade e voltar a pé para Camden Place. Caminhando pela rua Milsom, teve a sorte de encontrar o almirante. Estava parado em frente a uma vitrine, com as mãos para trás, observando uma gravura com atenção, e não só poderia passar despercebida como teve de tocá-lo e falar para que reparasse nela. Quando a viu e a reconheceu, exclamou com seu bom humor habitual:

– Ah, é a senhorita! Obrigado, obrigado. Isto é me tratar como um amigo. Aqui estou, veja a senhorita, contemplando um quadro. Não consigo passar em frente a esta vitrine sem parar. O que expuseram aqui é um tipo de navio! Veja a senhorita... Já viu algo parecido? Que indivíduos curiosos devem ser os pintores para imaginar que alguém arriscaria a vida naquele barquinho velho e disforme! Mesmo assim, há dois cavalheiros presos ali, e parecem muito confortáveis olhando para as rochas e as montanhas, sem se preocupar com nada, o que é obviamente absurdo. Onde será que esse barco foi construído? – indagou, rindo. – Não ousaria navegar nele nem em um lago. Bem... – acrescentou, virando-se. – Para onde está indo? Posso fazer algo pela senhorita ou talvez acompanhá-la? Como posso ser útil?

– Em nada. Obrigada. A menos que queira me dar o prazer de caminhar comigo o curto trecho que falta. Vou para casa.

– Farei com muito prazer. E, se quiser, posso acompanhá-la mais longe também. Sim, juntos vamos tornar o caminho mais agradável. Além disso, tenho algo para lhe contar. Tome meu braço. Assim está bom. Não me sinto confortável se não estou de braços dados com uma mulher. Meu Deus, que barco! – acrescentou, lançando um último olhar para o quadro enquanto partiam.

– O senhor disse que tinha algo a me dizer?

– Isso mesmo. Exato. Mas ali vem um amigo: o capitão Bridgen. Não farei mais do que dizer "Como está o senhor?", quando cruzarmos. Não vamos parar. "Como está o senhor?". Bridgen ficará surpreso ao me ver com uma mulher diferente da minha esposa. Pobrezinha... Teve que ficar em casa. Tem uma ferida no calcanhar maior que uma moeda de três xelins. Se a senhorita olhar para a calçada em frente, verá o almirante Brand e o irmão. São uns esfarrapados! Fico feliz que não estejam neste lado da calçada. Sophy os detesta. Eles foram sujos comigo uma vez. Levaram alguns dos meus melhores homens. Contarei essa história em outra oportunidade. Lá vem o velho *sir* Archibald Drew e o neto. Olha! Ele nos viu. Beijou sua mão, ele a confundiu com minha esposa. Ah, a paz chegou rápido demais para esse jovem cavalheiro! Pobre *sir* Archibald! Gosta de Bath, senhorita Elliot? É muito conveniente para nós. Sempre encontramos algum velho amigo. As ruas estão cheias deles todas as manhãs. Há sempre alguém com quem conversar, e então nos afastamos de todos e nos trancamos em nossos quartos, puxamos nossas cadeiras e nos sentimos tão confortáveis quanto se estivéssemos em Kellynch ou até quando estávamos no norte de Yarmouth ou em Deal. Posso afirmar que nossos aposentos aqui nos agradam porque nos fazem lembrar do que tínhamos em Yarmouth. O vento entra furtivamente por um dos armários da mesma maneira que acontecia lá.

Quando tinham andado um pouco, Anne ousou perguntar outra vez o que ele queria contar. Ela esperava que, deixando a rua Milsom, sua curiosidade fosse satisfeita. Mas teve de esperar ainda mais, porque o almirante só resolveu começar a contar até chegarem à grande e espaçosa tranquilidade de Belmont e, como não era a senhora Croft, não tinha escolha a não ser deixá-lo fazer sua vontade. Assim que começaram a subida de Belmont, o senhor Croft falou:

– Bem, agora a senhorita ouvirá algo que irá surpreendê-la. Mas, primeiro, deve me dizer o nome da jovem da qual vou falar. Aquela jovem que nos manteve ocupados por tanto tempo. A senhorita Musgrove, a que sofreu o acidente... Seu primeiro nome, sempre esqueço seu primeiro nome.

Anne sentiu vergonha de entender tão depressa o que estava acontecendo, mas agora poderia facilmente sugerir o nome de "Louisa".

– É isso aí: senhorita Louisa Musgrove. Esse é o nome. Gostaria de que as meninas não tivessem tantos nomes bonitos. Nunca esqueceria se todas se chamassem Sophy ou algum outro nome assim. Bem, todos pensaram que essa jovem, a senhorita sabe, iria se casar com Frederick. Ele a cortejou por várias semanas. A única coisa que nos surpreendeu foi a demora em se declarar, até que ocorreu o acidente de Lyme. Então, é claro, sabíamos que ele devia esperar até ela se recuperar. Mas, mesmo assim, havia algo curioso em sua maneira de proceder. Em vez de ficar em Lyme, ele foi para Plymouth e, de lá, foi visitar Edward. Quando voltamos de Minehead, ele tinha ido visitar Edward e ficou lá desde o acontecido. Não o vemos desde o mês de novembro. Nem Sophy conseguiu entender. Mas agora a situação tomou o rumo mais estranho, porque essa jovem, a senhorita Musgrove, em vez de se casar com Frederick, irá casar-se com James Benwick. A senhorita conhece James Benwick.

– Um pouco. Conheço o capitão Benwick um pouco.

– Bem, ela se casará com ele. Na verdade, é bem provável que já estejam casados, porque não sei o que estão esperando.

## Persuasão

– Considero o capitão Benwick um jovem muito agradável – opinou Anne. – E entendo que ele é dono de um excelente caráter.
– Ah, claro que sim! Não há nada a dizer contra James Benwick. É apenas capitão, é verdade, promovido no verão passado, e esses são tempos ruins para progredir, mas é a única desvantagem que conheço. Um indivíduo excelente, de grande coração, posso afirmar. Muito ativo e zeloso de sua carreira, algo que a senhorita, com certeza, não terá suspeitado, porque seus gestos gentis não revelam seu caráter.
– Quanto a isso, o senhor está errado. Nunca encontrei qualquer falta de entusiasmo nas maneiras do capitão Benwick. Acho que são bastante agradáveis e posso assegurar-lhe que seus modos agradam a todos.
– Bem, as senhoras são melhores juízes do que nós. Mas James Benwick é tranquilo demais na minha opinião, e, embora possa ser um viés nosso, Sophy e eu não podemos deixar de pensar que Frederick tem melhores maneiras. E acho que há algo em Frederick que está mais de acordo com nosso gosto.

Anne estava encurralada. Só tinha a intenção de se opor ao senso comum de que o entusiasmo e a gentileza eram incompatíveis, não dizer que os modos do capitão Benwick eram os melhores possíveis. Após um momento de hesitação, falou:

– Não quis comparar os dois amigos...

Então, o almirante a interrompeu e disse:

– O assunto é muito claro. Não se trata de simples boatos. Soubemos pelo próprio Frederick. Sophy recebeu uma carta dele ontem informando-nos de tudo, e ele, por sua vez, soube por uma carta dos Harville, escrita imediatamente de Uppercross. Acho que estão todos em Uppercross.

Esta foi uma oportunidade a que Anne não pôde resistir. Então, ela disse:

– Espero, almirante, que não haja nada na carta do capitão Wentworth que tenha deixado os senhores intranquilos. Realmente parecia, no outono passado, que havia algo entre o capitão e Louisa Musgrove. Mas confio que isso tenha se desgastado em ambos os lados da mesma maneira e sem violência. Espero que a carta não tenha transmitido um tom de amargura.

— Não, de forma alguma. Não há nenhum protesto ou queixa do começo ao fim.

Anne virou o rosto para esconder o sorriso. O almirante prosseguiu:

— Não, não, Frederick não é homem de se queixar e reclamar. Ele tem muito espírito para isso. Se a moça gosta mais de outro homem, então é claro que deveria ficar com este.

— Não há dúvida disso, mas o que quero dizer é que espero que não haja nada na maneira de escrever do capitão Wentworth que os faça pensar que ele guarda algum rancor do amigo. Isso bem poderia acontecer, o senhor sabe, mesmo que não tenha sido dito. Lamentaria muito que uma amizade como a deles fosse destruída ou até danificada por uma circunstância como essa.

— Sim, sim, entendo. Mas não há nada dessa natureza na carta. Ele não faz a menor provocação contra Benwick, nem diz "Estou surpreso, tenho minhas razões para ficar surpreso". Não, a senhorita não iria imaginar, pelo jeito de escrever, que ele poderia ter considerado a ideia de ficar com a senhorita... (Qual é o nome dela?). Ele deseja de coração que sejam felizes juntos, e não há nada de rancoroso nisso, na minha opinião.

Anne não tinha a mesma convicção do almirante, mas era inútil continuar perguntando. Então, ficou satisfeita em dizer alguma frase comum ou ficar calada e prestar atenção, e o almirante continuou falando, como era de sua vontade.

— Pobre Frederick! — disse, por fim. — Agora, deve começar tudo de novo com outra pessoa. Acho que devemos trazê-lo a Bath. Sophy deve escrever para ele e implorar-lhe que venha a Bath. Há muitas moças bonitas aqui, tenho certeza. Acredito que seja inútil voltar a Uppercross por causa da outra senhorita Musgrove, porque, até onde sei, ela está prometida ao primo, o jovem pastor. Não acha, senhorita Elliot, que é melhor tentarmos trazê-lo a Bath?

## Capítulo 7

Enquanto o almirante Croft passeava com Anne e expressava seu desejo de trazer o capitão Wentworth a Bath, ele já estava a caminho. Antes que a senhora Croft tivesse escrito, ele já tinha chegado. E, na próxima vez que Anne foi passear, ela o viu.

O senhor Elliot acompanhava as duas primas e a senhora Clay. Eles estavam na rua Milsom quando começou a chover, não muito forte, mas o suficiente para que as senhoras quisessem se refugiar. E também o suficiente para fazer com que a senhorita Elliot quisesse ter a vantagem de ser transportada para casa na carruagem de *lady* Dalrymple, que fora vista aguardando um pouco mais longe. Por isso, ela, Anne e a senhora Clay entraram na Molland's, enquanto o senhor Elliot foi até a carruagem pedir ajuda. Logo, voltou para perto delas. Sua tentativa, como era de esperar, tinha sido bem-sucedida. *Lady* Dalrymple teria prazer em levá-las para casa e chegaria em alguns instantes.

A carruagem de sua senhoria era uma barouche e não acomodava mais de quatro pessoas de forma confortável. A senhorita Carteret acompanhava a mãe e, por isso, não se podia esperar que as três damas de Camden Place coubessem ali. A senhorita Elliot iria, sem dúvida. Quem quer que sofresse alguma inconveniência, não seria ela, mas demorou um pouco para se estabelecer qual das outras duas damas deveria ir na carruagem. A chuva era muito fina, de maneira que Anne foi sincera em preferir continuar andando na companhia do senhor Elliot. Mas a senhora Clay também achava que a chuva era inofensiva. Estava apenas chuviscando e, por outro lado, suas botas eram tão grossas! Muito mais grossas que as da senhorita Anne. Resumindo, estava ansiosa para caminhar com o senhor Elliot quanto Anne, e as duas discutiram de forma tão polida e decidida que os outros tiveram que resolver o assunto. A senhorita Elliot afirmou que a senhora Clay já estava com um leve resfriado e, ao ser consultado, o senhor Elliot decidiu que as botas da prima Anne eram as mais grossas.

Por isso, ficou resolvido que a senhora Clay iria voltar na carruagem, e tinham acabado de chegar a essa conclusão quando Anne, do seu lugar perto da janela, viu clara e distintamente o capitão Wentworth andando pela rua.

Ninguém, exceto ela mesma, notou sua própria surpresa. E, no mesmo instante, também se sentiu a pessoa mais simplória, estranha e absurda do mundo. Por alguns minutos, não conseguiu ver nada do que acontecia a seu redor. Tudo era confusão. Sentia-se perdida. Quando voltou a si, viu que os outros ainda estavam esperando a carruagem, e o senhor Elliot, sempre gentil, tinha ido até a rua Union por uma pequena encomenda da senhora Clay.

Anne sentiu um intenso desejo de ir até a porta externa: queria ver se chovia. Como poderia pensar que tinha outro motivo para sair? O capitão Wentworth já devia estar muito longe. Deixou seu lugar. Metade dela nem sempre deveria ser tão mais sábia que a outra metade, ou sempre suspeitar que a outra seria pior do que, de fato, era. Queria ver se chovia. Mas teve de se sentar de novo, devido à entrada do próprio capitão Wentworth com um grupo de amigos e damas, sem dúvida conhecidos que havia encontrado um pouco mais adiante na rua Milsom. Ele ficou visivelmente embaraçado e confuso ao vê-la, muito mais do que ela observara em qualquer ocasião anterior. Ficou muito vermelho. Pela primeira vez, desde que tinham se encontrado novamente, ela se sentia mais no controle do que ele. É verdade que tinha a vantagem de tê-lo visto poucos segundos antes. Todos os primeiros efeitos dominantes, ofuscantes e desconcertantes de uma grande surpresa puderam ser notados nele. Mas, mesmo assim, Anne ainda sentia muita coisa! Agitação, dor, prazer e um misto de felicidade e desespero.

O capitão dirigiu-lhe a palavra e, então, afastou-se. Estava muito constrangido. Anne não podia dizer que os gestos dele eram frios nem amigáveis, nem qualquer outra coisa diferente de perturbado.

Depois de um momento, voltou e falou de novo com ela. Fizeram perguntas um ao outro sobre temas comuns. Nenhum deles prestava muita atenção ao que o outro dizia, e Anne permanecia atenta ao fato de que o embaraço dele aumentava. Por se conhecerem tanto, tinham aprendido a falar com aparente calma e indiferença, mas, naquela ocasião, ele não conseguiu adotar esse tom. O tempo ou Louisa provocaram uma mudança nele. Algo tinha ocorrido. Ele tinha bom aspecto e não parecia ter sofrido nem física ou moralmente, e falava de Uppercross, dos Musgrove e até de Louisa – e chegou a falar nela com certa ironia. Ainda assim, o capitão Wentworth não estava calmo nem confortável. Nem era quem costumava ser.

O fato de a irmã fingir não o cumprimentar não a surpreendeu, porém magoou Anne. Wentworth viu Elizabeth, Elizabeth viu Wentworth e ambos se reconheceram. Anne tinha certeza de que o capitão Wentworth estava pronto para ser cumprimentado, e esperava por isso, e teve a dor de ver a irmã se afastar com uma frieza inabalável.

A carruagem de *lady* Dalrymple, pela qual a senhorita Elliot ansiava cada vez mais impaciente, chegou naquele momento. Um criado entrou para anunciá-la. Tinha começado a chover de novo, e houve um atraso, um murmúrio e algumas conversas que deixaram claro que todo o pequeno grupo sabia que a carruagem de *lady* Dalrymple estava vindo buscar a senhorita Elliot. Por fim, ela e a amiga, ajudadas apenas pelo criado (porque o primo ainda não tinha voltado), partiram. O capitão Wentworth observou-as e, então, voltou-se para Anne e, por suas maneiras, mais do que pelas palavras, estava oferecendo seus serviços.

– Agradeço muito, mas não vou com elas – respondeu Anne. – Não há lugar para tantas pessoas na carruagem. Vou a pé. Prefiro caminhar.

– Mas está chovendo.

– Ah, muito pouco. Garanto que isso não me incomoda.

Depois de uma pausa, ele disse:

– Embora só tenha chegado ontem, já me preparei para o clima de Bath, veja a senhorita – falou, apontando para um guarda-chuva. – Gostaria que a senhorita fizesse uso dele, já que está determinada a caminhar. No entanto, acho que seja mais prudente permitir que eu encontre uma carruagem para a senhorita.

Ela ficou muito grata pela atenção, mas recusou e repetiu que a chuva não tinha importância:

– Estou só esperando pelo senhor Elliot. Tenho certeza de que já voltará.

Não tinha terminado de dizer isso quando o senhor Elliot entrou. O capitão Wentworth o reconheceu na mesma hora. Não havia nenhuma diferença entre ele e o homem que tinha parado nos degraus em Lyme admirando Anne enquanto ela passava, exceto nos gestos e nos modos de uma relação privilegiada e de amizade. Entrou apressado e pareceu estar ocupado apenas com Anne e pensar apenas nela. Desculpou-se pelo atraso, lamentou tê-la feito esperar e estava ansioso em levá-la sem perder mais tempo e antes que a chuva apertasse. Pouco depois, saíram juntos, de braços dados; Anne, com um olhar gentil e perturbado. Mal teve tempo para dizer, depressa, "Bom dia para o senhor", enquanto se afastava.

Assim que saíram de vista, as damas que acompanhavam o capitão Wentworth começaram a falar sobre os dois.

– Parece que o senhor Elliot não desgosta da prima, não é?

– Ah, não! Isso é evidente. Já podemos adivinhar o que irá acontecer ali. O senhor Elliot está sempre com eles. Quase vive com a família. Que homem bem-apessoado!

– É verdade. A senhorita Atkinson, que jantou com ele uma vez na casa dos Wallis, diz ser o homem mais encantador que já conheceu.

– Ela é muito bonita. Sim, Anne Elliot é muito bonita quando olhamos bem para ela. Não é correto dizer isso, mas confesso que é muito mais bonita que a irmã.

– Eu também acho!

– Também compartilho dessa opinião. Nem se comparam. Mas os homens enlouquecem com a senhorita Elliot. Anne é muito delicada para o gosto deles.

Anne teria sido muito grata ao primo se este tivesse caminhado até Camden Place sem dizer uma palavra. Nunca achara tão difícil prestar atenção nele, embora nada superasse suas atenções e seus cuidados, e embora os temas de sua conversa fossem, como sempre, interessantes: elogios calorosos, justos e sensatos a *lady* Russell e insinuações bastante racionais contra a senhora Clay. Mas, naquele momento, ela só conseguia pensar no capitão Wentworth. Não conseguia entender o que ele sentia, se estava mesmo desapontado ou não. Não conseguiria se acalmar até esclarecer esse ponto.

Esperava, com o tempo, ser sábia e razoável, mas meu Deus, meu Deus! Anne precisava confessar que não era sábia ainda.

Outra coisa muito importante era saber quanto tempo ele pensava em ficar em Bath. O capitão Wentworth não havia mencionado ou ela não conseguia se lembrar. Talvez estivesse apenas de passagem. Mas era mais provável que tivesse vindo para ficar. Nesse caso, como era tão fácil encontrar-se em Bath, era muito provável que *lady* Russell o visse em algum lugar. Ela o reconheceria? Como seria o encontro?

Já fora forçada a contar a *lady* Russell que Louisa Musgrove planejava se casar com o capitão Benwick. Custara-lhe algo encontrar a surpresa de *lady* Russell, e agora, se ela por acaso fosse colocada em companhia com o capitão Wentworth, seu conhecimento imperfeito sobre o assunto poderia acrescentar outro tom de preconceito contra ele.

Na manhã seguinte, Anne saiu com a amiga e, durante a primeira hora, procurou por ele de forma incessante e amedrontada, mas foi em vão. Por fim, quando já estavam voltando pela rua Pulteney, ela o viu na calçada direita a certa distância. Por isso, conseguiu observá-lo durante a maior parte do trecho da rua. Havia muitos homens ao redor dele, muitos grupos andando na mesma direção, mas não tinha como confundi-lo. Olhou de forma instintiva para *lady* Russell, mas não porque tivesse a ideia maluca de que a amiga o reconheceria tão depressa quanto ela havia feito. Não, era pouco provável que *lady* Russell o visse enquanto não cruzassem com ele. No entanto, Anne olhava para ela cheia de ansiedade.

E, quando chegava o momento em que necessariamente deveria vê-lo, Anne não se atreveu a olhar de novo (porque sabia que portava um semblante inadequado), mas tinha perfeita consciência de que o olhar de *lady* Russell estava virado bem na direção dele, que a dama o observava com muita atenção. Anne entendia muito bem a espécie de fascinação que ele exercia sobre a mulher. A dificuldade que ela devia ter para afastar o olhar. A surpresa que sentiu ao pensar que ele havia passado oito ou nove anos em climas estrangeiros e em serviço ativo sem ter perdido nada de sua graça pessoal.

Por fim, *lady* Russell virou o rosto. Como falaria dele agora?

– Você deve estar se perguntando o que me deixou absorta por tanto tempo – disse a amiga. – Mas estava procurando umas cortinas de que *lady* Alicia e a senhora Frankland me falaram ontem à noite. Elas me descreveram as cortinas na sala de estar de uma das casas deste lado da rua e nesta parte da calçada como uma das mais bonitas e mais bem colocadas de Bath. Mas não consigo me lembrar do número exato da casa e estive procurando qual poderia ser. Mas não vi cortina nenhuma aqui que poderia corresponder à descrição que ela fez.

Anne assentiu, corou e sorriu com pena e desdém, tanto pela amiga quanto por si mesma. Porém, o que mais a incomodava era que, em todo esse desperdício de previsão e cautela, ela perdera o momento certo de notar se o capitão tinha visto as duas ou não.

Um ou dois dias se passaram sem que acontecesse nada de novo. Os teatros ou lugares que ele devia frequentar não eram elegantes o suficiente para os Elliot, cuja diversão noturna limitava-se à estupidez de festas particulares, às quais estavam cada vez mais envolvidos. E Anne, cansada desse tipo de estagnação, cansada de não saber nada, e acreditando ser forte porque sua força não fora posta à prova, esperava, impaciente, a noite do concerto. Era um concerto em benefício de uma pessoa patrocinada por *lady* Dalrymple. É claro que os Elliot deveriam ir. Na verdade, esperava-se que fosse um bom concerto, e o capitão Wentworth gostava muito de música. Se conseguisse falar com ele de novo por alguns minutos, ficaria satisfeita. Quanto a tomar a iniciativa para essa conversa, sentia-se cheia de coragem se a oportunidade se apresentasse. Elizabeth tinha virado as costas para ele, *lady* Russell o ignorou, e essas circunstâncias davam-na coragem: ela sentia que lhe devia alguma atenção.

Em uma ocasião, havia prometido à senhora Smith que passaria a noite com ela, mas, em uma rápida visita, desculpou-se e adiou o compromisso, prometendo uma longa visita no dia seguinte. A senhora Smith concordou de bom humor.

– É claro! – disse ela. – Mas me conte todos os detalhes quando vier. Quem irá com a senhorita ao concerto?

Anne deu o nome de todos. A senhora Smith não respondeu, mas, quando Anne estava indo embora, comentou, com uma expressão meio séria e meio zombeteira:

– Bem, espero de coração que seu concerto valha a pena. E não falte amanhã, se puder. Começo a ter o pressentimento de que não terei muito mais visitas suas.

Anne ficou surpresa e confusa. Mas, após um momento de espanto, foi forçada, e sem muito arrependimento, a partir.

## Capítulo 8

*Sir* Walter, as duas filhas e a senhora Clay foram os primeiros a chegar naquela noite. E, como tinham de esperar por *lady* Dalrymple, decidiram se sentar na Sala Octogonal, perto de uma das lareiras. Mal tinham se instalado quando a porta se abriu de novo e o capitão Wentworth entrou sozinho. Anne era quem estava mais próxima e, com um pequeno avanço, falou com ele na mesma hora. O capitão estava disposto a apenas cumprimentar e passar por ela, mas seu gentil "Como vai o senhor?" tirou-o da linha reta e o fez parar perto e fazer algumas perguntas de volta, apesar do pai e da irmã formidáveis que estavam atrás. O fato de estes dois estarem atrás era uma ajuda para Anne. Como não via os rostos deles, poderia dizer qualquer coisa que parecesse correto para ela.

Enquanto conversavam, um rumor de vozes entre o pai e Elizabeth chegou a seus ouvidos. Não distinguiu com clareza, mas imaginou do que se tratava e, vendo a distante saudação do capitão Wentworth, entendeu que o pai achou por bem reconhecê-lo e, ainda teve tempo, em uma rápida olhada, de ver também uma ligeira cortesia de Elizabeth. Tudo isso, embora tardio, relutante e pouco gracioso, era melhor do que nada, e a deixou animada.

Depois de falar sobre o tempo, Bath e o concerto, a conversa deles começou a enfraquecer, e tão pouco foi dito por fim que Anne achou que ele fosse embora a qualquer momento. Mas ele não fez isso. Parecia não ter pressa em deixá-la e, então, com renovado entusiasmo, um leve sorriso e um brilho no olhar, o capitão Wentworth disse:

– Eu mal a vi desde aquele dia em Lyme. Receio que tenha sofrido muito por causa do choque e, mais ainda, por não ter deixado o choque dominá-la naquele momento.

Ela o assegurou de que não tinha sido assim.

– Foi um momento terrível – disse ele. – Um dia terrível! – passou a mão pelos olhos, como se a lembrança ainda fosse muito dolorosa. Mas, no momento seguinte, sorrindo de novo, acrescentou: – Porém, aquele dia deixou seus efeitos... E teve consequências que devem ser consideradas o oposto de terríveis. Quando a senhorita teve a presença de espírito de sugerir que Benwick era a pessoa certa para buscar um médico, mal poderia imaginar que ele viria a se tornar um dos mais preocupados na recuperação dela.

– Realmente, não poderia ter imaginado isso. Mas ao que parece... Espero que seja uma união muito feliz. Os dois têm bons princípios e bom caráter.

– Sim... – disse ele, sem olhar direto para ela. – Mas acho que a semelhança entre os dois termina por aí. Com toda a minha alma, desejo felicidade ao casal e fico feliz por qualquer circunstância que possa contribuir para isso. Eles não têm dificuldades em casa, nenhuma oposição, nenhum capricho nem qualquer outro motivo para demora. Os Musgrove estão se comportando, como sempre, de forma honrosa e gentil, apenas ansiosos em promover o bem-estar da filha, como um bom pai e uma boa mãe fariam. Tudo isso já é muito a favor da felicidade deles, mais talvez do que...

Ele parou. Uma súbita lembrança pareceu ocorrer-lhe, e deu-lhe um pouco da emoção que fez as bochechas de Anne enrubescerem e seus olhos se virarem para o chão. Mas ele pigarreou e prosseguiu:

– Confesso que acredito haver certa disparidade, muito grande, e em algo tão essencial quanto o caráter. Considero Louisa Musgrove uma jovem agradável, doce e nada boba, mas Benwick é muito mais. É um homem inteligente, instruído, e confesso que fiquei um pouco surpreso por ter se apaixonado por ela. Se foi o efeito da gratidão, se aprendeu a amá-la porque achou que era preferido por ela, é algo muito diferente. Mas não tenho motivos para supor isso. Parece, pelo contrário, ter sido um sentimento genuíno e espontâneo da parte dele, e isso me surpreende. Um homem como ele e na situação em que se encontrava! Com o coração dilacerado, ferido, quase despedaçado! Fanny Harville era uma mulher superior, e o amor que sentia por ela era verdadeiro. Um homem não se recupera após dedicar o coração a uma mulher assim. Não deve... Não pode.

Mas, fosse pela consciência de que o amigo tinha se recuperado ou pela consciência de outra coisa, ele não continuou. E Anne que, apesar do tom agitado com que o capitão Wentworth falou a última parte, e apesar de todos os rumores da sala, a porta que era aberta e fechada sem parar, o barulho das pessoas passando de um ponto para outro, não tinha perdido uma única palavra. Ficou surpresa, agradecida, confusa, e começou a respirar muito rápido e a sentir várias coisas ao mesmo tempo. Não conseguia falar sobre esse assunto. Ainda assim, depois de um momento, sentindo a necessidade de dizer algo e não desejando de forma alguma mudar de tema completamente, desviou apenas um pouco:

– O senhor ficou em Lyme por um longo tempo, presumo.

– Cerca de 15 dias. Não podia ir embora sem ter certeza de que Louisa se recuperaria. O dano causado me preocupava demais para ficar calmo. Tinha sido minha culpa, só minha. Ela não teria sido teimosa se eu não tivesse sido fraco. A paisagem de Lyme é muito bonita. Caminhei e cavalguei muito; e, quanto mais coisas vi, mais motivos encontrei para me admirar.

– Gostaria muito de ver Lyme de novo – comentou Anne.

– É mesmo? Não achei que tivesse encontrado nada em Lyme que lhe pudesse inspirar esse desejo. O horror e a aflição em que se viu envolvida, o estado mental, o desgaste emocional! Teria pensado que suas últimas impressões de Lyme fossem de forte aversão.

– As últimas horas foram, de fato, muito dolorosas – respondeu Anne. – Mas, quando a dor passa, muitas vezes a lembrança do lugar traz prazer. Não gostamos menos de um lugar por ter sofrido nele, a menos que só tenha existido sofrimento, puro sofrimento, o que não é, de forma alguma, o caso de Lyme. Só ficamos ansiosos e angustiados nas últimas duas horas. Antes tínhamos nos divertido muito. Tanta novidade e tanta beleza! Viajei tão pouco que acho qualquer lugar novo que vejo muito interessante. Mas há uma verdadeira beleza em Lyme. Em suma, minhas impressões sobre Lyme, no geral, são muito boas – falou, com um leve rubor ao lembrar algumas coisas.

Ao terminar de falar, a porta da sala abriu-se, e o grupo que eles estavam à espera entrou. "*Lady* Dalrymple, *lady* Dalrymple" era o murmúrio de júbilo, e, com toda a impaciência compatível à ansiosa elegância, *sir* Walter e as duas damas deram um passo à frente para cumprimentá-la. *Lady* Dalrymple e a senhorita Carteret, escoltadas pelo senhor Elliot e o coronel Wallis, que tinham acabado de entrar naquele exato momento, avançaram pela sala. Os outros se juntaram a eles e formaram um grupo no qual Anne foi incluída à força. Acabou separada do capitão Wentworth. Sua conversa interessante, talvez interessante demais, teve de ser interrompida por um tempo, mas a tristeza que experimentou foi leve comparada com a felicidade que a conversa havia trazido. Nos últimos dez minutos, soube mais sobre os sentimentos dele com relação a Louisa, mais sobre todos os sentimentos dele, do que teria ousado pensar. Entregou-se às atenções da reunião, às necessárias cortesias do momento, com sensações requintadas e agitadas. Estava de bom humor com todos. Tinha ouvido coisas que a dispunham a ser cortês e gentil com todo mundo, e a ter pena de todos, por serem menos felizes do que ela.

As deliciosas emoções apagaram-se um pouco quando, separando-se do grupo para se juntar de novo ao capitão Wentworth, viu que ele havia desaparecido. Só teve tempo de vê-lo entrar na sala de concertos. Tinha ido embora... Havia desaparecido... Anne sentiu um momento de tristeza. Mas eles se encontrariam outra vez. Ele iria procurá-la. Iria encontrá-la antes que a noite acabasse. Na atual conjuntura, um momento de separação era o melhor. Ela precisava de uma pausa para se recompor.

Com a chegada de *lady* Russell pouco depois, o grupo ficou completo, e, então, só tinham que se organizar e ir para o salão de concertos.

E exibir as consequências em seu poder, atrair o máximo de olhares, estimular o máximo de sussurros e perturbar o maior número de pessoas possível.

Elizabeth e Anne Elliot estavam muito felizes quando entraram. Elizabeth, de braços dados com a senhorita Carteret e caminhando atrás da viscondessa viúva de Dalrymple, não tinha nada a desejar que não parecesse a seu alcance. E Anne também se sentia assim, mas seria um insulto comparar a natureza da felicidade de Anne com a da irmã. Uma era de vaidade egoísta; a outra, de amor generoso.

Anne não viu nada, não pensou no luxo do salão. Sua felicidade era interior. Seus olhos brilhavam e suas bochechas estavam coradas, mas ela não sabia disso. Pensava apenas na última meia hora e, enquanto ocupavam os lugares, repassava os detalhes em sua mente. A escolha do tema de conversa pelo capitão Wentworth, suas expressões e, mais ainda, seus gestos e sua fisionomia eram algo que ela podia interpretar apenas de uma forma. A opinião dele sobre a inferioridade de Louisa Musgrove, que tinha dado de forma espontânea, era seu espanto diante dos sentimentos do capitão Benwick, os sentimentos deste por seu primeiro e verdadeiro amor. As sentenças que ele não conseguiu concluir, seu olhar um tanto esquivo e mais de um olhar rápido e furtivo, tudo isso provava que, por fim, o coração dele voltava a considerá-la. A raiva, o ressentimento, o desejo de evitar sua companhia tinham desaparecido. E foram substituídos não apenas pela amizade e pela consideração, mas também pela ternura do passado. Sim, havia algo da antiga ternura. A mudança não poderia significar outra coisa. Ele devia amá-la.

Tais pensamentos e as visões que carregavam ocupavam e agitavam demais sua mente para que pudesse perceber o que estava acontecendo a seu redor. Assim, passou pelo salão sem um vislumbre dele, sem sequer tentar encontrá-lo. Quando seus lugares foram determinados e todos se acomodaram, Anne olhou em volta para checar se, por acaso, ele estava na mesma parte do salão, mas não o viu. Como o concerto estava começando, teve de se contentar por um tempo com uma felicidade mais modesta.

# Persuasão

O grupo foi dividido, e ocuparam dois bancos contíguos. Anne estava na frente, e o senhor Elliot – com a ajuda de seu amigo, o coronel Wallis – conseguiu fazer uma manobra para se sentar perto dela. A senhorita Elliot, cercada pelas primas, e como principal objeto das atenções do coronel Wallis, estava muito satisfeita.

Em sua mente, Anne estava favoravelmente disposta a aproveitar o entretenimento da noite: era distração suficiente. Emocionou-se com as partes ternas, animou-se nas partes alegres, prestou atenção na técnica e teve paciência para os momentos chatos. Nunca tinha gostado tanto de um concerto, pelo menos durante o primeiro ato. Quando este terminou, e enquanto uma música italiana era tocada no intervalo, ela explicou ao senhor Elliot a letra da música. Havia um programa entre os dois.

– Este é quase o sentido, ou melhor, o significado das palavras, pois é claro que não se deve falar em sentido literal no caso de uma canção de amor italiana – explicou ela. – Mas é o sentido que posso dar porque não pretendo entender o idioma. Fui má estudante de italiano.

– Sim, já percebi. Vejo que a senhorita não sabe nada de italiano. Tem apenas conhecimento suficiente para traduzir essas linhas italianas invertidas, transpostas e curtas em um inglês claro, compreensível e elegante. Não precisa dizer mais nada sobre sua ignorância. Eu me atenho às provas.

– Não irei me opor a um comentário tão gentil, mas não gostaria de ser examinada por um verdadeiro conhecedor do idioma.

– Não tive o prazer de visitar Camden Place por muito tempo sem ter aprendido algo sobre a senhorita Anne Elliot – respondeu ele. – Eu a considero modesta demais para que o mundo conheça metade de seus talentos, e muito bem-dotada pela modéstia, fazendo com que tal atributo, tão natural para a senhorita, soe exagerado em qualquer outra mulher.

– Que vergonha! Que vergonha! Isso é bajulação demais! Esqueci o que teremos em seguida – acrescentou, voltando ao programa.

– Talvez eu tenha um conhecimento maior de seu caráter do que a senhorita supõe – disse o senhor Elliot, em voz baixa.

– É mesmo? Mas como? O senhor só me conhece desde que cheguei a Bath, a menos que esteja pensando em considerar o que ouviu minha família falar sobre mim.

– Ouvi falar da senhorita muito antes de que viesse para Bath. Eu a ouvi descrita por pessoas que a conhecem muito bem. Conheço seu caráter há muitos anos. Sua aparência, sua disposição, seus talentos, suas maneiras, tudo me foi apresentado.

O senhor Elliot não ficou desapontado com o interesse que pretendia despertar. Ninguém poderia resistir ao encanto daquele mistério. Ter sido descrita há muito tempo para um novo conhecido, sem saber por quem, era irresistível. E Anne estava repleta de curiosidade. Ela se perguntava e o questionava com interesse, mas foi tudo em vão. Ele ficou muito feliz em ser questionado, mas não diria nada.

– Não, não. Talvez em outra ocasião, mas não agora.

Não diria nenhum nome. Mas tinha assegurado à prima de que isso tinha acontecido de fato. Vários anos antes, ouvira tal descrição da senhorita Anne Elliot e, a partir daí, criara a mais alta ideia sobre seus méritos. Assim, teve o desejo mais ardente de conhecê-la.

Anne não conseguia pensar em mais ninguém que, tantos anos atrás, falasse tão a favor dela além do senhor Wentworth de Monkford, o irmão do capitão Wentworth. Elliot devia ter estado na companhia dele alguma vez, mas Anne não teve coragem de perguntar.

– Desde a ocasião, o nome de Anne Elliot exerce um poderoso fascínio sobre mim – continuou ele. – Por muito tempo, foi um extraordinário impulso para a minha fantasia. Se me atrevesse, expressaria o desejo de que este nome encantador nunca mudasse.

Anne acredita que essas foram as palavras dele, mas, assim que as ouviu, sua atenção foi desviada de imediato por outras palavras que escutou atrás de si e que fizeram todo o resto parecer irrelevante. O pai e *lady* Dalrymple estavam conversando.

– Um homem muito bonito, muito bem-apessoado – dizia *sir* Walter.

– Um homem bonito, de fato – concordava *lady* Dalrymple. – Mais do que a maioria das pessoas que encontramos em Bath. Julgo dizer que é irlandês.

– Não, conheço seu nome. É apenas um conhecido. Wentworth, o capitão Wentworth da Marinha. Sua irmã está casada com meu inquilino em Somersetshire, Croft, que aluga Kellynch.

Antes que o pai terminasse de falar, Anne seguiu o olhar dele e distinguiu o capitão Wentworth em um grupo de cavalheiros a certa distância. Quando seus olhos pousaram naquele homem, os dele pareceram se desviar. Era o que a situação dava a entender. Parecia que Anne tinha olhado um segundo depois do que deveria e, enquanto continuou a observar, ele não olhou de volta. Mas o concerto recomeçou, e ela foi obrigada a prestar atenção na orquestra e a olhar para a frente.

Quando conseguiu olhar de novo, ele já tinha se retirado. Não poderia ter se aproximado dela nem que quisesse – Anne estava cercada por muitas pessoas –, mas preferia ter chamado a atenção do capitão Wentworth.

O discurso do senhor Elliot também a perturbou. Já não tinha a menor inclinação para falar com ele. Gostaria que não estivesse tão perto dela.

O primeiro ato acabou, e Anne ansiava por uma mudança bem-vinda. Depois de um momento de silêncio no grupo, alguns decidiram ir pedir chá. Anne foi uma das poucas que preferiram não se mexer. Permaneceu em seu lugar, assim como *lady* Russell, mas teve o prazer de se livrar do senhor Elliot. De modo algum, pretendia evitar, por causa de *lady* Russell, conversar com o capitão Wentworth se viesse falar com ela. Pelo semblante de *lady* Russell, Anne estava convencida de que a amiga o vira.

Mas ele não se aproximou. Às vezes, Anne julgava conseguir vê-lo à distância, mas o capitão Wentworth não se aproximou. O longo intervalo passou sem que nada de novo acontecesse. Os outros voltaram, o salão encheu-se outra vez, os assentos foram ocupados, e outra hora de prazer ou de castigo começou. Uma hora de música que daria prazer ou tédio, dependendo se o amor pela música fosse sincero ou fingido. Para Anne, a perspectiva seria de uma hora de agitação. Não conseguiria sair do salão em paz sem ver o capitão Wentworth mais uma vez, sem trocar um olhar amigável com ele.

Quando se acomodaram de novo, houve muitas mudanças nos lugares, e o resultado a favoreceu. O coronel Wallis não quis se sentar de novo e o senhor Elliot foi convidado por Elizabeth e a senhorita Carteret para ocupar o lugar entre as duas de uma maneira que não deixava margem para recusa. E, por algumas outras remoções e um pouco de diligência de sua parte, Anne viu-se muito mais próxima da extremidade do banco do que antes, muito mais próxima dos que passavam. Não podia fazer isso sem se comparar com a senhorita Larolles, a incomparável senhorita Larolles. Mas mesmo assim o fez, com efeitos tão infelizes quanto. No entanto, no que pareceu prosperidade em forma de uma abdicação precoce dos vizinhos, Anne viu-se bem na beirada do banco antes do fim do concerto.

Lá estava ela, com um lugar vazio a seu lado, quando viu o capitão Wentworth outra vez, não muito longe. Também a viu, mas parecia sério e indeciso, e só com passadas lentas enfim chegou perto o suficiente para falar com ela. Anne entendeu que havia algo errado. A mudança nele era inegável. A diferença entre seus modos naquele momento e os da Sala Octogonal era evidente. O que havia acontecido? Pensou no pai, em *lady* Russell. Seria possível que tivessem trocado alguns olhares desagradáveis? Ele começou a falar muito sério sobre o concerto. Parecia o capitão Wentworth de Uppercross. Ficara desapontado com a representação. Esperava mais dos cantores. Em suma, confessava que não lamentaria o fim do concerto. Anne respondeu e defendeu a apresentação tão bem, ainda de forma a respeitar os sentimentos dele de maneira tão gentil, que o semblante do rapaz melhorou, e o capitão Wentworth voltou a responder com um meio sorriso. Conversaram por mais alguns minutos, e a melhora no semblante dele permaneceu. O capitão Wentworth até olhou para o banco, como se visse um assento que valia a pena ocupar, quando, no mesmo instante, um tapinha no ombro fez Anne se virar. Era o senhor Elliot. Pediu desculpas, mas precisava dela para outra tradução do italiano. A senhorita Carteret estava muito ansiosa para ter uma ideia geral da música que seria cantada a seguir. Anne não podia recusar, mas nunca fez algo com tanta má vontade em benefício da boa educação.

## Persuasão

Poucos minutos, embora o mínimo possível, foram inevitavelmente consumidos, e quando recuperou o controle outra vez, quando foi capaz de se virar e olhar, como fizera antes, viu-se abordada pelo capitão Wentworth, em uma espécie de despedida reservada e apressada. Desejava-lhe um boa-noite, tinha de ir embora, precisava chegar em casa o mais rápido possível.

– Não vale a pena esperar por esta música? – perguntou Anne, de repente tomada por uma ideia que lhe deixava mais ansiosa para ser corajosa.

– Não... – respondeu ele, de forma enfática. – Não há nada pelo qual valha a pena ficar.

E se retirou sem mais delongas.

Estava com ciúme do senhor Elliot! Era o único motivo possível. O capitão Wentworth com ciúme dela! Poderia ter imaginado isso três semanas antes, três horas antes? Por um momento, seus sentimentos foram deliciosos. Mas, infelizmente, foram logo sucedidos por pensamentos muito distintos. Como acalmaria aquele ciúme? Como fazê-lo conhecer a verdade? Como, no meio de todas as desvantagens de suas respectivas situações, ele poderia conhecer seus verdadeiros sentimentos? Era doloroso pensar nas atenções do senhor Elliot. O mal que tinham causado era incalculável.

## Capítulo 9

Anne lembrou-se, satisfeita, na manhã seguinte, de sua promessa de visitar a senhora Smith. Isso a tiraria de casa quando o senhor Elliot seria mais capaz de aparecer. Evitá-lo era, no momento, a coisa mais importante.

Ela sentia uma grande boa vontade em relação a ele. Apesar dos danos causados por sua atenção, ela lhe devia gratidão e consideração, e talvez compaixão. Não podia deixar de pensar nas circunstâncias incomuns em que se encontraram pela primeira vez, no direito que parecia ter de interessá-la, por todas as circunstâncias, por seus próprios sentimentos e por sua predisposição anterior. Tudo isso era único: lisonjeiro, mas doloroso. Havia muito a lamentar. Não valia a pena pensar em como ela se sentiria se não houvesse o capitão Wentworth. Mas o capitão Wentworth, de fato, existia e, quer a conclusão do atual suspense fosse boa ou má, os sentimentos de Anne seriam dele para sempre. Acreditava que uma união com ele não a afastaria mais de todos os outros homens do que uma separação definitiva.

Meditações mais profundas de amor e eterna constância nunca poderiam ter passado antes pelas ruas de Bath, e Anne foi pensativa de Camden Place a Westgate Buildings. Era quase suficiente para espalhar ar puro e perfume por todo o caminho.

Tinha certeza de que teria uma recepção agradável. A amiga parecia muito grata pela visita aquela manhã. Não parecia ter esperado por ela, embora Anne tivesse prometido ir.

No mesmo instante, pediu a Anne que fizesse uma descrição do concerto, e as lembranças de Anne eram animadas o suficiente para alegrar seu semblante e deixá-la contente em falar sobre o assunto. Tudo o que pôde dizer foi contado de muito bom grado. Mas o que poderia dizer era pouco para quem tinha estado lá e também pouco para satisfazer uma curiosidade como a da senhora Smith, que já sabia, por meio de um garçom e uma lavadeira, mais do sucesso geral e da produção da noite do que ela podia relatar. E, agora, pedia em vão por vários detalhes dos participantes. A senhora Smith conhecia de nome todo mundo com alguma fama ou notoriedade em Bath.

– As pequenas Durand estavam lá, imagino, com as bocas abertas para escutar a música, como pequenos pardais esperando para serem alimentados. Nunca perdem um concerto – disse a senhora Smith.

– É verdade. Eu não as vi, mas ouvi o senhor Elliot comentar que estavam no salão.

– Os Ibbotson também estavam? E as duas novas beldades, com o oficial irlandês alto que dizem estar interessado em uma delas?

– Não sei. Não acho que estavam lá.

– E a velha *lady* Maclean? É inútil perguntar por ela. Nunca falta, eu sei. E a senhorita deve tê-la visto. Deveria até estar no mesmo círculo que a senhorita, pois, como estavam com *lady* Dalrymple, é provável terem ocupado os lugares de honra ao redor da orquestra, é claro.

– Não, era o que eu temia. Isso teria sido muito desagradável para mim em todos os aspectos. Mas, por sorte, *lady* Dalrymple sempre prefere ficar um pouco mais distante. Estávamos maravilhosamente bem localizadas para ouvir bem a música. Não digo a mesma coisa quanto a ver, porque, de fato, pude ver bem pouco.

– Ah, a senhorita viu o suficiente para se divertir. Entendo bem. Há certa alegria em ser conhecida, mesmo no meio de um grupo, e a senhorita conseguiu desfrutar dessa alegria. Vocês eram um grupo grande, e a senhorita não precisava de mais ninguém.

– Mas eu deveria ter olhado em volta um pouco mais – disse Anne, consciente de que não queria realmente olhar ao redor, e que apenas não tinha encontrado o objetivo de sua busca.

– Não, não, seu tempo foi mais bem ocupado do que isso. Não precisa me dizer que teve uma noite agradável. É fácil notar isso. Vejo perfeitamente como as horas passaram, como sempre teve algo agradável para ouvir. Nos intervalos do concerto havia conversa.

Anne sorriu um pouco e perguntou:

– A senhora pode ver isso nos meus olhos?

– Posso, sim. Vejo pelo seu semblante que ontem à noite esteve na companhia da pessoa que julga ser a mais agradável do mundo, a pessoa que mais lhe interessa neste momento, mais do que o resto do mundo reunido.

Anne corou e não pôde dizer nada.

– E sendo este o caso... – continuou a senhora Smith, após uma breve pausa. – A senhorita pode julgar o quanto aprecio sua gentileza ao vir me ver esta manhã. É mesmo muito gentil de sua parte vir e ficar comigo quando poderia passar o tempo com outras pessoas mais agradáveis.

Anne não ouviu nada disso. Ainda estava confusa e perplexa com a observação contundente da amiga e não conseguia imaginar como qualquer relato sobre o capitão Wentworth pudesse ter chegado até ela.

Após outro breve silêncio, a senhora Smith falou:

– Por favor, o senhor Elliot sabe de sua amizade comigo? Sabe que estou em Bath?

– O senhor Elliot? – repetiu Anne, surpresa. Um momento de reflexão mostrou o erro que a amiga tinha cometido. Entendeu no mesmo instante e, recuperando a coragem com a sensação de segurança, acrescentou, mais controlada: – A senhora conhece o senhor Elliot?

– Eu o conheci muito bem – respondeu a senhora Smith, bem séria. – Mas isso já parece ter desaparecido. Nós nos conhecemos há muito tempo.

– Não sabia de nada disso. A senhora nunca mencionou. Se soubesse, teria tido o prazer de conversar com ele sobre a senhora.

– Para falar a verdade, este é um prazer que desejo que a senhorita tenha – disse a senhora Smith, com seu bom humor habiual. – Desejo que fale sobre mim com o senhor Elliot. Quero que faça isso. Ele pode ser muito útil para mim. E, claro, minha querida senhorita Elliot, se tiver a bondade de fazer disso seu objetivo, é claro que será bem-sucedida.

— Terei muito prazer. Espero que a senhora não duvide do meu desejo de ser útil — respondeu Anne. — Mas acho que supõe que tenho mais influência sobre o senhor Elliot, um direito maior de influenciá-lo, do que é o caso. Não duvido que, de uma forma ou de outra, esta versão chegou até a senhora. Mas deve me considerar apenas como uma parente do senhor Elliot. Se, desse modo, acha que há algo que seja justo uma prima pedir a um primo, peço que não hesite em contar com meus serviços.

A senhora Smith lançou-lhe um olhar penetrante e, sorrindo, falou:

— Percebi que fui um pouco prematura. Rogo que me perdoe. Deveria ter esperado uma informação oficial. Mas agora, minha querida senhorita Elliot, como uma velha amiga, diga quando podemos discutir o assunto. Na semana que vem? Certamente na próxima semana tudo estará resolvido e poderei me dedicar a meus planos egoístas com base na fortuna do senhor Elliot.

— Não — disse Anne —, nem na próxima semana, nem na seguinte, nem na outra. Asseguro que nada do que imagina será resolvido no futuro. Não vou me casar com o senhor Elliot. Gostaria de saber por que a senhora teve essa ideia.

A senhora Smith olhou fixamente para ela, sorriu e balançou a cabeça.

— Como eu gostaria de compreendê-la! Como gostaria de conhecer seu ponto de vista! Mas creio que não pretende ser cruel quando chegar a hora certa. Até lá, a senhorita sabe que nós, mulheres, nunca temos a intenção de ter alguém. É óbvio, entre nós, que todo homem é recusado até se declarar. Mas por que a senhorita deveria ser cruel? Deixe que defenda... Não posso chamá-lo de amigo agora... Meu velho amigo. Onde poderá encontrar um casamento mais vantajoso? Onde encontrará um homem mais cavalheiro ou mais gentil? Deixe-me recomendar o senhor Elliot. Estou convencida de que a senhorita não ouvirá nada além de elogios dele por parte do coronel Wallis, e quem pode conhecê-lo melhor do que o coronel Wallis?

– Minha querida senhora Smith, a esposa do senhor Elliot morreu há pouco mais de meio ano. Ele não deveria estar cortejando ninguém.
– Ah, sim. Se essa é sua única objeção... – disse a senhora Smith, com veemência. – O senhor Elliot está seguro e não vou mais me preocupar com ele. Não se esqueça de mim quando tiver se casado. É tudo o que peço. Diga a ele que sou sua amiga e, então, pensará pouco do esforço necessário, o que é muito natural para ele agora, com tantos negócios e compromissos como ele tem, para evitar e se livrar de tudo o que puder. Talvez seja muito natural. Noventa e nove por cento dos homens fariam o mesmo. É claro que ele não pode saber a importância que isso tem para mim. Bem, minha querida senhorita Elliot, quero e espero que seja muito feliz. O senhor Elliot é um homem que irá entender o quanto a senhorita vale. Sua paz não será perturbada como a minha foi. A senhorita estará a salvo de todas as questões mundanas e poderá confiar no caráter dele. Não será um homem que se deixará levar pelos outros até a ruína.
– Sim – disse Anne. – Acredito muito em tudo o que a senhora diz sobre meu primo. Ele parece ter um temperamento sereno e determinado, pouco aberto a impressões perigosas. Tenho muito respeito por ele. Não tenho motivos para pensar o contrário, de acordo com o que observei. Mas eu o conheço muito pouco, e não é um homem, pelo que me parece, que se possa conhecer com facilidade. Minha maneira de falar do senhor Elliot não a convence de que ele não significa nada para mim? Meu discurso é bastante calmo. E dou minha palavra de honra de que ele não é nada para mim. Caso se declare (e tenho poucas razões para pensar que o fará), não aceitarei. Asseguro que não aceitarei. Asseguro que o senhor Elliot não teve nada a ver com a conversa que a senhora supôs, com qualquer tipo de prazer que o concerto na noite passada me proporcionou. Não, não é o senhor Elliot que...
Ela parou e arrependeu-se com um profundo rubor de ter falado tanto. Mas, se falasse menos, isso dificilmente teria sido suficiente. A senhora Smith não teria acreditado tão cedo no fracasso do senhor Elliot caso não imaginasse que havia outra pessoa. Quando entendeu isso, não falou mais nada nem fez outras suposições. Mas Anne, ansiosa para

ignorar o incidente, estava impaciente para saber de onde a senhora Smith tinha tirado a ideia de que ela deveria se casar com o senhor Elliot ou de quem ouvira falar aquilo.

– Por favor, conte-me como pensou uma coisa dessas.

– No começo, foi ao saber quanto tempo vocês passavam juntos, e pareceu-me que também era o mais desejável do mundo pelas pessoas relacionadas aos dois – respondeu a senhora Smith. – E pode ter certeza de que todos os seus conhecidos pensam a mesma coisa. Mas ninguém me falou sobre isso até dois dias atrás.

– E isso foi, de fato, falado?

– Notou a mulher que abriu a porta para a senhorita quando veio ontem?

– Não. Não era a senhora Speed, como de costume, ou então a empregada? Não vi ninguém em especial.

– Era a minha amiga senhora Rooke, a enfermeira Rooke, que, claro, estava muito curiosa para vê-la e ficou encantada em abrir a porta para a senhorita. Ela voltou de Marlborough no domingo e foi ela quem me disse que a senhorita iria se casar com o senhor Elliot. Ouviu isso da própria senhora Wallis, que deve estar bem informada. Esteve aqui na segunda-feira por uma hora e contou-me a história toda.

– A história toda! – disse Anne, e riu. – Não pode ter feito uma história tão longa de um assunto tão pequeno e infundado.

A senhora Smith não respondeu.

– Mas... – continuou Anne. – Mesmo que não seja verdade que me casarei com o senhor Elliot, ficaria muito feliz em fazer o que estiver a meu alcance para ajudar a senhora. Devo dizer a ele que está em Bath? A senhora quer que eu lhe dê algum recado?

– Não, obrigada. Não, é claro que não. No calor do momento e sob uma impressão errada, posso ter solicitado seu interesse em certos assuntos. Mas agora não mais. Eu lhe agradeço, mas não se incomode com isso.

– Acho que a senhora disse que conhece o senhor Elliot há muitos anos, certo?

– É verdade.

– Não antes de se casar, imagino.
– Não estava casado quando o conheci.
– E... Eram muito amigos?
– Íntimos.
– É mesmo? Diga-me, então, que tipo de pessoa ele era naquela época. Estou muito curiosa para saber como era o senhor Elliot na juventude. Era parecido com o que é hoje?
– Não vejo o senhor Elliot há três anos – foi a resposta da senhora Smith.

Falou com tanta seriedade que foi impossível continuar o assunto, e Anne sentiu que sua curiosidade só tinha aumentado. As duas ficaram em silêncio, e a senhora Smith ficou muito pensativa. Por fim, falou:

– Peço perdão pelas respostas curtas que dei, senhorita Elliot, mas duvidei do que tinha de fazer. Duvidei se deveria dizer algo à senhorita. Há muitas coisas que devem ser levadas em conta. É horrível ser intrometida, causar más impressões, prejudicar os outros. Até a aparência tranquila de uma reunião familiar merece ser preservada, embora não haja nada duradouro embaixo dela. De qualquer forma, estou determinada e acho que faço bem. Acho que a senhorita deveria conhecer o verdadeiro caráter do senhor Elliot. Embora eu acredite plenamente que, no momento, a senhorita não parece ter a menor intenção de aceitá-lo, ninguém é capaz de dizer o que pode acontecer. Talvez seus sentimentos com relação a ele mudem. Então, escute a verdade, agora que nenhum preconceito atrapalha sua mente. O senhor Elliot é um homem sem coração nem consciência. Um ser manipulador, cauteloso, de sangue-frio, que só pensa em si mesmo e que, para seu próprio bem, não hesitaria em cometer qualquer crueldade, qualquer traição, qualquer coisa que não arrisque seu caráter. Não tem sentimentos pelos outros. Pode levar os outros à ruína, negligenciá-los e abandoná-los sem o menor peso na consciência. Não possui nenhum sentimento de justiça ou compaixão. Ah, o coração dele é sombrio! Sombrio e vazio!

A surpresa de Anne e suas exclamações de espanto fizeram-na parar. Com um ar mais calmo, continuou:

# Persuasão

– Minhas expressões a surpreendem. A senhorita irá pensar que sou uma mulher enfurecida e insultada, mas tentarei me controlar: não vou caluniá-lo. Vou contar apenas o que descobri sobre ele. Os fatos falam por si. Ele era o amigo íntimo do meu falecido marido, em quem confiava, a quem amava e acreditava ser tão bom quanto ele próprio. Essa intimidade já estava formada antes do nosso casamento. Ao perceber que eram amigos tão íntimos, também comecei a simpatizar muito com o senhor Elliot, e o tinha em altíssima estima. Aos 19 anos, a senhorita sabe que não pensamos muito seriamente. Mas o senhor Elliot parecia tão bom quanto qualquer outro e mais agradável do que muitos, e estávamos quase sempre juntos. Passávamos muito tempo na cidade e vivíamos em grande estilo. Naquela época, ele era inferior a nós. Era o mais pobre, tinha quartos no Temple, e isso era o melhor que podia fazer para manter a aparência de cavalheiro. Podia ficar em nossa casa sempre que quisesse. Era sempre bem-vindo; era como um irmão para nós. Meu pobre Charles, que tinha o coração mais bondoso e generoso do mundo, dividiria com ele até o último centavo. Eu sei que seus bolsos estavam sempre abertos para o amigo. Tenho certeza de que o ajudou várias vezes.

– Este deve ser o período da vida do senhor Elliot que sempre despertou minha curiosidade – disse Anne. – Deve ter sido nessa época que conheceu meu pai e minha irmã. Eu não o conhecia então. Só ouvia falar dele, mas houve algo em sua conduta naquela época, com relação a meu pai e minha irmã, e logo depois, ao se casar, que nunca consegui conciliar com seu comportamento atual. Parecia que era um homem diferente.

– Eu sei, eu sei! – exclamou a senhora Smith. – Ele foi apresentado a *sir* Walter e sua irmã antes que eu o conhecesse, mas eu o ouvi falar muito sobre eles. Sei que foi convidado e solicitado, e também que decidiu não visitá-los. Posso lhe dar, talvez, detalhes que nem suspeita. Por exemplo, com relação a seu casamento, sei de todas as circunstâncias. Conheço todos os prós e contras. Eu era a amiga em quem ele depositava as esperanças e os planos e, embora não conhecesse sua esposa antes, já que a situação inferior dela na sociedade tornava isso impossível, eu a conheci muito depois, nos últimos dois anos de sua vida, e assim posso responder qualquer pergunta que queira me fazer.

— Não — disse Anne. — Não tenho nenhuma pergunta específica sobre ela. Sempre soube que não foi um casamento feliz. Mas gostaria de saber por que motivo, naquele momento, ele evitou o relacionamento com meu pai, que com certeza estava disposto em lhe conceder as mais gentis e apropriadas atenções. Por que o senhor Elliot se afastou?

— O senhor Elliot tinha, naquele momento, apenas um objetivo: fazer fortuna, e por um processo mais rápido do que a lei — respondeu a senhora Smith. — Estava disposto a enriquecer por meio do casamento. Pelo menos, estava determinado a não arruinar seu objetivo com um casamento imprudente. E sei que acreditava, com razão ou não, não posso dizer, que seu pai e sua irmã, com seus convites e suas cortesias, queriam uma união entre o herdeiro e a jovem. E era impossível que este casamento fosse de encontro às suas aspirações de bem-estar e independência. Esta foi a razão pela qual ele se afastou, posso assegurar. Ele mesmo me contou. Não tinha segredos comigo. É curioso que, depois de tê-la deixado em Bath, o primeiro e mais importante amigo que tive depois de casada tenha sido seu primo. E, por ele, tive notícias constantes de seu pai e de sua irmã. Ele me descrevia uma senhorita Elliot, e eu pensava na outra com muito carinho.

— É possível que a senhora tenha falado de mim, às vezes, com o senhor Elliot? — disse Anne, tomada por uma ideia repentina.

— É claro, e com muita frequência. Eu costumava elogiar minha Anne Elliot e garantir que era uma pessoa muito diferente do que...

Parou a tempo.

— Isso tem a ver com algo que o senhor Elliot disse ontem à noite! — exclamou Anne. — Isso explica tudo. Descobri que tinha ouvido falar sobre mim. Não sabia como ou por quem. Que imaginação maluca temos quando se trata de qualquer coisa relacionada a nós mesmos! Quantos erros podemos cometer! Mas imploro que me perdoe. Eu a interrompi. Então, o senhor Elliot casou-se apenas por dinheiro? Foi essa circunstância, imagino, que fez a senhora vislumbrar o verdadeiro caráter dele pela primeira vez.

## Persuasão

A senhora Smith hesitou por um momento.

– Ah, essas coisas costumam acontecer... Quando se vive no mundo, não é surpreendente encontrar homens e mulheres que se casam por dinheiro. É corriqueiro demais para nos chocar como deveria. Eu era muito jovem. Éramos um grupo feliz e imprudente, sem nenhuma regra séria de conduta. Vivíamos para nos divertir. Penso muito diferente agora. O tempo, a doença e a tristeza deram-me outras noções das coisas. Mas, naquele momento, devo confessar que não vi nada reprovável na conduta do senhor Elliot. 'Fazer o melhor para si' era o nosso lema.

– Mas ela não era uma mulher muito inferior?

– Sim, e eu levantei algumas objeções quanto a isso, mas ele não levou em conta. Dinheiro, dinheiro, era tudo o que ele queria. O pai dela tinha sido fazendeiro e o avô, açougueiro, mas de que isso importava? Ela era uma boa mulher, tinha educação. Havia sido criada por uns primos. Conheceu o senhor Elliot por acaso e apaixonou-se por ele. E, da parte dele, não houve nem hesitação nem escrúpulo quanto à origem dela. Seu único interesse era saber quanto era a fortuna dela antes de se comprometer. Se julgarmos por isso, seja qual for a opinião sobre a posição social que o senhor Elliot tem agora, quando era jovem, não dava nenhum valor a isso. A possibilidade de herdar Kellynch era importante, talvez, mas, no que dizia respeito à honra da família, ele a reduzia a algo sem importância. Muitas vezes, ouvi-o declarar que, se os títulos de barão pudessem ser vendidos, venderia o seu por cinquenta libras, com as armas, o lema, o nome e a terra incluídos. Mas não pretendo repetir metade das coisas que ele disse sobre esse assunto. Não seria justo. E, no entanto, a senhorita precisa ter provas, pois não estou apresentando nada além de palavras. Mas a senhorita terá provas.

– Na verdade, minha querida senhora Smith, não preciso de nenhuma – rebateu Anne. – A senhora não disse nada que pareça contraditório com o que o senhor Elliot era naquele tempo. Essa é a confirmação do que costumávamos acreditar e ouvir. Estou mais curiosa em saber por que está tão diferente agora.

– Mas, para minha satisfação, a senhorita teria a bondade de chamar Mary? Ou melhor, estou certo de que terá a bondade ainda maior de ir até meu quarto e trazer uma pequena caixa que está na prateleira mais alta do meu guarda-roupas.

Anne, vendo que a amiga queria muito isso, fez o que lhe foi pedido. Pegou e colocou a caixa na frente dela, e a senhora Smith, curvando-se e abrindo-a, disse:

– Isso está cheio de papéis que pertencem a ele, a meu marido. Só uma pequena parte do que encontrei quando fiquei viúva. A carta que estou procurando foi escrita pelo senhor Elliot a meu marido antes de nosso casamento, e, por sorte, consegui salvá-la. Como? Não saberia dizer. Mas meu marido era descuidado e negligente, como muitos outros homens, nesse assunto. E, quando fui examinar seus documentos, encontrei uma porção de coisas sem importância, de diferentes pessoas aqui e ali, quando muitas cartas e memorandos valiosos foram destruídos. Aqui está. Não queimei porque já estava bastante insatisfeita na época com o senhor Elliot e decidi guardar qualquer prova da amizade que existia entre nós. Agora, tenho outro motivo para estar feliz por ter feito isso.

A carta estava endereçada ao "Cavalheiro Charles Smith. Tunbridge Wells", e tinha sido enviada de Londres em julho de 1803.

*Meu caro Smith,*

*Recebi sua carta. Sua bondade quase me domina. Gostaria que a natureza tivesse feito mais corações como o seu, mas vivi 23 anos no mundo sem encontrar ninguém que se iguale ao senhor. Nestes momentos, garanto que não preciso de seus serviços porque tenho fundos de novo. Pode me felicitar: consegui me livrar de sir Walter e da filha. Eles voltaram para Kellynch e quase me fizeram prometer ir visitá-los neste verão. Mas minha primeira visita a Kellynch será com um agrimensor que me dirá como obter o máximo de lucro da propriedade. Mas não é improvável que o barão se case outra vez. É um imbecil.*

*Porém, caso ele se case, me deixariam em paz, o que seria uma troca justa pela perda. Sir Walter está ainda pior do que no ano passado.*
*Gostaria de ter qualquer nome, menos Elliot. Estou cansado desse nome. Posso abandonar o nome de Walter, graças a Deus! E gostaria que nunca mais me insultasse usando meu segundo W. também.*
*Para sempre seu,*

*Wm. Elliot.*

Anne não conseguiu ler a carta sem se exaltar, e a senhora Smith, observando a cor de seu rosto, disse:
– A linguagem, bem entendo, é muito desrespeitosa. Embora tenha esquecido as palavras exatas, tenho uma perfeita impressão do tom geral. Mas aí está o homem. Mostra também o grau de amizade que tinha com meu falecido marido. Pode haver algo mais forte que isso?
Anne não conseguia se recuperar do choque e do sofrimento causado pelas palavras dirigidas a seu pai. Precisou recordar que ter visto esta carta era, em si, uma violação das leis da honra, que ninguém deveria ser julgado ou conhecido por testemunhos dessa natureza, que nenhuma correspondência privada deveria ser vista, exceto por aqueles a quem está dirigida. Precisou se lembrar de tudo isso antes de poder recuperar calma suficiente para devolver a carta que a deixou em um estado de meditação e dizer:
– Obrigada. Esta é uma prova completa do que a senhora estava dizendo. Mas por que a amizade dele conosco agora?
– Também posso explicar isso – respondeu a senhora Smith, sorrindo.
– Pode mesmo?
– Posso. Mostrei para a senhorita como era o senhor Elliot há 12 anos e irei mostrar agora qual é seu caráter atual. Não posso entregar provas escritas de novo, mas meu testemunho oral será tão autêntico quanto a senhorita quiser. Vou informá-la sobre o que o senhor Elliot deseja e procura agora. Não é hipócrita no presente. É verdade que quer se casar com a senhorita. Suas atenções para com sua família agora são

sinceras, vêm mesmo do coração. Vou dizer quem me afirmou isso: o amigo dele, o coronel Wallis.

– O coronel Wallis! Também o conhece?

– Não, não o conheço. As notícias não chegam a mim de forma tão direta assim. Dão algumas voltas: nada de grande consequência. A fonte de informação é tão boa quanto no começo, e os detalhes que podem ter sido adicionados são fáceis de discernir. O senhor Elliot fala com o coronel Wallis sem nenhuma reserva sobre o que pensa com relação à senhorita. Imagino que o coronel Wallis seja um homem sensato, cuidadoso e inteligente, mas tem uma esposa bonita e tonta a quem conta coisas que deveriam ser guardadas somente para si. Esta, com a energia de sua recuperação, contou tudo à enfermeira, e a enfermeira, sabendo de sua amizade comigo, logo me trouxe a notícia. Na segunda-feira à noite, minha boa amiga, a senhora Rooke, inteirou-me dos segredos de Marlborough. Então, quando eu lhe contei a história toda, a senhorita pode ter certeza de que eu não estava romantizando tanto quanto supunha.

– Minha querida senhora Smith, receio que sua fonte de informação não seja suficiente neste caso. O fato de o senhor Elliot ter certas pretensões ou não com relação a mim não é suficiente para justificar os esforços que fez para se reconciliar com meu pai. Estes foram antes da minha chegada em Bath. Descobri que ele já estava muito próximo da minha família quando cheguei.

– Eu sei, eu sei muito bem, mas...

– Na verdade, senhora Smith, não acho que possamos esperar informações confiáveis por esse caminho. Fatos ou opiniões que tenham que passar pela boca de tantos podem ser deturpados pela tolice de um ou ignorância de outro e, dificilmente, podem trazer muita verdade.

– Peço que me escute. Logo, poderá julgar se pode ou não dar crédito a tudo isso quando souber de alguns detalhes que a senhorita pode confirmar ou negar. Ninguém assume que a senhorita fosse o objetivo do senhor Elliot no começo. É verdade que o senhor Elliot a tinha visto e admirado antes de que viesse para Bath, mas não sabia quem era a senhorita. Pelo menos, é o que minha informante diz. É verdade?

É verdade que a viu no verão ou no outono passado "em algum lugar do oeste" para usar suas palavras, sem saber quem era a senhorita?

– Certo. Isso é verdade. Foi em Lyme. Tudo isso aconteceu em Lyme.

– Bem... – continuou a senhora Smith, triunfante. – Conceda à minha amiga o devido crédito pela confirmação do primeiro ponto. Ele a viu em Lyme e gostou tanto que ficou muito feliz ao vê-la de novo em Camden Place e saber que era a senhorita Anne Elliot e, a partir de então, não tenho dúvida de que teve um duplo interesse em visitar sua casa. Mas, antes, houve uma razão que explicarei para a senhorita agora. Se encontrar na minha história algo que parece falso ou improvável, peço que não me deixe continuar. Meu relato diz que a amiga de sua irmã, aquela senhora que é hóspede das senhoritas atualmente e da qual ouvi a senhorita falar, veio para Bath com seu pai e sua irmã aqui no mês de setembro, quando eles chegaram, e está na casa das senhoritas desde a ocasião. É uma mulher inteligente, insinuante, bonita, pobre e plausível. E, de modo geral, tanto pela situação quanto pelas maneiras, dá a entender aos conhecidos de *sir* Walter de que poderia aspirar a ser *lady* Elliot, e há uma surpresa geral pelo fato de que sua irmã esteja tão cega e não veja esse perigo.

Aqui, a senhora Smith parou, mas Anne não tinha nada a dizer. Então, prosseguiu:

– Essa era a opinião daqueles que conheciam a família, muito antes de sua chegada. O coronel Wallis já prestava atenção em seu pai para ser sensato com relação ao assunto, embora na época não visitasse Camden Place. Mas a consideração que tinha pelo amigo, o senhor Elliot, conferiu-lhe interesse para observar tudo o que acontecia lá, e, quando o senhor Elliot veio a Bath por um ou dois dias, pouco antes do Natal, o coronel Wallis lhe contou sobre o andamento das coisas e os rumores que começavam a surgir. A senhorita precisa entender que o tempo gerou grandes mudanças nas opiniões do senhor Elliot sobre o valor de um título do barão. Em tudo o que se relaciona com os laços de sangue e os relacionamentos, é um homem completamente diferente. Como há muito tempo o senhor Elliot tem todo o dinheiro de que precisa, e nada mais a desejar com relação à avareza e à indulgência, tem aprendido aos poucos a depositar a felicidade no título que irá herdar. Isso eu já tinha pressentido antes de nossa amizade ter terminado, mas agora é fato evidente. O senhor Elliot não pode suportar a ideia de não se chamar *sir* William. Por isso, a senhorita pode entender que as notícias comunicadas pelo amigo não foram agradáveis para ele, e também imagina os resultados que produziram. A intenção de voltar a Bath o mais rápido possível, instalar-se aqui por um tempo, com a possibilidade de restabelecer as antigas relações, e recuperar tal posição na família que poderia lhe fornecer os meios de averiguar o grau de perigo e de impedir os planos da dama em questão se acreditasse que fosse necessário. Isso foi combinado entre os dois amigos como a única coisa a ser feita, e o coronel Wallis concordou em ajudar o amigo de todas as formas possíveis. Ele e a senhora Wallis seriam apresentados à família. O senhor Elliot voltou, de acordo com o plano, pediu uma reconciliação e foi perdoado, como a senhorita sabe, e readmitido na família. E, assim, seu motivo principal e único propósito (até sua chegada adicionar um novo interesse às suas visitas) era observar seu pai e a senhora Clay. Esteve com eles em todas as oportunidades que pôde. Ficou entre eles, fez visitas a toda hora... Mas não tenho por que lhe dar detalhes sobre isso. Pode imaginar todas as artimanhas de um homem habilidoso. E talvez a senhorita, de posse dessa informação, se lembre de algo que já o tenha visto fazer.

– Sim – disse Anne. – A senhora não me disse nada que não estivesse de acordo com o que sabia e imaginava. Há sempre algo ofensivo nos meios empregados pela astúcia. As manobras do egoísmo e da duplicidade são repulsivas, mas a senhora não me disse nada que, de fato, me surpreenda. Sei que algumas pessoas ficariam chocadas com esse retrato do senhor Elliot e que lhes custaria acreditar nisso. Mas eu nunca fiquei satisfeita. Sempre suspeitei que havia algum motivo oculto em seu comportamento. Gostaria de conhecer a atual opinião do senhor Elliot quanto à probabilidade do assunto que tanto teme. Se considera que o perigo está diminuindo ou não.

– O senhor Elliot acha que o perigo está diminuindo, até onde sei – respondeu a senhora Smith. – Acha que a senhora Clay tem medo dele e que ela sabe que ele adivinha suas intenções e não se atreve a agir como faria se não estivesse por perto. Mas, como o senhor Elliot terá de ir embora em algum momento, não sei de que maneira poderá estar seguro enquanto a senhora Clay conservar sua atual influência. A senhora Wallis tem uma ideia muito engraçada, como minha amiga enfermeira me informou: consiste em colocar nos artigos do contrato de casamento entre a senhorita e o senhor Elliot que seu pai não se case com a senhora Clay. É uma ideia digna em todos os aspectos da inteligência da senhora Wallis, mas a sensata senhora Rooke vê claramente como é absurda. "Certamente, senhora, isso não impediria que se casasse com outra pessoa", disse-me. E, para ser sincera, não acho que minha amiga enfermeira seja totalmente contra um segundo casamento de *sir* Walter. Ela é uma defensora do casamento, e, como cada um tem as próprias motivações, quem poderia dizer que ela não tem aspirações de servir uma futura *lady* Elliot graças a uma recomendação da senhora Wallis?

– Estou feliz em saber tudo isso – disse Anne, depois de refletir um momento. – Será mais doloroso para mim em alguns aspectos estar na companhia do senhor Elliot, mas agora saberei melhor o que fazer. Minha linha de conduta será mais direta. Evidentemente, o senhor Elliot é um hipócrita, falso e mundano, que nunca teve nenhum princípio melhor para guiá-lo além do egoísmo.

Mas a senhora Smith ainda não tinha terminado. Distraíra da história original, e Anne já tinha se esquecido, interessada como estava em tudo relacionado à sua família, de quanto havia sido originalmente implicado contra ele. Mas agora a atenção de Anne era exigida para uma explicação das primeiras pistas da amiga. E teve, então, que escutar uma narrativa que, embora não justificasse completamente o atual rancor da amiga, provava que a conduta do senhor Elliot com ela fora insensível e injusta.

Soube, assim, que (sem que a amizade tivesse sido alterada pelo casamento do senhor Elliot) a intimidade das famílias havia continuado e que o senhor Elliot levara o amigo a gastar quantias que iam muito além do que suas posses permitiam. A senhora Smith não queria assumir a culpa por isso e sentia grande ternura pelo marido. Por isso, tampouco queria culpá-lo. Mas Anne podia perceber que sua renda nunca tinha sido igual a seus gastos e que, desde o início, houve grandes extravagâncias gerais e conjuntas. Da perspectiva da esposa, Anne imaginava que o senhor Smith era um homem de sentimentos generosos, caráter calmo, hábitos descuidados, não muito inteligente, muito mais amável que o amigo e muito diferente dele. Tinha sido influenciado e, provavelmente, desprezado por ele. O senhor Elliot, que ficou rico por seu casamento e se dava todas as vaidades e os prazeres que podia sem se comprometer (pois, apesar de sua autoindulgência, tinha se tornado um homem prudente), e se encontrando rico no exato momento em que o amigo começava a perceber sua pobreza, parecia não ter se importado com as finanças do amigo. Pelo contrário, havia incentivado despesas que só poderiam levá-lo à falência. E, consequentemente, os Smith ficaram arruinados.

O marido morreu a tempo de ser poupado da verdade completa. Já tinham enfrentado dificuldades suficientes antes para pôr à prova a amizade dos amigos, e para provar que a amizade do senhor Elliot era daquelas que não convinha pôr à prova. Mas foi só depois da morte do senhor Smith que o estado desastroso de seus negócios ficou conhecido completamente. Confiando na consideração do senhor Elliot mais do que nos próprios critérios de julgamento, o senhor Smith havia-o indicado como executor de seu testamento. Mas o senhor Elliot se recusou, e as dificuldades e os transtornos que essa recusa causaram à viúva, junto com o inevitável sofrimento em sua nova situação, foram tais que não podiam ser contados sem angústia ou ouvidos sem indignação.

Anne viu algumas cartas do senhor Elliot nessa ocasião, respostas a pedidos urgentes da senhora Smith, que demonstravam a mesma intenção decidida de não se dedicar a inconveniências desnecessárias, e, sob uma cortesia fria, a mesma indiferença a tudo de ruim que pudesse acontecer a ela. Era um retrato horrível de ingratidão e desumanidade. E, em alguns momentos, Anne sentiu que nenhum crime verdadeiro poderia ter sido pior. Tinha muito a ouvir: todos os pormenores das tristes cenas passadas, todas as minúcias de uma angústia após a outra.

Tudo o que só havia sido insinuado em conversas anteriores era agora relatado com uma indulgência natural. Anne podia entender muito bem o grande alívio que isso proporcionava à amiga, e ficou ainda mais inclinada a estranhar a compostura do comportamento habitual dela.

Havia uma circunstância no relato de seus arrependimentos que era bastante irritante. Anne tinha boas razões para acreditar que uma propriedade do marido nas Índias Ocidentais, que por muito tempo esteve confiscada para o pagamento dos próprios encargos, poderia ser recuperada caso as medidas adequadas fossem empregadas. Essa propriedade, embora não fosse muito grande, era suficiente para tornar a senhora Smith comparativamente rica. Mas não havia ninguém para se encarregar disso. O senhor Elliot não faria nada, e a senhora Smith tampouco, incapacitada para se ocupar da questão, devido à sua fraqueza física e por não ter recursos para pagar os serviços de outra pessoa. Ela não tinha relações que pudessem ajudá-la nem mesmo com bons conselhos e não podia pagar um advogado. Esse era um agravante cruel da situação já limitada. Saber que a amiga deveria estar em melhores condições, que um pequeno esforço poderia melhorar sua situação e que a demora poderia enfraquecer seus direitos, era difícil de suportar.

Queria que Anne a ajudasse com o senhor Elliot nesse assunto. Antes, a senhora Smith temia que aquele casamento a fizesse perder a amiga. Mas sabia, então, que o senhor Elliot não faria nada desta natureza, já que nem sabia que a senhora Smith estava em Bath. Nesse momento, logo lhe ocorreu a ideia de que algo poderia ser feito a seu favor por influência da mulher que ele amava. Por isso, apressou-se a buscar a simpatia de Anne, tanto quanto seu conhecimento do caráter do senhor Elliot poderia permitir. Até que a recusa de Anne com relação ao suposto casamento mudou tudo. E, embora a esperança recém-formada de ser bem-sucedida no objetivo que mais ansiava tenha desaparecido, tinha pelo menos o consolo de ter conseguido contar a história toda à sua maneira.

Depois de ouvir a descrição completa do caráter do senhor Elliot, Anne não pôde deixar de ficar surpresa com os termos favoráveis feitos a ele pela senhora Smith no começo da conversa. Parecia que o elogiava e recomendava.

– Minha querida amiga, não poderia fazer outra coisa – respondeu a senhora Smith. – Considerava seu casamento com o senhor Elliot como uma coisa certa, mesmo que ele ainda não tivesse se declarado. E não podia mais contar a verdade sobre ele, considerando que seria seu futuro marido. Meu coração estava sangrando pela senhorita enquanto falava sobre felicidade. E, apesar de tudo, ele é inteligente, é agradável e, com uma mulher como a senhorita, a união não seria completamente desesperadora. O senhor Elliot foi muito indelicado com a primeira esposa. Foi um casamento desastroso. Mas ela era muito ignorante e grosseira para inspirar respeito, e ele nunca a amou. Eu estava torcendo que, talvez com você, as coisas fossem diferentes.

Anne sentiu um arrepio no fundo do coração ao pensar na possibilidade de ter sido induzida a se casar com o senhor Elliot e no sofrimento que tal união causaria nela. Era possível que *lady* Russell pudesse ter conseguido convencê-la! Nesse caso, qual das duas teria ficado ainda mais infeliz quando o tempo revelasse tudo e fosse tarde demais?

Era necessário que *lady* Russell não fosse enganada por mais tempo. E um dos acordos dessa importante conversa, que ocupou boa parte da manhã, foi que Anne teria total liberdade para contar à *lady* Russell qualquer coisa sobre a senhora Smith que estivesse relacionada com a conduta do senhor Elliot.

## Capítulo 10

Anne foi para casa refletir sobre o que ouvira. De certa forma, sentiu-se mais calma ao conhecer o caráter do senhor Elliot. Já não sentia nenhuma ternura com relação a ele. Era o oposto do capitão Wentworth, com todas suas intromissões mal-intencionadas. E o mal causado por suas atenções da noite anterior, o dano irreparável que cometera, foi considerado com sensações desqualificadas e indiferentes. Não sentia mais pena dele. Mas só nisso ela se sentiu aliviada. Em todos os outros aspectos, quanto mais olhava ao redor e mais se aprofundava, mais razões encontrava para temer e desconfiar. Estava preocupada com a decepção e a dor que *lady* Russell teria, com a tristeza que o pai e a irmã sofreriam e com todas as angústias prever tanto males sem saber como evitar nenhum deles. Agradecia muito por conhecê-lo bem. Nunca havia considerado o direito de esperar nenhuma recompensa pelo tratamento que tinha dedicado a uma velha amiga como a senhora Smith e, apesar disso, fora recompensada! A senhora Smith fora capaz de contar algo que mais ninguém poderia ter contado. Deveria comunicar tudo para sua família? Mas era uma ideia boba. Deveria falar com *lady* Russell, contar tudo a ela, consultá-la e, tendo agido da melhor forma, esperar com a maior compostura possível. Afinal, onde ela precisava de mais compostura era naquela parte da alma que não podia ser aberta para *lady* Russell, naquele fluxo de ansiedades e temores que deveria guardar para si.

Ao chegar em casa, comprovou que fora capaz de evitar o senhor Elliot, como era sua intenção. Ele estivera lá e fizera uma longa visita pela manhã. Mas mal começou a se parabenizar e se sentir segura até que descobriu que o senhor Elliot voltaria à tarde.

– Não tinha a menor intenção de convidá-lo – disse Elizabeth com um descuido afetado. – Mas ele lançou muitas indiretas. Pelo menos, foi o que a senhora Clay disse.

– Mas é verdade. Nunca vi ninguém esperar com tanto interesse por um convite. Pobre homem! Eu estava, realmente, com pena do senhor Elliot, porque o coração frio de sua irmã, senhorita Anne, parece inclinado à crueldade.

– Ah! – exclamou Elizabeth. – Estou muito acostumada a esse tipo de jogo para me surpreender com as indiretas de um cavalheiro. Mas, quando descobri o quanto lamentava não ter encontrado meu pai esta manhã, eu cedi na mesma hora, porque nunca vou evitar uma oportunidade de reunir o senhor Elliot e *sir* Walter. Os dois parecem beneficiar-se tanto da companhia um do outro! São tão amáveis! O senhor Elliot olha para nosso pai com tanto respeito!

– É mesmo maravilhoso! – exclamou a senhora Clay, mas sem se atrever a olhar para Anne. – Como pai e filho. Minha querida senhorita Elliot, não posso chamá-los de pai e filho?

– Ah, eu não impeço as palavras de ninguém. Se a senhora acha que sim... Mas, para ser sincera, não acho que suas atenções são superiores às dos outros homens.

– Minha querida senhorita Elliot! – exclamou a senhora Clay, erguendo as mãos e os olhos para o céu e guardando o resto de seu espanto em um silêncio conveniente.

– Bem, minha querida Penélope, não deveria ficar tão alarmada – disse Elizabeth. – Eu o convidei para vir, a senhora sabe. Mandei-o embora com sorrisos, mas, quando soube que amanhã passaria o dia todo com os amigos em Thornberry Park, tive compaixão por ele.

Anne admirou a boa atuação da senhora Clay, que era capaz de mostrar tanto prazer e expectativa pela chegada da pessoa cuja presença era uma grande interferência em seu objetivo principal. Era impossível que a senhora Clay sentisse algo com relação ao senhor Elliot diferente de ódio, e, ainda assim, podia adotar uma expressão plácida e caridosa, e parecer bastante satisfeita em dedicar a *sir* Walter apenas metade das atenções que teria dado a ele em outras circunstâncias.

Para Anne, era inquietante ver o senhor Elliot entrar no salão. E muito doloroso vê-lo se aproximar e conversar com ela. Já tinha se acostumado a julgar as ações dele como nem sempre sinceras, mas, naquele momento, enxergava a falsidade em cada gesto. A deferência atenta que demonstrava com relação ao pai, em contraste com sua linguagem anterior, era odiosa. Quando Anne pensava como o primo fora cruel com a senhora Smith, mal podia suportar a visão de seus sorrisos e sua doçura ou o som de seus falsos sentimentos bons.

Anne pretendia evitar que qualquer mudança em suas maneiras provocasse um comentário dele. Seu maior objetivo era escapar de todos os questionamentos e as atenções, mas tinha a intenção de ser tão fria com ele quanto a cortesia da relação permitisse e recuar, da forma mais silenciosa possível, dos poucos graus de intimidade que aos poucos havia concedido. Como resultado, ficou mais retraída e em guarda do que na noite anterior.

Ele quis despertar a curiosidade de Anne mais uma vez sobre como e onde ouvira elogios anteriores com relação à prima. Queria muito que ela fizesse mais perguntas, mas o encanto estava quebrado. O senhor Elliot entendeu que o calor e a animação do salão de concerto eram necessários para despertar a vaidade da modesta prima. Entendeu que, por ora, nada seria feito por nenhum dos meios habituais que poderia arriscar entre as excessivas necessidades de atenção das outras pessoas. Não imaginou que era um assunto que agora agia contra seu interesse, trazendo na mesma hora à mente de Anne a lembrança de todas aquelas partes de sua conduta que eram as mais imperdoáveis.

Anne ficou satisfeita em saber que o senhor Elliot ia, de fato, partir de Bath na manhã seguinte, bem cedo, e que só voltaria dali a dois dias. Foi convidado, de novo, a Camden Place na mesma noite de seu retorno, mas, de quinta-feira a sábado, sua ausência era certa. Já era ruim o suficiente que a senhora Clay estivesse sempre na frente dela, mas que um hipócrita ainda maior fizesse parte de seu grupo era o que faltava para destruir toda a paz e o bem-estar. Era humilhante pensar no constante engano em que viviam o pai e Elizabeth considerando os sofrimentos que estavam sendo preparados para eles. O egoísmo da senhora Clay não era tão complicado nem tão revoltante quanto o do senhor Elliot, e Anne aceitaria de bom grado o casamento dela com o pai imediatamente, apesar de todos os inconvenientes, se isso a livrasse de todas as sutilezas do senhor Elliot para evitar tal união.

Na manhã de sexta-feira, Anne decidiu visitar *lady* Russell bem cedo e contar o que achava necessário. E teria ido logo depois do café da manhã, mas a senhora Clay também iria sair para realizar uma tarefa cujo objetivo era evitar algum desconforto para Elizabeth. Por isso, Anne decidiu esperar até se ver livre de tal companhia. Já via a senhora Clay a distância antes de mencionar o desejo de passar a manhã na rua River.

– Muito bem – disse Elizabeth. – Não posso enviar nada além de meu carinho. Ah, também pode levar o livro chato que me emprestou e fingir que já o li. Não posso me atormentar para sempre com todos os novos poemas e ensaios que são publicados no país. *Lady* Russell aborrece-me bastante com suas novas publicações. Não conte isso a ela, mas achei seu vestido detestável na outra noite. Achei que tivesse certo gosto ao se vestir, mas fiquei com vergonha dela no concerto. Às vezes, *lady* Russell é tão formal e composta em suas roupas! E se senta tão ereta! Mande a ela meu carinho, é claro.

– E também o meu – disse *sir* Walter. – Minhas melhores saudações. Também pode dizer que pretendo visitá-la em breve. Mande uma mensagem cortês. Mas só vou deixar meu cartão. As visitas matutinas nunca são agradáveis para as mulheres dessa idade, que se arrumam tão pouco quanto ela. Se, ao menos, usasse ruge, não teria medo de ser vista. Mas, na última vez em que apareci, notei que as persianas foram fechadas no mesmo instante.

Enquanto o pai falava, bateram na porta. Quem podia ser? Anne, lembrando as visitas inesperadas do senhor Elliot a qualquer hora, teria presumido que era ele se não soubesse que estava a onze quilômetros de distância, em outro compromisso. Após os minutos habituais de espera, foram ouvidos ruídos de aproximação, e o senhor e a senhora Charles Musgrove entraram na sala.

A surpresa foi o principal sentimento provocado pela chegada dos dois, mas Anne ficou muito feliz em vê-los, e os outros não lamentaram tanto a visita que não puderam mostrar um ar agradável de boas-vindas. E, assim que ficou claro que eles, seus parentes mais próximos, não tinham nenhuma intenção de se hospedar ali, *sir* Walter e Elizabeth sentiram-se mais cordiais e fizeram as honras de rigor muito bem. Tinham vindo a Bath por uns dias com a senhora Musgrove, e estavam hospedados em White Hart. Isso foi entendido de imediato, mas, só quando *sir* Walter e Elizabeth foram com Mary à outra sala e deliciaram-se com a admiração desta, Anne pôde obter de Charles uma história completa dos detalhes da viagem ou uma explicação de alguns indícios sorridentes do que vieram fazer ali, algo que foi bastante insinuado por Mary, assim como uma aparente confusão com relação às pessoas que faziam parte de seu grupo.

Descobriu, então, que estavam lá, além do casal, a senhora Musgrove, Henrietta e o capitão Harville. Charles fez um breve relato, uma narrativa natural dos acontecimentos, na qual ela pôde notar uma grande parte dos comportamentos mais característicos. No começo, tinha sido o capitão Harville que precisava fazer uma viagem de negócios a Bath. Tinha começado a falar sobre isso há uma semana, e, para fazer algo, já que a temporada de caça tinha terminado, Charles propôs acompanhá-lo, e a senhora Harville parecia ter gostado muito da ideia, que considerava vantajosa para o marido. Mas Mary não suportava ser deixada sozinha, e ficou tão infeliz que, por um dia ou dois, tudo ficou em suspenso ou, aparentemente, em abandono. Mas, depois, o pai e a mãe de Charles insistiram na ideia outra vez. A mãe tinha alguns velhos amigos em Bath, que desejava ver. Era uma boa oportunidade para que Henrietta também fosse comprar o enxoval de casamento para ela e para a irmã. No fim, a mãe organizou o grupo e tudo terminou sendo fácil e simples para o capitão Harville. E ele e Mary também foram incluídos para conveniência geral. Tinham chegado na noite anterior, bem tarde. A senhora Harville, os filhos e o capitão Benwick ficaram com o senhor Musgrove e Louisa em Uppercross.

 A única surpresa de Anne foi que as coisas tivessem andado tão depressa a ponto de já estarem falando no enxoval de Henrietta. Ela imaginara que as dificuldades econômicas não iriam permitir que o casamento acontecesse tão em breve. No entanto, descobriu por Charles que, recentemente – depois da carta que tinha recebido de Mary –, Charles Hayter fora requisitado por um amigo para ocupar o lugar de um jovem que não poderia tomar posse de seu cargo antes de alguns anos e isso, aliado à sua renda atual e à certeza de obter uma posição permanente antes do fim daquele período, fez com que as duas famílias concordassem com os desejos dos jovens de se casar em poucos meses, quase ao mesmo tempo que Louisa.

 – E é um lugar muito bom – acrescentou Charles. – A apenas quarenta quilômetros de Uppercross e em uma bela paisagem, perto de Dorsetshire, no centro de uma das melhores regiões do reino, cercado por três grandes proprietários, um mais cuidadoso e invejoso que o outro. E, com dois deles, Charles Hayter poderia obter uma recomendação especial. Não que vá dar às terras o valor devido – observou. – Charles é muito pouco amante da vida ao ar livre. Este é seu maior defeito.

 – Estou mesmo muito feliz por tudo isso – disse Anne. – E que as duas irmãs, que merecem igualmente e sempre foram tão boas amigas, saibam que as alegrias de uma não devem ofuscar as da outra, e que desfrutem de igual prosperidade e bem-estar. Espero que seu pai e sua mãe estejam igualmente contentes com os casamentos.

 – Ah, sim! Meu pai ficaria mais feliz se os dois jovens fossem mais ricos, mas essa é a única falha que encontra neles. O dinheiro, a senhorita sabe, ter que contar com dinheiro para casar duas filhas ao mesmo tempo, é um grande problema que preocupa meu pai de muitas maneiras. No entanto, não quero dizer que não tenham direito a isso. É lógico que elas devem ganhar os dotes. Ele sempre foi um pai generoso e liberal comigo. Mary está insatisfeita com o casamento de Henrietta. Sabe que ela nunca aprovou. Mas ela não faz justiça a Hayter nem considera o valor de Winthrop. Não consegui fazê-la entender como a propriedade é valiosa. Nos tempos atuais, é um bom casamento. Sempre gostei de Charles Hayter, e não vou mudar de opinião agora.

– Pais tão excelentes quanto os senhores Musgrove devem se alegrar com o casamento das duas filhas – comentou Anne. – Os dois fazem de tudo para que sejam felizes, tenho certeza. Que bênção para os jovens estarem em tais mãos! Seu pai e sua mãe parecem estar livres desses sentimentos ambiciosos que provocaram muitas ações erradas e infortúnios, tanto entre os jovens quanto entre os mais velhos. Espero que Louisa já esteja completamente recuperada.

Ele respondeu, com certa hesitação:

– Sim, acho que está. Mas mudou: não corre nem salta mais, nem dança ou ri. Está muito diferente. Se uma porta é fechada de repente, ela estremece como um passarinho na água. Benwick senta-se ao lado dela lendo versos o dia todo ou sussurrando baixinho.

Anne não pôde deixar de rir.

– Ele não é muito do seu agrado, entendo – falou Anne. – Mas acho que Benwick é um excelente jovem.

– Com certeza, ninguém duvida disso. E espero que não pense que sou tão pouco liberal a ponto de desejar que todos os homens encontrem gosto e prazer nas mesmas coisas que eu. Aprecio muito Benwick e, quando alguém consegue fazê-lo falar, ele tem muito a dizer. A leitura não o prejudicou porque ele também lutou tanto quanto lê. É um homem valente. Eu o conheci melhor na segunda-feira passada do que em qualquer outra ocasião anterior. Fizemos uma famosa caçada de ratos naquela manhã nos grandes celeiros de meu pai, e ele foi tão bem que gosto ainda mais dele desde a ocasião.

Foram interrompidos aqui por causa da absoluta necessidade de Charles acompanhar os outros para admirar os espelhos e a porcelana, mas Anne tinha ouvido o suficiente para entender a atual situação em Uppercross e se alegrar com a felicidade que reinava ali. E, embora suspirasse um pouco em meio a essa felicidade, eles não continham nenhum ar de inveja. Anne adoraria conhecer essa sensação, mas não queria diminuir a alegria dos outros.

A visita aconteceu em meio a uma boa disposição geral. Mary estava de excelente humor, desfrutando da alegria e da mudança, e tão satisfeita com a viagem na carruagem de quatro cavalos da sogra e com sua completa independência de Camden Place, que se sentia encorajada a admirar tudo como devia. No mesmo instante, entendeu todas as vantagens da casa assim que foram detalhadas. Não tinha nada a pedir ao pai e à irmã e toda a sua boa vontade aumentou ao ver os belos salões.

Elizabeth sofreu bastante por um curto período de tempo. Sentia que a senhora Musgrove e todo o grupo deveriam ser convidados a jantar com eles, mas não suportaria que pessoas que sempre foram inferiores aos Elliot de Kellynch vissem a diferença de estilo e a redução dos criados, que seria evidente na refeição. Foi uma luta entre a educação e a vaidade. No entanto, a vaidade ganhou e Elizabeth ficou feliz de novo. Estas foram suas persuasões internas: "*Velhos costumes... Hospitalidade camponesa... Não damos jantares... Poucas pessoas em Bath fazem isso... Lady Alicia nunca fez isso, nem mesmo convida a família da irmã, embora tenham ficado aqui por um mês, e acho que será um inconveniente para a senhora Musgrove... Vai atrapalhar bastante seus planos. Tenho certeza de que prefere não vir... Não se sentiria confortável conosco. Vou pedir que venham à noite. Isso será muito melhor. Será inovador e cortês. Eles nunca viram dois salões como estes antes. Ficarão felizes em vir amanhã à noite. Será uma reunião bastante regular... Pequena, mas elegante*". O pensamento satisfez Elizabeth e, quando o convite foi endereçado aos dois presentes, com votos de também incluir os ausentes, Mary pareceu muito satisfeita. Estava bastante interessada em conhecer o senhor Elliot e ser apresentada a *lady* Dalrymple e à senhorita Carteret, que já tinham prometido vir aquela noite. E, para Mary, não poderia ter recebido uma atenção mais gratificante. A senhorita Elliot teria a honra de visitar a senhora Musgrove pela manhã, e Anne foi com Charles e Mary ver Henrietta e a mãe na mesma hora.

Sua ideia de visitar *lady* Russell teve de ser adiada por enquanto. Os três fizeram uma parada na casa da rua River por alguns minutos, mas Anne se convenceu de que o atraso de um dia na comunicação com *lady* Russell não faria muita diferença, e estava com pressa de chegar a White

# Persuasão

Hart para ver, de novo, os amigos e companheiros do outono passado, com a impaciência e a boa vontade advindas das muitas lembranças.

Encontraram a senhora Musgrove e a filha sozinhas, e ambas receberam Anne de forma muito amável. Henrietta estava naquele estado de aumento de perspectivas e felicidade recente que a deixavam repleta de consideração e interesse pelas pessoas de que já gostava antes. E Anne havia obtido o carinho verdadeiro da senhora Musgrove por sua ajuda quando a família estava com problemas. Havia ali uma generosidade, um calor e uma sinceridade que Anne apreciava muito mais pela triste falta de tais virtudes em casa. Ela foi convidada a passar com eles todos os momentos livres que tivesse, a vir todos os dias e passar o dia todo. Resumindo, foi convidada a ser como da família. E, em troca, ela sentiu que deveria dedicar toda atenção e assistência a eles, e, assim que Charles as deixou sozinhas, ouviu a senhora Musgrove contar a história de Louisa e Henrietta contar sua própria. Deu sua opinião sobre vários assuntos e recomendou algumas lojas. Houve intervalos em que devia ajudar Mary, que pedia conselhos sobre o tipo de fita que deveria usar até sobre como fazer uma conta, de encontrar suas chaves e organizar as bugigangas até tentar convencê-la de que ninguém estava sendo antipático com ela. Algo que Mary imaginava enquanto se distraía sentada perto da janela observando a entrada do Pump Room.

Era de esperar uma manhã de muita confusão. Um grande grupo em um hotel significa uma cena de alvoroço e desordem. A certa altura, chega um bilhete; no seguinte, um pacote; e não fazia nem meia hora que Anne se encontrava ali quando a sala de jantar, apesar de espaçosa, estava quase cheia. Um grupo de velhas amigas estava sentado em volta da senhora Musgrove, e Charles voltou com os capitães Harville e Wentworth. A aparição do segundo foi a surpresa do momento. Era impossível para Anne não sentir que a presença dos velhos amigos, em breve, os aproximaria outra vez. O último encontro dos dois fora o mais importante por ter revelado os sentimentos dele. Ela extraíra do encontro uma deliciosa convicção, mas teve medo, ao ver sua expressão, que a mesma infeliz persuasão que o afastara do salão de concertos ainda o dominasse. Parecia pouco disposto a se aproximar e conversar com ela.

Anne tentou acalmar-se e deixar as coisas seguirem seu curso. Tentou refletir neste argumento razoável: "É claro que, se nossa afeição é recíproca, nossos corações se entenderão. Não somos duas crianças para nos irritar com bobagens, nos enganar com algum acaso ou brincar de forma descuidada com nossa própria felicidade". E, no entanto, um momento depois, sentiu que a companhia mútua naquelas circunstâncias iria apenas expô-los a descuidos e interpretações equivocadas do pior tipo.

– Anne, ali está a senhora Clay, tenho certeza, parada debaixo da colunata, e está acompanhada por um cavalheiro – chamou Mary, ainda da janela. – Vejo que estão indo pela rua Bath neste momento. Parecem muito entretidos na conversa. Quem é ele? Venha e me diga. Meu Deus! Eu o reconheço! É o senhor Elliot!

– Não – rebateu Anne, depressa. – Não pode ser o senhor Elliot, garanto. Ele ia deixar Bath esta manhã, às nove, e não estará de volta até amanhã.

Enquanto falava, sentiu o olhar do capitão Wentworth pousado nela, e a constatação a deixou perturbada e envergonhada, e arrependeu-se de ter falado demais, apesar das poucas palavras.

Mary, ofendida com a suspeita da irmã de que não conhecia o próprio primo, começou a falar de forma calorosa sobre os traços familiares e a afirmar de maneira ainda mais categórica de que se tratava do senhor Elliot, e chamou Anne mais uma vez para que se aproximasse e comprovasse por si mesma. Mas Anne não tinha a intenção de se mexer. Assim, tentou mostrar frieza e indiferença. Porém, seu desconforto retornou ao perceber olhares significativos e sorrisos entre as senhoras visitantes, como se julgassem estar cientes do segredo. Era evidente que a notícia sobre ela havia se espalhado. Seguiu-se uma breve pausa, o que poderia garantir que agora a notícia se espalharia ainda mais.

– Venha, Anne – disse Mary. – Venha e veja. Será tarde demais se não se apressar. Estão se despedindo, apertando as mãos. Ele está se afastando. Senão, irei reconhecer o senhor Elliot! Você parece ter esquecido tudo o que aconteceu em Lyme.

# Persuasão

Para tranquilizar Mary e talvez também para esconder o próprio embaraço, Anne aproximou-se da janela em silêncio. Chegou a tempo de se certificar de que, de fato, era o senhor Elliot – o que nem por um instante havia imaginado – antes que este desaparecesse por um lado e a senhora Clay pelo oposto. E, reprimindo a surpresa que sentiu ao ver uma reunião amigável entre duas pessoas de interesses tão díspares, falou com calma:

– Sim, na verdade, trata-se mesmo do senhor Elliot. Deve ter mudado a hora da partida. Suponho que isso seja tudo. Ou talvez eu tenha me equivocado. Talvez tenha ouvido errado – e voltou para sua cadeira, recomposta e com a esperança de ter se justificado direito.

Os visitantes começaram a se retirar, e Charles, depois de acompanhar cada um educadamente até a porta e logo depois fazer careta e zombar da presença deles, disse:

– Bem, mãe, fiz algo por você que, sem dúvida, aprovará. Fui ao teatro e consegui um camarote para a noite de amanhã. Não sou um bom menino? Sei que gosta do teatro, e há lugar para todos nós. Há lugar para nove. Incluí também o capitão Wentworth. Tenho certeza de que Anne não se arrependerá de nos acompanhar. Todos gostamos de teatro. Não fiz bem, mãe?

A senhora Musgrove começou a falar de forma bem-humorada e expressou seu prazer em assistir a uma peça, se Henrietta e os outros concordassem, quando Mary de repente a interrompeu e exclamou:

– Meu Deus, Charles! Como pôde fazer isso? Reservar um camarote para amanhã à noite! Já esqueceu de que temos um compromisso em Camden Place a essa hora? E que fomos especialmente convidados para conhecer *lady* Dalrymple e a filha, e o senhor Elliot, e todos os principais laços familiares, com a intenção de sermos apresentados a eles? Como pôde esquecer?

– Ora! – respondeu Charles. – De que importa uma reunião noturna? Nunca valem nada. Acho que seu pai poderia ter nos convidado para jantar, se quisesse nos ver. Você pode fazer o que quiser, mas eu vou ao teatro.

– Ah! Charles, isso seria imperdoável. Você prometeu comparecer!

– Não, eu não prometi nada. Sorri, fiz um aceno com a cabeça e disse algo como "encantado", mas isso não é prometer.

– Mas você deve ir, Charles. Seria uma grosseria faltar. Nossa presença foi expressamente solicitada para sermos apresentados. Sempre houve uma grande ligação entre os Dalrymple e nós. Nunca aconteceu nada entre as duas famílias que não tenha sido comunicado de imediato. Somos parentes muito próximos, você sabe. E há também o senhor Elliot, alguém que você deveria muito conhecer. Devemos toda atenção ao senhor Elliot. Você se esquece de que é o herdeiro de nosso pai, o futuro representante da família?

– Não fale comigo de representantes e herdeiros! – exclamou Charles. – Não sou daqueles que negligenciam o poder atual para saudar o sol nascente. Se eu não iria em consideração ao pai, seria estúpido comparecer por causa do herdeiro. De que importa para mim o senhor Elliot?

A expressão descuidada despertou a atenção de Anne, que observava que o capitão Wentworth era todo ouvidos, e olhava e ouvia com toda sua alma. E as últimas palavras desviaram seu olhar questionador de Charles para ela.

Charles e Mary ainda estavam falando da mesma maneira, ele meio de brincadeira, meio sério, argumentando que deviam ver a peça; e ela, muito séria, resistindo tenazmente e deixando claro a todos que, embora estivesse determinada a ir a Camden Place a qualquer custo, consideraria muito errado que todos fossem ao teatro sem ela. A senhora Musgrove interveio.

– É melhor adiarmos isso. Charles, é melhor você voltar e mudar o camarote para terça-feira. Seria uma pena nos separarmos e, além disso, perderíamos a companhia da senhorita Anne, já que é uma reunião do pai dela. E tenho certeza de que nem Henrietta nem eu vamos apreciar a peça se a senhorita Anne não nos acompanhar.

Anne sentiu-se muito grata pela bondade e, aproveitando a oportunidade que lhe era apresentada, falou decidida:

– Se dependesse da minha inclinação, senhora, a reunião em casa, tirando o desejo de Mary, não seria nenhum impedimento. Não desfruto desse tipo de reunião e a trocaria, com prazer, por uma peça de teatro e por estar em sua companhia. Mas talvez seja melhor não fazermos isso.

Anne tremia quando terminou de falar, consciente de que suas palavras estavam sendo ouvidas e não ousando observar o efeito que provocariam.

Por fim, chegaram ao consenso de que deveriam ver a peça na terça-feira. E só Charles continuou brincando com a esposa, insistindo que iria ao teatro sozinho se ninguém quisesse acompanhá-lo.

O capitão Wentworth saiu de seu assento e foi até a lareira, possivelmente com a ideia de se afastar logo depois e sentar-se perto de Anne sem chamar muita atenção.

– Sem dúvida, a senhorita não está há tempo suficiente em Bath para aprender a desfrutar das reuniões daqui – comentou ele.

– Ah, não! A natureza dessas reuniões não me atrai. Não sou boa jogadora de cartas.

– Já sabia que a senhorita não era antes. Não gostava das cartas, mas o tempo provoca muitas mudanças.

– Eu não mudei tanto assim! – exclamou Anne.

Depois parou na mesma hora, temendo algum mal-entendido sem nem saber qual. Depois de esperar alguns momentos, ele disse, como se respondesse a sentimentos imediatos:

– Muito tempo mesmo! Oito anos e meio é muito tempo!

Só restou à imaginação de Anne refletir, em momento mais tranquilo, se ele iria continuar a falar. Isso porque, enquanto ainda ouvia suas palavras, a atenção de Anne foi atraída por Henrietta, que desejava aproveitar o momento para sair, e pedia aos amigos que não perdessem tempo antes que algum novo visitante chegasse.

Foram obrigados a sair. Anne disse que estava pronta e tentou transparecer isso, mas achava que, se Henrietta conhecesse a tristeza e a relutância de seu coração ao se levantar daquela cadeira, ao se preparar para sair da sala, teria encontrado, além dos sentimentos de Anne pelo primo e da segurança da afeição recíproca dele, um motivo para sentir pena da moça.

Mas os preparativos foram interrompidos de repente. Ruídos alarmantes foram ouvidos. Outras visitas aproximavam-se, e a porta abriu-se para dar lugar ao *sir* Walter e à senhorita Elliot, cuja entrada pareceu deixar todos congelados. Anne sentiu uma opressão instantânea e, para todos os lados que olhou, encontrou sintomas semelhantes. O bem-estar, a alegria, a liberdade do salão tinham desaparecido, afastados por uma fria formalidade, um estudado silêncio, uma conversa insípida para estar à altura da fria elegância do pai e da irmã. Que torturante era constatar isso!

Seu olhar ciumento teve uma satisfação. *Sir* Walter e Elizabeth reconheceram de novo o capitão Wentworth, e Elizabeth foi ainda mais amável do que na vez anterior. Até dirigiu-se a ele certa vez e olhou para ele mais de uma vez. Elizabeth, de fato, estava preparando uma grande jogada, e o que aconteceu em seguida explicou sua atitude. Após perder alguns poucos minutos com formalidades, fez o convite que cancelaria todos os outros compromissos dos Musgrove:

– Amanhã à noite nos encontraremos com alguns poucos amigos, nada muito formal – disse Elizabeth, com muita graciosidade.

Deixou sobre uma mesa, com um sorriso cortês e compreensivo para todos, os cartões que havia trazido e que diziam: "Na casa da senhorita Elliot". Entregou um cartão especial com um sorriso ao capitão Wentworth. A verdade era que Elizabeth tinha vivido em Bath tempo suficiente para entender a importância de um homem com sua atitude e seu físico. O passado não importava. O importante, naquele momento, era que o capitão Wentworth decoraria seu salão. Ao terminarem de entregar os cartões, *sir* Walter e Elizabeth levantaram-se para sair.

A interrupção foi breve, mas severa, e a alegria e a descontração voltaram para quase todos os presentes quando ficaram sozinhos outra vez, com exceção de Anne. Só podia pensar, espantada, no convite que havia testemunhado e na maneira como fora recebido: com desconfiança, com surpresa, mais do que com gratidão, com cortesia mais do que com franca aceitação. Ela o conhecia e tinha visto o desdém em seus olhos, e não se atrevia a supor que o capitão Wentworth concordaria em aceitar tal convite como uma expiação depois de toda a insolência do passado.

Sentiu-se fraca. Ele ainda estava com o cartão na mão, como se o considerasse com atenção.

– Quem diria que Elizabeth ia convidar todo mundo...! – Mary murmurou para que todos pudessem ouvi-la. – Não me surpreende que o capitão Wentworth esteja encantado. Não consegue parar de olhar o cartão.

Anne olhou para ele, viu como ficava corado, e os lábios formaram uma expressão momentânea de desprezo. Depois, ela se afastou, para não ver nem ouvir mais coisas desagradáveis.

A reunião terminou. Os cavalheiros tinham seus interesses, as senhoras precisavam continuar com seus assuntos, e os dois não voltaram a se encontrar enquanto Anne ficou lá. Pediram-lhe encarecidamente para voltar e jantar, e passar o resto do dia com eles, mas Anne estava tensa por seu ânimo ter sido colocado tanto à prova e, naquele momento, só queria estar em casa, onde poderia, com certeza, ficar em silêncio tanto quanto quisesse.

Prometendo estar com elas na manhã seguinte inteira, terminou as fadigas daquela manhã com uma longa caminhada até Camden Place, onde teve de passar a tarde ouvindo os preparativos de Elizabeth e da senhora Clay para o dia seguinte, a frequente enumeração dos convidados e os detalhes contínuos e aprimorados de embelezamento que tornariam essa reunião uma das mais elegantes de Bath, enquanto se atormentava tentando imaginar se o capitão Wentworth iria ou não comparecer. As duas davam sua participação como certa, mas, para Anne, era uma preocupação persistente, nunca satisfeita por mais de cinco minutos. No geral, pensava que ele viria, pois achava que ele devia, mas esse era um caso que Anne não sabia encaixar entre um ato positivo de dever ou discrição, de modo a provocar inevitavelmente as insinuações de sentimentos tão opostos.

Só saiu da reflexão dessa agitação incansável para contar à senhora Clay que ela fora vista na companhia do senhor Elliot três horas depois que ele supostamente tinha saído de Bath. Tendo esperado em vão que a senhora Clay fizesse alguma indicação sobre o encontro, decidiu mencioná-lo ela mesma, e o rosto da senhora pareceu ter sido tomado pela culpa ao ouvir as palavras de Anne. Aconteceu muito rápido e desapareceu logo em seguida, mas Anne imaginou ter lido nessa expressão a consciência de que esta, por alguma intriga compartilhada ou pela autoridade que ele exercia sobre ela, fora forçada a ouvir (talvez durante meia hora) os discursos e as repreensões do senhor Elliot com relação às intenções da senhora Clay com *sir* Walter. Mas ela exclamou com uma naturalidade afetada:

– Isso mesmo, querida! Imagine só minha surpresa quando encontrei o senhor Elliot na rua Bath, senhorita Elliot! Nunca me surpreendi tanto. Ele deu a volta e me acompanhou até Pump Yard. Foi impedido de partir para Thornberry, mas não me lembro bem por qual motivo, porque eu estava com pressa e não prestei muita atenção, e só posso responder pela determinação do senhor Elliot de não se atrasar em seu retorno. Ele queria saber quão cedo poderia vir amanhã. Só falava sobre "amanhã", e é evidente que eu também só falo nisso desde que entrei em casa e ouvi os planos das senhoritas e tudo o que havia acontecido. Por isso, meu encontro com o senhor Elliot se apagou completamente da minha cabeça.

## Capítulo 11

Apenas um dia se passara desde a conversa com a senhora Smith, mas, então, Anne tinha um interesse mais imediato e se sentia pouco afetada pela má conduta do senhor Elliot, exceto quanto às consequências com relação a um assunto. Então, na manhã seguinte, foi natural adiar de novo a visita de explicação a *lady* Russell. Havia prometido ficar com os Musgrove do café da manhã até o jantar. Já tinha compromisso. Por isso, o caráter do senhor Elliot, assim como a cabeça da sultana Scheherazade, seria poupado por mais um dia.

No entanto, não conseguiu ser pontual. O tempo estava ruim, e ela lamentou a chuva por causa dos amigos, e ficou muito contrariada, até poder arriscar a caminhada. Quando chegou a White Hart e foi até o aposento certo, descobriu que não só havia chegado tarde como também não fora a primeira a chegar. Antes, já estavam presentes a senhora Musgrove, que conversava com a senhora Croft, e o capitão Harville, que conversava com o capitão Wentworth. Anne soube na mesma hora que Mary e Henrietta, muito impacientes para esperar, tinham aproveitado para sair no momento em que a chuva havia cessado, mas logo voltariam, e haviam pedido que a senhora Musgrove não deixasse Anne ir embora antes que as duas voltassem. Ela não teve escolha senão concordar, sentar-se, aparentar calma e sentir que afundava de uma vez por todas em todas as agitações que esperava apenas experimentar antes de a manhã terminar. Não havia demora, não havia perda de tempo.

No mesmo instante, estava afogada na felicidade de tal miséria, ou na miséria de tal felicidade. Dois minutos depois de ter chegado, o capitão Wentworth disse:

– Vamos escrever a carta de que estávamos falando agora, Harville, se você me der os meios para isso.

Os materiais estavam à mão, em uma mesa separada. Ele foi para lá e, quase de costas para todo mundo, ficou absorto pela escrita.

A senhora Musgrove contava para a senhora Croft a história do compromisso da filha mais velha com aquele tom de voz inconveniente que quer ser um murmúrio, mas que todos conseguem ouvir. Anne sentia que não fazia parte daquela conversa e, no entanto, como o capitão Harville parecia pensativo e pouco disposto a falar, não pôde deixar de ouvir uma série de detalhes indiscretos, a exemplo de: "Como o senhor Musgrove e meu cunhado Hayter encontraram-se várias vezes para finalizar os detalhes; o que meu cunhado Hayter disse um dia e o que o senhor Musgrove propôs no seguinte; e o que aconteceu com minha irmã Hayter; e o que os jovens queriam; e como disse no primeiro momento que nunca daria meu consentimento, mas como mais tarde pensei que a união seria muito boa", e muito mais coisas nesse estilo de comunicação sincera. Detalhes que, mesmo com a vantagem de todo o gosto e a delicadeza da boa senhora Musgrove, não deviam ser contados. Coisas que só interessavam aos protagonistas do assunto. A senhora Croft escutava muito interessada e, quando dizia algo, era sempre sensata. Anne esperava que os cavalheiros estivessem ocupados demais para ouvir.

– E então, senhora, considerando todas essas coisas... – dizia a senhora Musgrove em seu murmúrio alto. – Embora tivéssemos desejado outra coisa, não achamos justo nos opor mais, porque Charles Hayter está muito empolgado, e Henrietta está tanto quanto ele. Por isso, achamos melhor que se casem o mais rápido possível e sejam felizes, como muitos já fizeram antes deles. Em todo caso, isso é melhor do que um longo compromisso.

– Justo o que eu ia dizer! – exclamou a senhora Croft. – Prefiro que os jovens se estabeleçam logo com uma pequena renda e passem por algumas dificuldades juntos do que se envolvam um longo compromisso. Sempre pensei que...

– Minha querida senhora Croft – interrompeu a senhora Musgrove. – Não há nada que eu abomine mais nos jovens do que um longo compromisso. Sempre fui contra isso com relação aos meus filhos. É muito bom estar comprometido se temos a certeza de que vamos nos casar em seis meses, ou até em um ano, mas é um longo compromisso...

– Sim, senhora – disse a senhora Croft. – Ou um compromisso incerto, que pode ser muito longo. Começar tal compromisso sem saber quando terão condições de se casar é pouco seguro e pouco sensato. Acho que todos os pais deveriam evitar isso o máximo possível.

Anne encontrou um súbito interesse nessa parte. Sentiu que isso poderia se aplicar a ela e estremeceu da cabeça aos pés. E, no mesmo instante em que seus olhos se voltaram instintivamente para a mesa ocupada pelo capitão Wentworth, este parou de escrever e ergueu a cabeça, ficou estático, escutando, e virou a cabeça no instante seguinte para lançar a Anne um olhar rápido e consciente.

As duas senhoras continuaram a falar, a reiterar as mesmas verdades já estabelecidas e a reforçá-las com exemplos dos males de uma prática contrária que pudessem ter a oportunidade de observar. No entanto, Anne não conseguiu ouvir bem. Havia apenas um zumbido de palavras em seu ouvido, e sua mente dava voltas.

O capitão Harville, que na verdade não ouvira nada, levantou-se da cadeira naquele momento e foi até a janela. Anne parecia observá-lo, mas a verdade é que seu pensamento estava distante. Por fim, entendeu que Harville a estava convidando a se sentar ao lado dele. O capitão sorria para ela e fazia um breve movimento de cabeça que parecia dizer: "Venha! Tenho algo para lhe dizer". E sua maneira simples e natural, que parecia corresponder a uma relação bem mais antiga ao que de fato era, reforçava o convite. Ela se levantou e se aproximou dele. A janela onde capitão Harville se encontrava estava no lado oposto da sala onde as damas estavam sentadas e mais perto da mesa ocupada pelo capitão Wentworth, embora ainda estivesse longe. Quando ela chegou, o gesto do capitão Harville tornou-se sério e pensativo como de costume.

– Veja... – disse ele, desembrulhando um pacote e tirando uma pequena pintura em miniatura. – Você sabe quem é este?

– É claro. É o capitão Benwick.

– Sim, e você também pode adivinhar para quem se destina. Mas...
– prosseguiu, em tom profundo. – Não foi feita para ela. Senhorita Elliot, lembra-se da nossa caminhada em Lyme, quando nos apiedamos dele? Mal pensei nisso na época, mas não vem ao caso. Isso foi feito na Cidade do Cabo. Lá, o capitão Benwick encontrou-se com um talentoso artista alemão e, cumprindo uma promessa feita à minha pobre irmã, posou para ele e trouxe a pintura de presente para ela. E, agora, estou encarregado de emoldurá-la para outra mulher! Foi uma tarefa dura para mim! Mas a quem mais ele poderia pedir isso? Espero conseguir compreender as motivações dele. De fato, eu não me incomodo de passar a incumbência a outro. Ele aceitou – comentou, apontando para o capitão Wentworth. – E está escrevendo sobre isso agora mesmo. – E, com os lábios trêmulos, concluiu o pensamento dizendo: – Pobre Fanny, ela não teria esquecido o capitão Benwick tão cedo!

– Não – respondeu Anne, com a voz baixa e cheia de sentimentos.
– Acredito facilmente nisso.

– Não estava em sua natureza. Ela o adorava.

– Não estaria na natureza de nenhuma mulher que realmente amasse.

O capitão Harville sorriu e disse:

– A senhorita faz essa reivindicação em nome das mulheres?

E ela, também sorrindo, respondeu:

– Sim. É claro que não nos esquecemos tão rápido de vocês quanto vocês se esquecem de nós. Talvez este seja o nosso destino, e não um mérito da nossa parte. Não podemos evitar. Vivemos em casa, quietas, retraídas e nossos sentimentos nos dominam. Vocês são forçados a andar. Têm sempre uma profissão, propósitos, negócios de um tipo ou outro que os levam de volta ao mundo sem demora, e a ocupação contínua e a mudança logo enfraquecem os sentimentos.

– Supondo que o mundo faça tudo isso com os homens, o que, na minha opinião, não é verdade, isso não se aplica a Benwick. Ele não se ocupava de nada. A paz devolveu-o à terra na mesma hora, e, a partir daí, ele viveu conosco em um pequeno círculo familiar.

– É verdade – comentou Anne. – É mesmo. Não me lembrava. Mas o que podemos dizer, capitão Harville? Se a mudança não vier de circunstâncias externas, deve vir de dentro, deve ser a natureza, a natureza masculina, que operou essa mudança no capitão Benwick.

– Não, não é a natureza masculina. Não vou acreditar que a natureza masculina seja mais inconstante que a feminina para esquecer quem ama ou amou. Pelo contrário, acredito em uma verdadeira analogia entre nossos corpos e nossas almas. Se nossos corpos são fortes, nossos sentimentos também são capazes de resistir ao tratamento mais rude e à mais forte tempestade.

– Seus sentimentos podem ser mais fortes – respondeu Anne. – Mas a própria analogia me autoriza a afirmar que os sentimentos das mulheres são mais delicados. O homem é mais robusto que a mulher, mas não vive mais tempo, e isso explica meu ponto de vista com relação à natureza de suas relações. Não, seria muito difícil para vocês se fosse diferente. Têm dificuldades, perigos e privações suficientes contra os quais devem lutar. Trabalham sempre e estão expostos a todos os riscos e toda a dureza. A casa, a terra natal, os amigos, devem abandonar tudo. Não possuem tempo, saúde nem vida para chamar de seus. Seria difícil, de fato... – nesse ponto sua voz vacilou um pouco. – Se os sentimentos de uma mulher se somassem a tudo isso.

– Nunca vamos concordar nesse ponto... – começou a dizer o capitão Harville.

Mas, nessa hora, um ligeiro ruído fez com que olhassem para o local até então silencioso ocupado pelo capitão Wentworth. Sua pluma tinha caído, mas Anne ficou surpresa ao encontrá-lo mais perto do que esperava. Então, suspeitou que a pluma só tinha caído porque ele queria ouvir o que estavam falando, e colocava todo seu esforço nisso. Mas ela achava que pouco ou nada poderia ter entendido.

– O senhor terminou a carta? – perguntou o capitão Harville.

– Ainda não. Faltam algumas linhas. Vou terminar em cinco minutos.

– Não tenho pressa. Estarei pronto quando o senhor estiver. Tenho aqui uma boa âncora – falou, sorrindo para Anne. – Não quero mais nada. Não tenho pressa de receber nenhum sinal. Bem, senhorita Elliot... – prosseguiu, falando mais baixo. – Como eu dizia, acho que nunca concordaremos nesse ponto. Nenhum homem e nenhuma mulher, provavelmente, concordarão quanto a isso. Mas permita-me dizer que todas as histórias estão contra a opinião da senhorita. Todas, em prosa ou verso. Se eu tivesse uma memória tão boa quanto Benwick, diria em pouco tempo cinquenta citações para reforçar meu argumento, e acho que nunca abri um livro em minha vida que não dissesse algo sobre a inconstância feminina. Canções e provérbios, tudo fala da fragilidade feminina. Mas talvez a senhorita diga que todos foram escritos por homens.

– Talvez eu diga. Sim, por favor, não vamos falar de exemplo de livros. Os homens têm toda a vantagem sobre nós porque são eles que contam a história. A educação do homem é bem mais completa, a pluma sempre esteve nas mãos de vocês. Não vou permitir que os livros provem nada para mim.

– Mas como podemos provar algo?

– Nunca poderemos. Nunca podemos esperar provar nada sobre esse assunto. É uma diferença de opinião que não admite provas. Nós dois, provavelmente, começaríamos com um pequeno viés a favor do nosso sexo, e, a partir dele, construiríamos cada circunstância a seu favor ocorrida dentro dos nossos círculos. E muitas dessas circunstâncias, talvez as que mais tenham chamado nossa atenção, não poderiam ser ditas sem trair uma confiança ou dizer o que não deveria ser dito.

– Ah! – exclamou o capitão Harville, em um tom de profunda emoção. – Se eu pudesse fazê-la entender o quanto sofre um homem quando olha pela última vez para a esposa e os filhos e vê o navio que os levou para longe se afastar, vira-se e diz "Só Deus sabe se alguma vez voltarei a vê-los!". E depois, se pudesse mostrar a alegria da alma deste homem quando volta a encontrá-los... Quando, voltando da ausência de um ano e talvez forçado a parar em outro porto, calcula quanto ainda falta para que venham se encontrar com ele e se engana dizendo "Não vão conseguir chegar antes de tal dia"... Mas esperando o tempo todo que cheguem umas doze horas antes, e quando enfim os vê chegar, como se o céu tivesse lhes dado asas, muito mais cedo do que o esperado! Se pudesse descrever tudo isso, e tudo o que um homem pode suportar e fazer, e as glórias que pode obter por esses tesouros de sua existência! A senhorita sabe que me refiro a homens com coração – e levou a mão ao próprio coração com emoção.

– Ah! – disse Anne. – Espero fazer justiça aos sentimentos do senhor e a todos aqueles que se assemelham ao senhor. Que Deus não permita que eu desconsidere os sentimentos calorosos e fiéis de meus semelhantes. Eu deveria merecer total desprezo se ousasse supor que o verdadeiro afeto e a constância são conhecidos apenas pelas mulheres. Não... Acho que os homens são capazes de coisas grandes e boas em suas vidas de casados. Acho que são capazes de lidar com qualquer esforço importante e qualquer problema doméstico, desde que... Se me permite a expressão, desde que tenham um objetivo. Ou seja, enquanto a mulher que vocês amam viver, e viver para vocês. O único privilégio que reivindico para meu sexo, não muito invejável, não precisa cobiçá-lo, é o de amar por mais tempo, quando a existência ou a esperança desapareceram.

Não conseguiu dizer mais nada. O coração estava prestes a explodir, e a respiração estava entrecortada.

– A senhorita tem um grande coração – comentou o capitão Harville, posicionando a mão no braço dela de forma afetuosa. – Não há como discutir com a senhorita. E, quando penso em Benwick, minha língua está atada.

Tiveram que prestar atenção aos outros. A senhora Croft estava se retirando.

– Aqui devemos nos separar, Frederick – disse ela. – Eu vou para casa, e você tem um compromisso com seu amigo. Hoje à noite, teremos o prazer de nos encontrar de novo em sua casa – prosseguiu, dirigindo-se a Anne. – Recebemos o cartão de sua irmã ontem, e acho que Frederick também tem um convite, embora eu não o tenha visto. Você está livre, Frederick, não é?

O capitão Wentworth dobrava uma carta com pressa e não pôde ou não quis dar uma resposta como deveria.

– Sim – respondeu ele. – Isso mesmo. Nós nos separamos aqui, mas Harville e eu vamos logo atrás de você. Ou seja, Harville, se estiver pronto, não preciso de mais do que meio minuto. Sei que não lamentará partir. Estarei à sua disposição em meio minuto.

A senhora Croft deixou-os, e o capitão Wentworth, tendo dobrado sua carta depressa, estava, de fato, pronto, e até tinha um ar apressado e agitado, e demonstrava impaciência para partir. Anne não sabia como interpretar isso. Recebeu o mais carinhoso "Bom dia. Fique com Deus", do capitão Harville, mas, de Frederick, nem um gesto ou um olhar! Saíra da sala sem nem mesmo olhar para ela!

Mal teve tempo de se aproximar da mesa onde ele estivera escrevendo quando passos foram ouvidos. A porta abriu-se. Era ele. Pediu desculpas, pois tinha esquecido as luvas e, cruzando a sala até a escrivaninha, de costas para a senhora Musgrove, tirou uma carta do meio dos papéis espalhados e colocou-a diante dos olhos de Anne com um olhar ansiosamente fixo nela por um tempo. E, então, pegou as luvas depressa e deixou a sala outra vez, quase antes que a senhora Musgrove tivesse notado seu retorno. Tudo aconteceu em um instante!

A revolução que esse instante provocou em Anne era quase inexplicável. A carta, com um endereço pouco legível para "Senhorita A. E.", era evidentemente a que ele havia dobrado com tanta pressa. Enquanto fingia estar escrevendo apenas para o capitão Benwick, também escrevia para ela! Tudo o que o mundo poderia lhe oferecer dependia do conteúdo daquela carta! Tudo era possível, tudo devia ser enfrentado, menos aquela dúvida! A senhora Musgrove tinha algumas pequenas tarefas em sua mesa. Anne precisava confiar na segurança proporcionada por tais tarefas, e, deixando-se cair na cadeira que ele havia ocupado, ficando no exato ponto em que se debruçava e escrevia, os olhos dela devoraram as seguintes palavras:

*Não posso mais suportar o silêncio. Devo falar com a senhorita por qualquer meio a meu alcance. A senhorita rasga minha alma. Estou entre a agonia e a esperança. Não me diga que é tarde demais, que esses preciosos sentimentos desapareceram para sempre. Eu me ofereço de novo à senhorita com um coração que é ainda mais seu do que quando quase o destruiu oito anos e meio atrás. Não se atreva a dizer que o homem esquece mais depressa do que a mulher, que o amor dele morre antes. Não amei ninguém além da senhorita. Posso ter sido injusto, fraco e rancoroso, mas nunca inconstante. Só pela senhorita vim a Bath. Só pela senhorita penso e faço planos. Não tinha percebido?*

## Persuasão

*Por acaso falhou em interpretar meus desejos? Não teria esperado esses dez dias se eu pudesse ler seus sentimentos como a senhorita deve ter lido os meus. Mal posso escrever. A cada momento, ouço algo que me domina. A senhorita abaixa a voz, mas posso perceber os tons dela quando deveria estar perdida entre as outras. A senhorita é boa demais, excelente criatura! E realmente nos faz justiça. Acredita que também existe verdadeiro afeto e constância entre os homens. Há coisas muito fervorosas e constantes em mim.*

*F. W.*

*P. S.: Devo ir, incerto de meu destino. Mas voltarei, ou me reunirei com seu grupo, assim que puder. Uma palavra, um olhar será suficiente para entender se devo ir à casa de seu pai hoje à noite ou nunca mais.*

Não era fácil se recuperar do efeito de tal carta. Meia hora de solidão e reflexão a teria acalmado, mas os dez minutos que se passaram antes de ser interrompida, com todos os inconvenientes de sua situação, só serviram para agitá-la mais. Sua inquietação crescia a cada momento. O que sentia era uma felicidade esmagadora. E, antes de transpor o primeiro degrau das sensações, Charles, Mary e Henrietta já estavam de volta.

A absoluta necessidade de se recuperar produziu certo desafio. Mas depois de um momento não conseguiu fazer mais nada. Começou não entendendo uma palavra do que estavam dizendo. E, alegando uma indisposição, desculpou-se. Eles, então, puderam notar, chocados e preocupados, que Anne parecia muito doente e não a teriam deixado por nada no mundo. Isso era terrível. Se apenas tivessem ido embora e a deixassem sozinha naquela sala, teria se sentido melhor. Mas ter todo mundo parado a seu redor, ou esperando, era insuportável. Em sua angústia, ela disse que queria ir para casa.

– É claro, querida – disse a senhora Musgrove. – Vá já para casa e cuide-se, para estar bem esta noite. Queria que Sarah estivesse aqui para cuidar da senhorita, pois não sei fazer isso. Charles, chame uma carruagem. A senhorita Elliot não deve ir caminhando.

Não era uma carruagem de que precisava! Seria a pior coisa! Perder a oportunidade de conversar duas palavras com o capitão Wentworth em sua tranquila volta para casa (e estava quase certa de encontrá-lo) era insuportável. Protestou energicamente contra a carruagem. E a senhora Musgrove, que só podia imaginar um tipo de doença, tendo se assegurado com certa ansiedade de que Anne não havia sofrido nenhuma queda, que não tinha escorregado e que não tinha nenhum golpe na cabeça, despediu-se de forma alegre e esperou encontrá-la bem à noite.

Ansiosa para evitar qualquer mal-entendido, Anne, com certa resistência, disse:

– Receio, senhora, que isso não esteja perfeitamente claro. Tenha a amabilidade de dizer aos outros cavalheiros que esperamos ver o grupo todo esta noite. Temo que haja ocorrido algum mal-entendido e desejo que assegure, sobretudo ao capitão Harville e ao capitão Wentworth, de que queremos ver os dois.

– Ah, minha querida, está tudo muito claro! Eu garanto. O capitão Harville está determinado a não faltar.

– A senhora tem certeza? Pois tenho minhas dúvidas e lamentaria muito. Promete mencionar isso quando os vir de novo? Eu me atrevo a dizer que verá os dois esta manhã. Prometa-me.

– Claro, se esse é o seu desejo. Charles, se vir o capitão Harville em algum lugar, não se esqueça de dar a mensagem da senhorita Anne. Mas, de verdade, minha querida, pode ficar tranquila. O capitão Harville está bastante comprometido, e ouso dizer o mesmo do capitão Wentworth.

Anne não podia fazer mais nada, mas seu coração pressentia que algo mancharia sua felicidade. De qualquer forma, o mal-entendido não duraria muito tempo. Mesmo que ele não fosse a Camden Place, Anne ainda conseguiria enviar uma mensagem por meio do capitão Harville. Surgiu outro inconveniente momentâneo: Charles, com sua verdadeira preocupação e sua bondade natural, queria acompanhá-la à casa. Não havia como dissuadi-lo. Isso foi quase cruel. Mas não podia ser ingrata. Estava sacrificando um compromisso no armeiro para ser útil a ela. Por isso, foi com ele sem demonstrar outro sentimento além de gratidão.

# Persuasão

Estavam na rua Union quando alguns passos apressados atrás, de sons familiares, deram a ela apenas alguns instantes para se preparar para ver o capitão Wentworth. Ele se juntou aos dois, mas, como duvidava se deveria ficar ou seguir em frente, não disse nada e apenas olhou. Anne controlou-se o suficiente para conter aquele olhar sem retirar o dela. As pálidas bochechas dele coraram, e seus movimentos, antes de dúvida, tornaram-se determinados. Ficou ao lado dela. Naquele momento, tomado por uma ideia repentina, Charles disse:

– Capitão Wentworth, para onde vai? Até a rua Gay ou mais longe?

– Não saberia dizer – respondeu o capitão Wentworth, surpreso.

– O senhor vai até Belmont? Vai para perto de Camden Place? Porque, se for esse o caso, não terei nenhum inconveniente em lhe pedir que assuma meu lugar e acompanhe a senhorita Anne até a casa do pai dela. Ela não está muito bem e não deve ir tão longe sem companhia. Eu tenho um compromisso na praça do mercado. Prometeram me mostrar uma escopeta antes de ser despachada. Dizem que não vão empacotá-la até o último momento. E eu devo vê-la. Se não for agora, não terei chance. Pela descrição, é muito semelhante à minha de dois canos, como a que o senhor atirou um dia perto de Winthrop.

Nenhuma objeção poderia ser feita. Houve apenas muita prontidão e uma conduta bastante apropriada para o espaço público. E os sorrisos reinaram, e os corações alegraram-se em um arrebatamento privado. Em meio minuto, Charles estava de novo ao final da rua Union, e os outros dois seguiram o caminho juntos. Logo, palavras suficientes foram trocadas para direcionar seus passos para o caminho de cascalho, que era mais tranquilo e protegido, onde o poder da conversa conseguiu converter o presente em uma bênção e prepará-lo para toda a imortalidade sobre as quais suas vidas futuras seriam geradas. Ali, trocaram de novo aqueles sentimentos e aquelas promessas que, certa vez, pareciam ter assegurado tudo, mas que foram seguidas por tantos anos de separação e estranhamento. Ali, voltaram ao passado novamente, mais felizes, talvez, no reencontro do que na primeira vez. Tinham mais ternura, mais experiência, mais segurança no caráter um do outro, da sinceridade e do amor. Atuavam mais de acordo, e seus atos eram mais justificados. E ali, enquanto lentamente deixavam outros grupos para trás, sem prestar atenção em nada do que diziam, sem ouvir as novidades políticas, o rumor das casas, o flerte das moças, as babás e as crianças, pensavam em episódios e acontecimentos antigos e explicavam, sobretudo, os que tinham precedido o momento presente, coisas tão cheias de significado e interesse. Comentaram todas as pequenas variações da semana passada. E dificilmente poderiam parar de falar sobre o dia anterior e o dia atual.

Anne não tinha se equivocado. O ciúme pelo senhor Elliot atrasara tudo, produzindo dúvidas e tormentos. Isso tinha começado a acontecer na hora de seu primeiro encontro em Bath. Tinham reaparecido, após uma breve pausa, para arruinar o concerto, e influenciado tudo o que ele havia falado e feito ou deixado de dizer ou fazer nas últimas vinte e quatro horas. Havia destruído todas as esperanças que os olhares, as palavras ou as ações dela davam a entender às vezes. Fora finalmente vencido pelos sentimentos e pelo tom de voz na conversa com o capitão Harville, e, sob o comando irresistível destas, ele pegou um papel e escreveu seus sentimentos.

O conteúdo da carta era verdadeiro, e não havia nada a retratar ou mudar. Insistia que não tinha amado ninguém além dela. Anne nunca havia sido substituída. Nunca tinha achado possível encontrar alguém que pudesse ser como ela. A verdade é que – devia reconhecer – sua perseverança fora inconsciente e não intencional. Quis esquecê-la e achou que poderia conseguir. Tinha se julgado indiferente, quando estava apenas zangado, e foi injusto com seus méritos, porque tinha sofrido por eles. Agora, o caráter dela era a própria perfeição para ele, mantendo a encantadora junção de força e gentileza. Mas tinha de admitir que só em Uppercross havia feito justiça a ela, e somente em Lyme começara a entender os próprios sentimentos. Em Lyme, tinha recebido mais de uma lição. A admiração do senhor Elliot deixara-o exaltado, e as cenas no quebra-mar e na casa do capitão Harville tinham provado a superioridade dela.

Quando tentou se apaixonar por Louisa Musgrove (por orgulho ressentido), afirmou que nunca tinha acreditado que fosse possível, que nunca tinha se importado ou se importaria com Louisa. Até aquele dia em que, refletiu mais tarde, entendeu a superioridade de um exemplo perfeito de caráter com o qual Louisa não podia ser nem um pouco comparada. E o domínio que o poder forte e incomparável de tais qualidades exerciam sobre si. A partir daí, aprendera a distinguir entre a firmeza dos princípios e a obstinação da teimosia, entre os perigos do desnorteamento e a resolução de uma mente serena. Ali, tinha visto que tudo exaltava a mulher que havia perdido e começou a lamentar o orgulho, a loucura, a estupidez do ressentimento, que o impediram de tentar reconquistar Anne quando ela reapareceu em sua vida.

A partir daí, começou a sofrer intensamente. Mal tinha se livrado do horror e do remorso dos primeiros dias após o acidente de Louisa, estava apenas começando a se sentir vivo de novo, quando percebeu que, embora vivo, não estava mais livre.

– Descobri que Harville me considerava um homem comprometido – disse ele. – Que nem Harville nem a esposa duvidavam de nosso afeto mútuo. Fiquei surpreso e chocado. De certa forma, poderia desmentir isso no mesmo instante, mas, quando comecei a pensar que os outros podiam imaginar a mesma coisa... A própria família dela, ou talvez a própria Louisa... Não me sentia mais livre. Para honrá-la, estava disposto a ser dela. Não estava preparado. Nunca considerei isso com seriedade. Nunca imaginei que minha intimidade excessiva pudesse causar tantos danos, e que não tinha o direito de tentar me apaixonar por nenhuma das moças, correndo o risco de não ficar com uma boa reputação ou causar males piores. Tinha errado muito e devia pagar pelas consequências.

Para resumir, ele percebeu tarde demais que havia, de certa maneira, se comprometido. O que aconteceu justamente quando descobriu que não sentia nada por Louisa. Deveria se considerar amarrado a Louisa se os sentimentos dela fossem o que os Harville supunham ser. Isso o levou a se afastar de Lyme e a esperar em outro lugar pela recuperação da jovem. Ficaria feliz em enfraquecer, por qualquer meio justo, quaisquer sentimentos ou inclinações que pudessem existir com relação a ele. E, assim, foi ver o irmão, esperando depois voltar a Kellynch e agir de acordo com as circunstâncias.

– Passei três semanas com Edward e o vi feliz. Não poderia ter nenhum outro prazer. Não merecia nenhum. Ele me perguntou pela senhorita com grande interesse. Perguntou se tinha mudado muito, sem suspeitar de que sempre será a mesma para mim.

Anne sorriu e deixou isso passar. Era um absurdo muito lisonjeiro para censurá-lo. É agradável para uma mulher de 28 anos ouvir que não perdeu nenhum dos encantos da primeira juventude, mas o valor desse elogio também aumentava para Anne ao compará-lo com palavras anteriores e sentir que eram o resultado, e não a causa, do ressurgimento de seus calorosos sentimentos.

O capitão Wentworth permanecera em Shropshire lamentando a cegueira de seu orgulho e os erros de seus cálculos, até certo dia se ver livre de Louisa pela noção surpreendente e feliz de seu noivado com Benwick.

– Aí acabou o pior do meu pesadelo. Porque, então, pelo menos, poderia procurar a felicidade de novo. Poderia me mover, fazer alguma coisa. Mas esperar tanto tempo e não ter outra perspectiva a não ser o sacrifício era assustador. Nos primeiros cinco minutos, falei para mim mesmo: "Estarei em Bath na quarta-feira". E aqui estava eu. Seria imperdoável pensar que minha vinda valeria a pena? E ter chegado com certas esperanças? A senhorita estava solteira. Era possível que também conservasse os sentimentos do passado, como eu. Também havia outras coisas que me encorajavam. Nunca duvidei de que a senhorita tinha sido amada e cortejada por outros, mas, com certeza, sabia que havia recusado, pelo menos, um homem com mais méritos para aspirar à senhorita do que eu, e não podia deixar de me perguntar: "Será que foi por minha causa?".

Tiveram muito a dizer sobre seu primeiro encontro na rua Milsom, e ainda mais sobre o concerto. Aquela noite parecia ter sido feita de momentos deliciosos. O momento em que Anne se aproximou para falar com ele no Salão Octogonal, o momento da aparição do senhor Elliot, que a levou, e um ou dois momentos mais marcados pela esperança ou pelo desânimo, foram comentados com entusiasmo.

## Persuasão

– Vê-la no meio daqueles que não poderiam desejar o meu bem! Ver seu primo ao seu lado, conversando e sorrindo, e ver todas as terríveis desigualdades e inconveniências de tal casamento! Saber que esse era o desejo íntimo de qualquer um que tivesse influência sobre a senhorita! Embora seus sentimentos fossem de relutância ou indiferença, apenas considero quantos apoios poderosos ele tinha! Tudo aquilo não era suficiente para me transformar no idiota que parecia ser? Como poderia olhar e não sofrer? A visão de sua amiga, sentada atrás da senhorita, suficiente para lembrar a poderosa influência dela, a impressão indelével e imutável do que a persuasão já foi capaz uma vez... Tudo isso não estava contra mim?

– O senhor deveria ter entendido – respondeu Anne. – Não deveria ter duvidado de mim agora. O caso é muito diferente, e minha idade também. Se fiz mal em ceder à persuasão uma vez, lembre-se de que foi por causa da segurança, não do risco. Quando cedi, achei que estava fazendo por dever, mas nenhum dever poderia ser alegado aqui. Ao me casar com um homem indiferente a mim, teria corrido todos os riscos. E todos os meus deveres teriam sido violados.

– Talvez devesse ter pensado assim – respondeu ele. – Mas não consegui. Não podia esperar nenhum benefício do conhecimento que tinha agora do seu caráter. Não conseguia pensar que essas suas qualidades estavam enterradas, perdidas entre os sentimentos que tinham me feito sofrer por tantos anos. Só podia pensar na senhorita como alguém que tinha cedido, que tinha me abandonado, que fora influenciada por alguém que não eu. Eu a vi ao lado da pessoa que causou aquela dor. Não tinha motivos para acreditar que agora exerça menos autoridade com relação à senhorita. Além disso, a força do hábito deveria ser adicionada.

– Eu pensei que meus modos com o senhor o pouparian de grande parte ou de tudo isso – disse Anne.

– Não... Seus modos tinham a tranquilidade de quem já estava comprometida com outro homem. Eu a deixei acreditando nisso e, ainda assim, estava determinado a vê-la outra vez. Meu espírito recuperou-se esta manhã, e senti que ainda tinha um motivo para permanecer aqui.

Por fim, Anne chegou em Candem Place, mais feliz do que qualquer pessoa da casa poderia imaginar. Toda a surpresa, a dúvida e qualquer outro sentimento doloroso da manhã tinham se dissipado com essa conversa, e entrou na mansão tão feliz, com uma alegria em que estava misturado o leve medo de que aquilo não durasse para sempre. Após um intervalo de reflexão sério e gratificante, toda ideia de perigo desapareceu para dar lugar à extrema felicidade e, dirigindo-se a seu quarto, entregou-se completamente a dar graças por sua felicidade sem nenhum medo.

A noite chegou, os salões foram iluminados e os convidados juntaram-se. Era uma reunião para jogar cartas, uma mistura de pessoas que nunca se encontraram antes com outras que se viam com muita frequência. Muito banal, com gente demais para ser algo íntimo e pequeno demais para que houvesse variedade, mas, para Anne, a noite nunca fora tão curta. Brilhante e repleta de felicidade e sensibilidade, e mais admirada do que acreditava ou procurava ser, demonstrou felicidade e afeto a todas as pessoas a seu redor. O senhor Elliot estava lá, ela o evitou, mas chegou a sentir pena dele. Os Wallis: era divertido entendê-los. *Lady* Dalrymple e a senhorita Carteret logo seriam primas inócuas para ela. Não se importava com a senhora Clay. Nem os modos do pai e da irmã a fizeram corar. Com os Musgrove, a conversa era leve e fácil; com o capitão Harville, havia um relacionamento amoroso de irmão e irmã. Com *lady* Russell, houve tentativas de conversa que uma deliciosa culpa impedia. Com o almirante e com a senhora Croft, uma cordialidade peculiar e um fervoroso interesse que a própria consciência parecia querer esconder. E, com o capitão Wentworth, houve alguns momentos de comunicação sempre com a esperança de outros e a consciência de que ele estava lá.

Em um desses breves momentos em que pareciam admirar um grupo de belas plantas, Anne disse:

– Estive pensando no passado e tentei, de forma imparcial, julgar o bem e o mal no que me diz respeito. E cheguei à conclusão de que fiz bem, apesar do que sofri por isso. Que eu estava certa em me deixar ser guiada pela amiga que o senhor aprenderá a amar mais do que ama agora. Para mim, ela era como uma mãe. Mas não me interprete mal. Não digo que ela não tenha errado em seu conselho. Talvez tenha sido um daqueles casos nos quais os conselhos são bons ou ruins de acordo com o que acontece depois. E eu, da minha parte, nas mesmas circunstâncias, nunca darei tal conselho. Mas digo que estava certa em obedecê-la e que, se agisse de outro modo, sofreria mais em continuar o compromisso do que em rompê-lo, porque minha consciência teria sofrido. Agora, na medida em que tal sentimento é permitido na natureza humana, não tenho nada para me reprovar. E, se não me engano, um grande senso de dever é uma boa qualidade em uma mulher.

Olhou para ela, olhou para *lady* Russell e, olhando para Anne de novo, rebateu de forma fria e deliberada:

– Ainda não. Mas há chances de ser perdoada com o tempo. Espero ter piedade dela em breve. Mas também estive pensando no passado. E ocorreu-me que talvez eu tivesse um inimigo pior do que aquela dama: eu mesmo. Diga-me uma coisa: quando voltei para a Inglaterra no oitavo ano, com alguns milhares de libras, e fui designado para o *Laconia*, se tivesse escrito para a senhorita, teria respondido à minha carta? Teria renovado o compromisso?

– Teria – respondeu Anne, e sua ênfase foi decisiva.

– Meu Deus! – disse ele. – A senhorita teria renovado! Não é que eu não quisesse nem desejasse, como coroamento de todos os meus outros sucessos. Mas eu era orgulhoso, muito orgulhoso para fazer o pedido outra vez. Não a compreendia. Tinha os olhos fechados e não queria fazer-lhe justiça. Essa lembrança faz-me perdoar qualquer um antes que a mim mesmo. Seis anos de separação e sofrimento poderiam ter sido evitados. Esse é um novo tipo de dor. Tinha me acostumado a sentir-me credor de toda a felicidade de que poderia desfrutar. Havia julgado que merecia trabalhos honrosos e recompensas justas. Como outros grandes homens diante do infortúnio, devo aprender a me humilhar perante minha boa sorte – acrescentou, sorrindo. – Devo entender que sou mais feliz do que mereço.

## Capítulo 12

Quem não adivinha o que aconteceu depois? Quando dois jovens decidem se casar, podem ter certeza de que a perseverança os conduzirá ao triunfo, mesmo que sejam muito pobres, ou imprudentes, ou tão diferentes que pouco poderão satisfazer um ao outro. Essa pode ser uma moral triste para concluir a história, mas acredito que seja verdade. E, se tais casamentos acontecem às vezes, como poderia um capitão Wentworth e uma Anne Elliot, com a vantagem da maturidade, da consciência do direito e com uma fortuna independente, encontrar alguma oposição? De fato, teriam superado obstáculos bem maiores do que os que tiveram de enfrentar, porque havia pouco a lamentar ou perder, exceto a falta de calor e bondade. *Sir* Walter não fez nenhuma objeção, e Elizabeth não fez nada mais do que agir de forma fria e indiferente. O capitão Wentworth, com vinte e cinco mil libras e um posto tão alto em sua profissão quanto o mérito e a atividade poderiam permitir, não era mais um "ninguém". Era agora considerado bastante digno de dirigir-se à filha de um barão tolo e esbanjador que não tivera princípios nem bom senso suficientes para se manter na posição em que a providência o havia colocado, e que naquele momento só podia dar à filha uma pequena parte da herança de dez mil libras que, mais tarde, ela deveria herdar.

*Sir* Walter, embora não tivesse grande afeto por Anne, e sua vaidade não encontrasse nenhuma razão para sentir qualquer contentamento naquela ocasião, estava longe de considerar o casamento da filha como desvantajoso. Ao contrário, quando reparou mais no capitão Wentworth, viu-o repetidas vezes à luz do dia e o examinou bem. Ficou bastante impressionado com seus dotes físicos e achou que a superioridade de sua aparência talvez compensasse a superioridade social de Anne. E tudo isso, aliado ao bom nome do capitão, possibilitou que *sir* Walter registrasse o casamento no livro de honra de bom grado.

A única pessoa cujos sentimentos hostis poderiam causar alguma séria ansiedade era *lady* Russell. Anne compreendia que a amiga deveria estar sofrendo para compreender e renunciar ao senhor Elliot, e esforçando-se para criar verdadeiros laços com o capitão Wentworth e fazer-lhe justiça. *Lady* Russell devia admitir que estava errada sobre os dois, que as aparências a haviam enganado em ambos os casos, que, como as maneiras do capitão Wentworth não estavam de acordo com suas ideias, tinha se apressado a suspeitar que indicavam um perigoso temperamento impulsivo. E, como as maneiras do senhor Elliot tinham lhe agradado por sua propriedade, sua correção, sua cortesia geral e sua suavidade, tinha sido rápida demais em julgá-las como resultado de opiniões corretas e uma mente bem regulada. *Lady* Russell não tinha mais nada a fazer além de admitir que havia errado em tudo e mudar suas opiniões e crenças.

Em algumas pessoas, existe uma rapidez de percepção, uma precisão no discernimento de um caráter, uma penetração natural, que a experiência de outras pessoas nunca alcança, e *lady* Russell tinha sido menos bem-dotada nesse terreno do que sua jovem amiga. Mas era uma boa mulher. E, se seu segundo objetivo era ser inteligente e boa juíza das pessoas, o primeiro era ver Anne feliz. Ela amava Anne mais do que apreciava as próprias qualidades. E, quando o desagrado do primeiro momento passou, não foi difícil sentir afeição materna pelo homem que assegurava a felicidade daquela que considerava sua filha.

De toda a família, Mary foi, provavelmente, a que ficou mais satisfeita com a união. Era conveniente ter uma irmã casada, e iria se lisonjear por ter sido de grande ajuda para essa conexão, pois Anne havia passado o outono com ela. E, como a irmã devia ser melhor que as cunhadas, também era agradável pensar que o capitão Wentworth era mais rico que o capitão Benwick ou Charles Hayter. Mas talvez tenha tido um motivo para lamentar: quando se reencontraram, viu Anne restituída aos direitos da mansão e como dona de uma bela propriedade. Mas Mary também tinha um futuro a aspirar, um de poderosa consolação: Anne não tinha Uppercross diante dela. Não tinha terras nem era a cabeça de uma família. E, se o capitão Wentworth nunca virasse barão, Mary não teria motivo para querer trocar de lugar com Anne.

Teria sido bom para a irmã mais velha ficar contente da mesma maneira, mas pouca mudança se poderia esperar dela. Elizabeth logo sentiu a humilhação de ver o senhor Elliot se afastar. A partir daí, ninguém em situação aceitável apareceu para salvar as esperanças que desapareceram quando este cavalheiro se retirou.

A notícia do noivado da prima caiu inesperadamente sobre o senhor Elliot. Isso destruía sua ilusão de felicidade doméstica, suas esperanças de manter *sir* Walter solteiro em favor dos direitos de seu suposto genro. Mas, apesar de aborrecido e desiludido, ainda podia fazer algo por seus próprios interesses e sua própria satisfação. Logo deixou Bath. Pouco depois, a senhora Clay também foi embora. Logo se soube que ela se instalara em Londres sob a proteção do cavalheiro, e ficou evidente até que ponto ele havia se dedicado a um jogo duplo e quão determinado estava a não ser vencido pelas artimanhas de uma mulher habilidosa.

O afeto da senhora Clay tinha se sobreposto a seu interesse, e havia sacrificado, em nome de um cavalheiro mais jovem, a possibilidade de manipular *sir* Walter por mais tempo. Aquela senhora, no entanto, tinha habilidades que eram tão grandes quanto seus afetos, e não era fácil dizer qual dos dois astutos triunfaria ao final. Quem sabe, se impedindo que a senhora Clay se tornasse a esposa de *sir* Walter, não preparava o caminho para que ela se tornasse a esposa de *sir* William?

Não há dúvida de que *sir* Walter e Elizabeth sofreram um terrível desgosto por perder a companheira e se decepcionar com ela. Eles tinham as primas para se consolar, é verdade, mas logo entenderiam que continuar correndo atrás e lisonjeando os outros sem receberem recíproca nenhuma é apenas um prazer pela metade.

# Persuasão

Anne, muito satisfeita desde o início da união com a intenção de *lady* Russell de amar o capitão Wentworth como deveria, não tinha nenhuma outra sombra em sua felicidade além da sensação de que não havia ninguém em sua família com méritos suficientes para ser apresentado a um homem de bom senso. Ali, sentiu muito sua inferioridade. A desproporção de suas fortunas não tinha a menor importância. Não sentiu isso em nenhum momento, mas não ter uma família que o recebesse e o estimasse como merecia, nenhuma respeitabilidade, harmonia, boa vontade para oferecer em troca do acolhimento digno e imediato de seus cunhados e cunhadas, era uma eterna fonte de tristeza em meio a circunstâncias, por outro lado, extremamente felizes. Só podia apresentá-lo a duas amigas: *lady* Russell e senhora Smith. Mas ele parecia disposto a dedicar afeição imediata às duas. Sentia uma estima sincera por *lady* Russell, apesar de seus ressentimentos anteriores. Desde que não fosse forçado a confessar que ela teve razão em separá-los no começo, estava pronto a fazer grandes elogios à dama. Quanto à senhora Smith, houve várias circunstâncias que o levaram logo e para sempre a apreciá-la como merecia.

Os recentes bons conselhos dados a Anne já eram mais que suficientes, e o casamento dela, em vez de privá-la de uma amizade, garantiu-lhe duas. Ela foi a primeira a visitá-los assim que se instalaram. E o capitão Wentworth foi encarregado de recuperar a propriedade do falecido marido da senhora Smith nas Índias Ocidentais, escrevendo por ela, agindo e ocupando-se de todas as dificuldades do caso, com a presteza e o interesse de um homem corajoso e um amigo solícito. Devolveu toda a ajuda que ela fizera ou tentara fazer por sua esposa.

As boas qualidades da senhora Smith não diminuíram com o aumento de sua renda. Teve a saúde recuperada e adquiriu amigos que podia ver com frequência, pois não lhe faltava boa disposição e alegria. E, tendo essas fontes primárias de bem-estar, teria enfrentado qualquer prosperidade material. Poderia estar mais saudável e ser mais rica, sem deixar de ser feliz. A fonte de sua felicidade estava em seu espírito, assim como a da amiga Anne residia no calor de seu coração. Anne era a ternura em pessoa e tinha encontrado algo digno dela no afeto do capitão

Wentworth. A profissão do marido era a única coisa que fazia com que as amigas desejassem que essa ternura não fosse tão intensa, pelo medo de uma guerra futura que pudesse perturbar tamanha felicidade. Anne orgulhava-se de ser a esposa de um membro da Marinha, mas devia pagar o preço de um alarme repentino, porque seu marido pertencia àquela profissão que é, se isso for possível, mais notável por suas virtudes domésticas do que por sua importância nacional.

*Fim*